EDWARD BELLAMY

# DAS JAHR 2000

EDWARD BELLAMY

# DAS JAHR 2000

## EIN RÜCKBLICK AUF DAS JAHR 1887

MAGNUS VERLAG

Gesamtherstellung: SVS, Stuttgart

ISBN 3-88400-263-5

# Das Jahr 2000

*ein Rückblick auf das Jahr 1887*

# *Vorrede*

Abteilung für Geschichte im *Shawmut College, Boston*, den 28. Dezember 2000.

Wir leben im letzten Jahre des zwanzigsten Jahrhunderts und genießen die Segnungen einer ebenso einfachen wie logischen sozialen Ordnung, die lediglich als Triumph des gesunden Menschenverstandes erscheint. Jedoch denjenigen, welche nicht gründliche geschichtliche Studien gemacht haben, mag der Gedanke fernliegen, daß die gegenwärtige Organisation der Gesellschaft weniger als hundert Jahre alt ist. Keine geschichtliche Tatsache stand fester, als der bis zum Ende des neunzehnten Jahrhunderts festgehaltene allgemeine Glaube, daß das alte Gewerbesystem mit all seinen schrecklichen sozialen Folgen, vielleicht mit etwas Flickwerk, bis zum Ende aller Tage dauern würde. Wie wunderbar und fast unglaublich scheint es doch, daß eine so großartige moralische und materielle Umgestaltung, wie sie seitdem stattgefunden hat, in einem so kurzen Zeitraum sich vollziehen konnte! Die Leichtigkeit, mit welcher sich die Menschen an eine Besserung ihrer Lage gewöhnen, die selbst die kühnsten Hoffnungen übertrifft, könnte nicht besser illustriert werden. Was könnte die Begeisterung der Reformatoren, welche auf lebhafte Dankbarkeit zukünftiger Jahrhunderte rechnen, gründlicher herabstimmen!

Dieses Schriftchen soll denen eine Hilfe sein, welche zwar einen bestimmten Begriff von den sozialen Gegensätzen des 19. und 20. Jahrhunderts sich aneignen möchten, aber durch den Umfang des historischen Materials über diesen Gegenstand abgeschreckt werden. Meine Erfahrung als Lehrer hat mir gezeigt, daß Lernen als unliebsame Anstrengung angesehen wird, deshalb habe ich mich bemüht, die in dem Buch enthaltenen Lehren in die Form einer romantischen Erzählung zu kleiden, welche, wie ich hoffe, ihrer selbst wegen, nicht ganz ohne Interesse sein wird.

Der Leser, welchem die modernen sozialen Einrichtungen und die Grundsätze, auf denen sie beruhen, geläufig sind, wird bisweilen Dr. Leetes Auseinandersetzungen etwas trocken finden, aber er muß bedenken, daß dieselben dem Gaste des Doktors nicht geläufig waren, und wir müssen ihn bitten, auch einmal zu vergessen, daß sie es ihm sind. Noch ein Wort. Das fast allgemeine Thema der Schriftsteller und Redner, welche diesen zweitausendjährigen Zeitraum gefeiert haben, war mehr die Zukunft als die Vergangenheit, nicht die Verbesserung, die gemacht worden ist, sondern der Fortschritt, der gemacht werden soll, bis das Menschengeschlecht seine Bestimmung wird erreicht haben. Dies ist ja ganz gut, aber es will mir scheinen, daß wir nirgends solidere Grundlagen für hohe Erwartungen menschlicher Entwicklung in den nächsten tausend Jahren finden können, als indem wir einen Rückblick tun auf den Fortschritt der letzten hundert Jahre.

Daß dieses Schriftchen das Glück haben möchte, Leser zu finden, deren Interesse für den Gegenstand sie die Mängel der Behandlung desselben übersehen läßt, ist die Hoffnung, mit welcher der Verfasser zurücktritt und es Herrn Julian West überläßt, selbst zu sprechen.

# *Erstes Kapitel*

Ich erblickte das Licht der Welt in der Stadt Boston im Jahre 1857. »Was«, wird der Leser sagen, »achtzehnhundertsiebenundfünfzig? Das ist ein komisches Versehen; er meint natürlich 1957.« Bitte um Entschuldigung, es ist kein Versehen. Es war etwa um vier Uhr nachmittag am 26. Dezember, einen Tag nach Weihnachten, im Jahre 1857, nicht 1957, daß mir zum ersten Male der Ostwind von Boston um die Nase wehte, welcher, ich versichere es dem Leser, in dieser grauen Vorzeit ebenso durchdringend war, als in dem gegenwärtigen Jahre des Heils, 2000.

Diese Angaben, namentlich wenn ich noch hinzufüge, daß ich ein junger Mann von anscheinend etwa dreißig Jahren bin, scheinen offenbar so abgeschmackt, daß es niemand verdacht werden kann, wenn er sich weigert, auch nur noch ein Wort von dem zu lesen, was eine Zumutung an seine Leichtgläubigkeit zu werden verspricht. Nichtsdestoweniger versichere ich dem Leser, daß keine Täuschung beabsichtigt ist, und will es auf mich nehmen, ihn vollständig davon zu überzeugen, wenn er mir ein paar Seiten weiter folgt. Wenn ich also, mit dem Versprechen die Annahme zu rechtfertigen, annehmen darf, daß ich besser wissen muß als der Leser, wann ich geboren bin, will ich in meiner Erzählung fortfahren. Wie jeder Schuljunge weiß, gab es gegen Ende des 19. Jahrhunderts keineswegs eine solche, oder nur eine ähnliche Zivilisation als die heutige, obwohl die Elemente, aus welcher sie hervor gehen sollte, schon in Gärung begriffen waren. Jedoch war noch nichts geschehen, die seit undenklichen Zeiten bestehende Einteilung der Gesellschaft in vier Klassen zu mildern: die Reichen und die Armen, die Gebildeten und die Ungebildeten. Ich war reich und gebildet und vereinigte daher in mir alle Bedingungen eines Giückes, dessen sich in jenem Zeitalter die Bevorzugtesten erfreuten. Daß ich in Luxus lebte und nur bemüht war die Vergnügungen und Verfeinerungen des Lebens zu genießen, verdankte ich der Arbeit anderer und leistete nicht den geringsten Gegendienst. Meine Eltern und Großeltern hatten ebenso gelebt, und ich hoffte, daß meine Nachkommen, wenn ich solche haben sollte, sich einer ebenso leichten Existenz erfreuen würden.

Aber wie konnte ich leben, ohne der Welt zu dienen? wird der Leser fragen. Wie konnte die Welt jemand Unterhalt gewähren, der nicht arbeitete und doch arbeiten konnte? Die Antwort auf diese Frage ist, daß mein Urgroßvater ein Vermögen gesammelt hatte, von dem seine Nachkommen lebten. Man wird vermuten, daß das Vermögen sehr groß gewesen sei, da es durch das Leben dreier Generationen in Untätigkeit nicht aufgezehrt wurde. Das war jedoch nicht der Fall. Das Vermögen war ursprünglich keineswegs groß. In der Tat war es jetzt, nachdem drei Generationen untätig davon gelebt hatten, viel größer als anfänglich. Dieses Geheimnis von Benutzung ohne Verbrauch, von Wärme ohne Verbrennung scheint wie ein Zauber, war aber einfach die geistvolle Anwendung der, glücklicherweise jetzt verlorengegangenen, von unseren Vorfahren aber zu großer Vollkommenheit gebrachten Kunst, die Last für jemandes Unterhalt auf die Schultern anderer zu werfen. Der Mann, der das fertigbrachte, und alle trachteten danach es soweit zu bringen, lebte dann, wie man sagte, von dem Abwurf seines Vermögens. Es würde uns zu weit führen, hier zu erklären, wie die alten Methoden der Industrie dies ermöglichten. Ich will nur soviel sagen, daß die Interessen von Kapitalanlagen eine Art Steuer waren, welche ein Mann, der Geld erworben oder geerbt hatte, von dem Erwerb derer erhob, welche sich mit Industrie beschäftigten. Man darf nicht glauben, daß ein nach modernen Begriffen so unnatürliches und widersinniges Verhältnis von unseren Vorfahren niemals getadelt worden wäre. Gesetzgeber und Philanthropen bemühten sich von den frühesten Zeiten an, die Zinsen abzuschaffen, oder doch auf möglichst geringes Maß zu beschränken. All diese Bemühungen sind jedoch mißlungen und mußten notwendigerweise mißlingen, solange die alte soziale Organisation herrschte. Zu der Zeit, von welcher ich schreibe, also vom Ende des 19. Jahrhunderts, hatten im allgemeinen die Regierungen den Versuch, die Sache zu regulieren, vollständig aufgegeben.

Um dem Leser einen allgemeinen Begriff davon zu geben, wie die Menschen damals zusammen lebten, namentlich wie das Verhältnis der Reichen und Armen zueinander war, kann ich keinen besseren Vergleich der damaligen Gesellschaft finden, als mit einem riesigen Omnibus, an welchen die große Masse des Volkes gespannt war, um ihn mühsam auf einer bergigen und sandigen Straße hinzuziehen. Der Kutscher war der Hunger, der keinen Aufenthalt duldete, obgleich es natürlich in einem sehr langsamen Schritt ging. Trotz der Schwierigkeit, den Omnibus auf dem unebenen Wege im Gange zu halten, war das Dach desselben mit Passagieren besetzt, die auch bei dem steilsten Anstieg nicht abstiegen. Diese oberen Plätze waren schön luftig und bequem. Sie waren außerhalb des Bereichs des Staubes und man konnte von dort nach Belieben die Aussicht genießen, oder die Güte des sich anstrengenden Gespanns besprechen. Natürlich waren diese Plätze sehr gesucht und jedermann betrachtete es für das höchste Lebensziel, für sich einen Platz oben auf dem Wagen zu sichern und denselben nachher seinem Kinde abzutreten. Es bestand eine Fahrbestimmung, daß man seinen Platz an eine beliebige Person abtreten konnte, aber auf der anderen Seite ereigneten sich auch viele Unglücksfälle, durch welche man seinen Platz verlieren konnte. Denn die Sitze waren zwar sehr bequem, aber auch sehr unsicher und bei jedem plötzlichen Ruck des Wagens fielen Passagiere von ihren Sitzen auf den Boden, wo sie dann sofort das Seil anfassen und helfen mußten, den Omnibus, auf dem sie eben so schön gefahren waren, zu ziehen. Es wurde natürlich als ein großes Unglück angesehen, seinen Platz zu verlieren und die Besorgnis, daß einem selbst, oder einem seiner Freunde dies begegnen möchte, hing beständig wie eine Wolke über dem Glücksgefühle der Passagiere.

Aber haben sie nur an sich selbst gedacht? wird man fragen. Ist ihnen ihr Glück nicht verleidet worden durch den Vergleich desselben mit dem Lose ihrer vorgespannten Brüder und Schwestern und durch das Bewußtsein, daß deren Mühe durch ihre Last erschwert wird! Hatten sie kein Mitleid mit ihren Mitmenschen, von denen sie sich nur durch ihr Glück unterschieden? O ja, diejenigen, welche fuhren, sprachen oft ihr Mitleid für diejenigen aus, welche den Wagen ziehen mußten, namentlich wenn der Omnibus, wie so oft geschah, an eine schlechte Stelle auf dem Wege, oder an einen besonders hohen Berg kam. Dann boten die verzweifelte Anstrengung des Gespanns, sein schmerzvolles Bäumen und Springen unter den erbarmungslosen Peitschenhieben des Hungers, die vielen, welche am Seil zusammenbrachen und in den Kot getreten wurden, einen erbarmenswürdigen Anblick, der oft anerkennenswerte Gefühlsausbrüche auf dem Dache des Omnibus hervorrief. Dann riefen wohl die Passagiere den Arbeitern am Seil ermutigend von oben zu, ermahnten sie zur Geduld, und stellten ihnen Hoffnung auf einen möglichen Ausgleich mit ihrem harten Los in einer besseren Welt in Aussicht, kauften auch wohl Salben und Balsam für die Beschädigten und Verstümmelten. Man stimmte darin überein, es sei schade, daß der Wagen so schwer zu ziehen sei und fühlte sich allgemein erleichtert, sooft man besonders schlechte Stellen des Weges hinter sich hatte. Diese

Erleichterung fühlte man natürlich nicht einzig für das Gespann, denn an solchen schlechten Stellen lag stets die Gefahr nahe, daß der ganze Omnibus umfallen und alle ihre Plätze verlieren möchten.

Zur Steuer der Wahrheit muß man bekennen, daß der Haupteindruck, den der Anblick des Elends der Arbeiter am Seile auf die Passagiere machte, der war, daß sie den Wert ihrer Plätze auf dem Wagen erst recht schätzen lernten, und sich um so verzweifelter festhielten.

Wenn die Passagiere sicher gewesen wären, daß weder sie noch ihre Freunde abgeworfen werden könnten, so würden sie sich wahrscheinlich verzweifelt wenig um diejenigen, welche den Wagen zogen, gekümmert haben, außer daß sie sich an den Sammlungen für Salben und Verbandzeug beteiligten.

Es ist mir wohl bewußt, daß dies den Männern und Frauen des 20. Jahrhunderts als unglaubliche Unmenschlichkeit erscheinen wird, aber zwei sehr merkwürdige Tatsachen erklären sie wenigstens teilweise. Erstens war man des festen, aufrichtigen Glaubens, daß es kein anderes Mittel gäbe, die Gesellschaft aufrechtzuerhalten, als daß die Menge am Seil zog und die Bevorzugten im Wagen fuhren, und nicht dies allein, sondern daß auch keine radikale Besserung weder am Gespann, noch am Wagen, an dem Wege oder der Verteilung der Arbeit möglich war. Es sei immer so gewesen und würde immer so sein. Es war ein Jammer, aber man konnte nicht helfen und es war ein Gebot der Philosophie, an einem Übel, das man nicht heilen konnte, kein Mitleid zu verschwenden.

Die zweite Tatsache ist noch merkwürdiger und besteht in einer eigentümlichen Sinnestäuschung, welche von allen auf dem Wagen gemeiniglich geteilt wurde, daß sie nämlich mit ihren Brüdern und Schwestern, die am Seil zogen, nicht ganz gleich, sondern von besserem Ton gemacht seien, in gewisser Beziehung zu einer höheren Klasse von

Wesen gehörten, die mit Recht erwarten dürften, gezogen zu werden. Dies scheint unglaublich, aber da ich selbst einmal auf diesem Omnibus gefahren bin und dieselbe Sinnestäuschung geteilt habe, sollte ich Glauben finden. Das sonderbarste bei dieser Täuschung ist, daß diejenigen, welche eben erst vom Boden auf den Wagen geklettert sind, noch ehe die Schwielen des Seils an ihren Händen verwachsen, ihrem Einflusse verfallen. Bei denen, deren Eltern und Großeltern schon so glücklich gewesen waren, Plätze oben auf dem Wagen eingenommen zu haben, war die Überzeugung von einem wesentlichen Unterschied zwischen ihrer Art und der gewöhnlichen Ware eine vollkommene. Eine solche Täuschung mußte notwendig ein brüderliches Gefühl für die Leiden der großen Menge in ein philosophisches Mitleid verwandeln. Das ist das Einzige, womit ich meine Gleichgültigkeit gegen das Elend meiner Brüder zu der Zeit, von welcher ich schreibe, beschönigen könnte. – Im Jahre 1887 wurde ich dreißig Jahre alt. Ich war zwar noch unverheiratet, aber mit Edith Bartlett verlobt. Sie fuhr wie ich oben auf dem Wagen. Das heißt – um nicht länger in einem Bilde zu sprechen, welches hoffentlich seinen Zweck erreicht, und dem Leser einen Begriff von unserem damaligen Leben gegeben hat – ihre Familie war reich. In jener Zeit, wo alle Annehmlichkeiten und aller Luxus nur für Geld zu haben waren, genügte es für ein Mädchen reich zu sein, um Anbeter zu haben, aber Edith Bartlett war auch schön und anmutig.

Meine Leserinnen werden dem widersprechen. »Schön mag sie gewesen sein«, höre ich sie sagen, »aber niemals anmutig in der Tracht, welche damals Mode war, da die Kopfbedeckung ein schwindelnder Aufbau von einem Fuß Höhe war, und die fast unglaubliche Ausdehnung des Kleides nach hinten mittelst einer künstlichen Erfindung, die Gestalt mehr entmenschlichte, als je zuvor die Kunst der Schneider getan hatte. Wer kann in solcher Tracht anmutig gewesen sein?« Das ist alles richtig und ich kann nur entgegnen, daß, während die Damen des 20. Jahrhunderts durch angemessene Kleidung die weibliche Anmut in lieblicher Weise zur Geltung bringen, ihre Urgroßmütter durch keine Unschönheit in der Tracht völlig entstellt werden konnten.

Wir warteten mit unserer Hochzeit nur auf die Vollendung des Hauses, das ich für uns in einem der gesuchtesten Teile der Stadt bauen ließ, d.h. in einem Teile, der hauptsächlich von den Reichen bewohnt war. Denn man muß wissen, daß die Annehmlichkeit der Wohnungen in den verschiedenen Teilen von Boston damals nicht von der Schönheit der Natur, sondern von dem Charakter der Nachbarschaft abhängig war. Jede Klasse wohnte abgesondert für sich. Wenn ein Reicher unter Armen, ein Gebildeter unter Ungebildeten wohnte, war es, als ob er isoliert unter einem fremden neidischen Volke lebe. Als unser Haus begonnen wurde, erwarteten wir, daß es bis zum Winter 1886 fertig sein würde. Der Frühling des folgenden Jahres fand es jedoch noch unvollendet und meine Verheiratung noch ein Ding der Zukunft. Der Grund dieser für einen feurigen Liebhaber doppelt unangenehmen Verzögerung lag in verschiedenen Streiks, d.h. verabredeten Arbeitsverweigerungen von seiten der Maurer, Steinhauer, Zimmerleute, Maler, Gasarbeiter und anderer Handwerker, die am Bau beschäftigt waren. Ich erinnere mich nicht, was die einzelnen Ursachen dieser Streiks waren. Sie waren damals so allgemein geworden, daß man gar nicht mehr nach den Ursachen fragte. In einem oder dem anderen Zweige der Industrie hörten sie seit der großen Geschäftskrisis von 1873 fat gar nicht auf. In der Tat war es eine Ausnahme, wenn man eine Klasse von Arbeitern ihre Beschäftigung länger als ein paar Monate stetig ausführen sah.

Der Leser, welcher die angegebenen Zeitpunkte im

Auge hat, wird natürlich in diesen Störungen der Industrie den ersten lockeren Zusammenhang der großen Bewegung erkennen, welche in der Gründung des modernen Systems mit all seinen sozialen Folgen endete. Dies ist so klar, wenn man zurückblickt, daß es jedes Kind verstehen kann; aber wir, die wir damals lebten, waren keine Propheten und hatten keinen klaren Begriff von dem, was sich bei uns ereignete. Wir sahen nur, daß die Industrie des Landes in einem wunderlichen Zustande war. Das Verhältnis zwischen Arbeitern und Arbeitgebern, zwischen Arbeit und Kapital schien in einer unerklärlichen Weise verschoben. Die arbeitenden Klassen waren ganz plötzlich und allgemein von einer gründlichen Unzufriedenheit mit ihrer Lage, von dem Gedanken befallen, daß sie wesentlich gebessert werden könnte, wenn man nur wüßte, wie man's anfangen sollte.

Auf allen Bauplätzen erhoben sie einstimmig Forderungen um höheren Lohn, kürzere Arbeitszeit, bessere Wohnungen und Schulen und Anteil an den verfeinerten Lebensgenüssen, Forderungen, von denen man nicht sah, wie man sie bewilligen konnte, solange nicht die Welt viel reicher wurde, als sie damals war. Sie wußten wohl, was sie wollten, aber nicht, wie sie es erreichen sollten, und die ungestüme Begeisterung, mit der sie sich um jeden scharten, der ihnen möglicherweise Aufklärung darüber geben konnte, verlieh manchem, der gern ihr Führer hätte sein mögen und der doch wenig Aufklärung zu geben wußte, einen ephemeren Ruhm. Für wie eingebildet man auch die Hoffnungen der arbeitenden Klassen halten mochte, so ließen doch die Hingebung, mit welcher sie sich gegenseitig bei ihren Streiks, die einzige Waffe, die sie hatten, unterstützten, und die Opfer, die sie sich auferlegten, um sie durchzuführen, keinen Zweifel darüber, daß sie es bitter ernstlich meinten.

Was aus diesen Arbeiterunruhen, wie diese Bewegung

gewöhnlich genannt wurde, werden sollte, darüber schwankten die Ansichten der Leute meiner Klasse je nach ihrer individuellen Verfassung. Die Sanguiniker behaupteten sehr entschieden, es liege in der Natur der Dinge, daß die Verwirklichung der neuen Hoffnungen der Arbeiter unmöglich sei, weil ganz einfach die Welt nicht die Mittel dazu hätte. Nur weil die Menge tüchtig arbeite und schmale Kost genieße, sei das Menschengeschlecht noch nicht verhungert, und es sei keine Besserung von irgendwelchem Belang möglich, solange die Welt im Ganzen so arm bleibe. Wer weniger sanguinisch dachte, gab das alles zu. Die Hoffnungen der Arbeiter konnten aus natürlichen Gründen unmöglich erfüllt werden, aber man hatte Grund zu fürchten, sie würden das erst erkennen, wenn sie die Gesellschaft auf den Kopf gestellt hätten. Sie hatten Stimmen und Gewalt genug, dies zu tun, wenn sie wollten, und ihre Führer reizten sie dazu an. Einige furchtsame Beobachter prophezeiten sogar eine soziale Sintflut. Die Menschheit, sagten sie, habe die höchste Sprosse der Zivilisation erstiegen, sei im Begriff, kopfüber in das Chaos zu stürzen, dann würde sie wieder aufstehen, sich herumdrehen und von neuem zu steigen beginnen. Wiederholte derartige Erfahrungen in geschichtlicher und vorgeschichtlicher Zeit seien möglicherweise der Grund für die unerklärlichen Beulen an der menschlichen Hirnschale. Die Geschichte der Menschheit sei, wie alle großen Bewegungen, zyklisch und kehre immer wieder zum Ausgangspunkt zurück. Die Idee von einem unendlichen Fortschritt in gerader Linie sei ein Trugbild der Einbildung und habe in der Natur keine Analogie. Die Parabel einer Kometenbahn sei vielleicht eine bessere Illustration vom Lebenslauf der Menschheit. Sie sei aus dem Aphel des Barbarismus auf zu dem Perihel der Zivilisation gestiegen, nur um sich wieder hinab in die Regionen des Chaos zu stürzen. Dies war natürlich eine extreme Ansicht, aber ich erinnere mich, daß sonst ernste Männer meiner Bekanntschaft einen ähnlichen Ton anschlugen, wenn die Zeichen der Zeit besprochen wurden. Zweifellos glaubten kluge Männer, daß die Gesellschaft einer kritischen Periode entgegengehe, welche große Veränderungen im Gefolge haben könne. Die Arbeiterunruhen, ihre Ursachen, ihr Verlauf und ihre Abhilfe nahmen in der Presse und in ernster Unterhaltung den ersten Platz ein.

Die Aufregung erreichte ihren Höhepunkt, als eine kleine Bande von Männern, die sich Anarchisten nannten, das amerikanische Volk durch Drohungen und Gewalt zwingen wollten, ihre Grundsätze anzunehmen, als wenn eine große Nation, die eben erst eine Empörung ihrer einen Hälfte erdrückt hatte, um ihr politisches System aufrechtzuerhalten, aus Furcht so leicht ein neues soziales System annehmen würde!

Da ich reich und bei der bestehenden Ordnung der Dinge stark beteiligt war, teilte ich natürlich die Befürchtungen meiner Klasse. Die ganz besondere Beschwerde, die ich zu der Zeit, die ich beschreibe, gegen die arbeitenden Klassen hatte, indem sie durch ihre Streiks die Erfüllung meines ehelichen Glückes in die Länge zogen, gab meinen Gefühlen gegen sie eine besondere Schärfe.

# *Zweites Kapitel*

Der 30. Mai 1887 fiel auf einen Montag. Es war ein nationaler Feiertag, welcher im letzten Drittel des 19. Jahrhunderts unter dem Namen Dekorationstag eingesetzt war, um das Andenken der Krieger der Nordarmee, welche an dem Kriege zur Erhaltung der Union teilgenommen hatten, zu ehren. Die Überlebenden zogen an diesem Tage, von dem Militär und den Magistratspersonen begleitet, unter Musik auf die Kirchhöfe und legten Blumenkränze auf die Gräber ihrer toten Kameraden nieder. Die Zeremonie war sehr feierlich und ergreifend. Der älteste Bruder von Edith Bartlett war im Kriege gefallen und am Dekorationstag pflegte die Familie den Kirchhof Mount Auburn zu besuchen, wo er lag.

Ich bat um die Erlaubnis, sie begleiten zu dürfen, und als wir bei Einbruch der Nacht in die Stadt zurückkehrten, blieb ich zu Tisch bei ihnen. Nach Tisch nahm ich im Gesellschaftszimmer eine Zeitung in die Hand und las da von einem neuen Streik unter den Bauarbeitern, welcher voraussichtlich die Vollendung meines unglücklichen Hauses noch weiter verzögern würde. Ich erinnere mich noch deutlich, wie aufgebracht ich darüber war und was für Verwünschungen ich, soweit es die Gegenwart der Damen erlaubte, gegen die Arbeiter im allgemeinen und diese Streiks im besonderen ausstieß. Ich hatte die volle Sympathie meiner Umgebung und die folgenden Bemerkungen über das leichtsinnige Benehmen der Agitatoren müssen diesen Herren in den Ohren geklungen haben. Man war darüber einig, daß die Dinge immer schlimmer würden und es sich gar nicht sagen ließe, wozu das noch führen würde. »Das Schlimmste ist«, sagte Frau Bartlett, wie ich mich noch erinnere, »daß es scheint, als ob die arbeitenden Klassen in der ganzen Welt auf einmal verrückt geworden seien. In Europa ist es noch schlimmer als bei uns. Ich möchte nicht dort leben. Ich fragte neulich meinen Mann, wohin wir auswandern würden, wenn alle die schrecklichen Drohungen jener Sozialisten ausgeführt werden sollten. Er sagte, er wüßte kein Land, wo die Gesellschaft jetzt stabil genannt werden könnte, außer Grönland, Patagonien und China.« »Diese Chinesen wußten, was sie wollten«, fügte jemand bei, »als sie unsere westliche Zivilisation nicht zu sich einließen. Sie wußten besser als wir, wozu sie führen würde. Sie sahen, es war nichts dahinter als verstecktes Dynamit.«

Ich erinnere mich, daß ich dann Edith auf die Seite genommen und versucht habe, sie zu bewegen, daß wir lieber sofort heiraten wollten, ohne auf die Vollendung des Hauses zu warten, und uns auf Reisen begeben, bis das Haus fertig wäre. Sie war an jenem Abend auffallend schön, die Trauerkleidung, die sie zu Ehren des Tages trug, hob die Reinheit ihrer Gesichtsfarbe aufs glänzendste. Ich sehe jetzt noch im Geiste, wie schön sie damals aussah. Als ich gehen wollte, folgte sie mir in den Vorsaal und ich küßte sie zum Abschied wie gewöhnlich. Dieser Abschied unterschied sich in nichts von anderen Gelegenheiten, wenn wir uns für eine Nacht oder einen Tag trennten. Weder ich noch sie ahnte, daß dies mehr als eine gewöhnliche Trennung war.

Für einen Bräutigam war es vielleicht etwas früh, daß ich meine Braut verließ, das darf aber keinen Zweifel an meiner Liebe zu ihr aufkommen lassen. Ich litt nämlich, obgleich sonst vollständig gesund, in hohem Grade an Schlaflosigkeit und war an jenem Tage vollständig abgespannt, da ich die zwei letzten Nächte fast gar nicht geschlafen hatte. Edith wußte das und hatte darauf bestanden, daß ich um neun nach Hause gehen und mich sofort zu Bett legen sollte.

Das Haus, das ich bewohnte, war durch drei Generationen in den Händen der Familie gewesen, deren einziger noch lebender Nachkomme in gerader Linie ich war. Es war ein großes altes Holzgebäude, das Innere von altmodischer Eleganz, aber in einer Lage, die wegen des Anbaues von Mietskasernen und Fabriken unbeliebt geworden war. Ich konnte nicht daran denken, in dieses Haus eine junge Frau einzuführen, noch dazu eine so verwöhnte wie Edith Bartlett. Ich hatte es zum Verkauf ausgeschrieben und benutzte es inzwischen nur zum Schlafen, da ich in meinem Club speiste. Ein Diener, ein treuer Neger namens Sawyer, wohnte bei mir und verrichtete meine Dienste. Eine Annehmlichkeit des Hauses fürchtete ich sehr zu entbehren, wenn ich es verlassen würde, nämlich das Schlafzimmer, das ich unter dem Fundament hatte bauen lassen. In der Stadt mit ihrem unaufhörlichen nächtlichen Lärm hätte ich gar nicht schlafen können, wenn ich ein oberes Zimmer hätte benutzen sollen. Aber zu diesem unterirdischen Gemache drang nicht das geringste Geräusch der Oberwelt. Wenn ich eingetreten war und die Tür geschlossen hatte, umgab mich Grabesstille. Um zu verhüten, daß die Feuchtigkeit des Untergrundes in das Zimmer drang, waren die Wände mit hydraulischem Zement bekleidet und sehr dick und der Boden war ebenso verwahrt. Damit das Zimmer auch als ein gegen Feuer und Diebe sicheres Gewölbe zur Aufbewahrung von Wertgegenständen dienen könnte, hatte ich es mit hermetisch gefügten Steinplatten decken lassen und die äußere Tür war von Eisen, dick mit Asbest überzogen. Eine kleine Röhre in Verbindung mit einem Flügelrad auf dem Dach des Hauses vermittelte die Ventilation.

Man sollte denken, daß der Bewohner eines solchen Zimmers hätte sicherlich schlafen müssen, aber ich schlief trotz alledem selten zwei Nächte nacheinander. Ich war aber so daran gewöhnt, daß mir der Verlust einer Nachtruhe nur wenig anhatte. Eine zweite Nacht jedoch, die ich in meinem Stuhle lesend, anstatt schlafend im Bette zubrachte, ermüdete mich aufs äußerste, und meine Nerven erlaubten mir nicht, den Schlaf noch länger zu entbehren, und nötigten mich, zu künstlichen Mitteln zu greifen, um mir denselben zu verschaffen. Sooft ich nach zwei schlaflosen Nächten fühlte, daß er auch in der dritten nicht kommen wollte, ließ ich Dr. Pillsbury rufen.

Er wurde nur aus Artigkeit Doktor genannt und war, was man damals einen Pfuscher und Quacksalber nannte. Er nannte sich Professor des animalischen Magnetismus. Ich hatte aus Liebhaberei Forschungen über den tierischen Magnetismus angestellt und ihn bei dieser Gelegenheit kennengelernt. Ich glaube, er verstand nichts von Medizin, aber er war unzweifelhaft ein vorzüglicher Magnetiseur. Wenn ich sah, daß mir eine dritte schlaflose Nacht bevorstand, schickte ich nach ihm, damit er mich magnetisiere. Meine nervöse Erregung oder geistige Abgespanntheit mochten noch so stark sein, dem Dr. Pillsbury gelang es immer, mich in kurzer Zeit in tiefen Schlaf zu bringen, der so lange anhielt, bis ich durch eine Umkehrung des magnetischen Prozesses wieder erweckt wurde. Der Prozeß zum Aufwecken des Schläfers war viel einfacher als der zum Einschläfern, und so ließ ich Sawyer von Dr. Pillsbury belehren, wie das zu tun sei.

Mein treuer Diener allein wußte, daß und zu welchem Ende mich Dr. Pillsbury besuchte. Wenn Edith meine Frau wurde, mußte ich sie natürlich in meine Geheimnisse einweihen. Ich hatte ihr bisher nichts davon gesagt, weil unzweifelhaft der mesmerische Schlaf nicht ganz gefahrlos ist und ich wußte, daß sie sich dieser Gewohnheit widersetzen würde. Die Gefahr lag darin, daß ich zu fest einschlafen und in einen Zustand geraten möchte, der durch Mesmerismus nicht mehr gehoben werden und mit dem Tode endigen konnte. Wiederholte Versuche hatten mich völlig überzeugt, daß so gut wie keine Gefahr vorlag, wenn vernünftige Vorsichtsmaßregeln angewendet wurden, und ich hatte die leise Hoffnung, Edith hiervon überzeugen zu können. Nachdem ich sie verlassen, ging ich direkt nach Hause und schickte sofort Sawyer aus, um Dr. Pillsbury zu holen. Indessen begab ich mich in mein unterirdisches Schlafgemach, vertauschte meinen Straßenanzug mit einem bequemen Schlafrock und setzte mich an meinen Schreibtisch, um die mit der Abendpost eingegangenen Briefe zu lesen, die Sawyer dahin gelegt hatte.

Einer war von dem Baumeister meines neuen Hauses und bestätigte, was ich aus der Zeitungsnotiz vermutet hatte. Die neuen Streiks, sagte er, hätten die Erfüllung des Bauvertrags auf unbestimmte Zeit hinausgeschoben, indem weder die Werkmeister noch die Arbeiter ohne einen langen Kampf die Streitpunkte zugestehen würden. Caligula hatte gewünscht, daß das römische Volk nur einen Kopf hätte, damit er ihn auf einmal abschlagen könnte, und als ich diesen Brief las, hegte ich einen Augenblick denselben frommen Wunsch bezüglich der arbeitenden Klassen von Amerika. Die Rückkehr Sawyers mit dem Doktor unterbrach mich in meinen düsteren Gedanken.

Ich erfuhr, daß es ihm nur mit Mühe gelungen war, den Doktor zum Kommen zu bewegen, da er im Begriffe stand, noch in dieser Nacht die Stadt zu verlassen. Der Doktor erklärte mir dies dahin, daß er, seitdem er mich zuletzt gesehen, von einer glänzenden beruflichen Stellung gehört, die sich in einer fernen Stadt für ihn eröffne, und er sich entschlossen habe, davon sofort Gebrauch zu machen. Ich war erschrocken und fragte ihn, wie ich nun jemand bekommen solle, der mich einschläfern könnte; da nannte er mir mehrere Mesmeristen in Boston, die, wie er versicherte, dieselbe Kraft wie er besäßen. Ich war hierdurch etwas beruhigt und befahl Sawyer, mich am nächsten Morgen um neun Uhr zu wecken, legte mich dann in meinem Schlafrock zu Bett, nahm eine bequeme Lage ein und überließ mich den Manipulationen des Doktors. In Folge meiner ungewöhnlichen Aufregung vielleicht verlor ich das Bewußtsein nicht so schnell als gewöhnlich, aber endlich kam eine angenehme Schläfrigkeit über mich.

# *Drittes Kapitel*

»Er öffnet die Augen. Es wäre besser, wenn er zuerst nur einen von uns sähe.«

»Versprich mir aber, daß Du es ihm nicht sagen willst.«

Die ersten Worte sprach ein Mann, die zweiten eine Frau und beide flüsterten nur.

»Ich will sehen, wie es mit ihm steht«, erwiderte der Mann.

»Nein, nein, versprich mir's«, wiederholte die andere.

»Tu' ihr den Willen«, flüsterte eine dritte Stimme, auch wieder die einer Frau.

»Ja, ja, ich verspreche es«, antwortete der Mann. »Schnell, geht! Er kommt zu sich.«

Kleider rauschten und ich schlug die Augen auf. Ein etwa sechzigjähriger Mann von angenehmem Äußeren beugte sich über mich, mit dem Ausdruck von Wohlwollen und zugleich großer Spannung in seinen Zügen. Er war mir vollständig fremd. Ich stützte mich auf den Ellenbogen und sah mich um. Das Zimmer war leer. Soviel war gewiß, ich war noch niemals in demselben oder in einem ähnlich möblierten gewesen. Ich sah den Mann wieder an. Er lächelte.

»Wie fühlen Sie sich?« fragte er.

»Wo bin ich?« fragte ich dagegen.

»Sie sind in meinem Hause«, war die Antwort.

»Wie bin ich hierher gekommen?«

»Darüber wollen wir reden, wenn Sie sich gekräftigt haben. Inzwischen, bitte ich, seien Sie ganz ruhig, Sie sind bei Freunden und in guten Händen. Wie fühlen Sie sich?«

»Ein bißchen sonderbar«, sagte ich, »aber ich denke, ich bin wohl. Wollen Sie die Güte haben, mir zu sagen, wie es kommt, daß ich Ihre Gastfreundschaft genieße? Was ist mit mir geschehen? Wie kam ich hierher? Ich legte mich doch in meinem Hause schlafen.«

»Es wird sich später Zeit genug finden, das zu erklären«, antwortete mein unbekannter Wirt mit einem beruhigenden Lächeln. »Es ist besser, alles aufregende Gespräch zu unterlassen, bis Sie etwas mehr wieder Sie selbst sind. Wollen Sie die Güte haben, ein paar Schluck von diesem Trank zu nehmen? Es wird Ihnen guttun. Ich bin Arzt.«

Ich stieß das Glas mit der Hand zurück und setzte mich auf meinem Lager auf; jedoch kostete mir das etwas Anstrengung, denn mein Kopf war sonderbar verwirrt.

»Ich bestehe darauf, erst zu erfahren, wo ich bin und was Sie mit mir gemacht haben«, sagte ich.

»Mein lieber Herr«, antwortete der Arzt, »ich muß Sie bitten, sich nicht aufzuregen. Es wäre mir lieber, Sie beständen nicht so bald auf Erklärungen; wenn Sie es nun doch nicht anders wollen, so will ich versuchen, Sie zu befriedigen, vorausgesetzt, daß Sie erst diesen Trank nehmen; er wird Sie stärken.«

So nahm ich denn den angebotenen Trank. Dann sagte er: »Es läßt sich nicht so leicht sagen, wie Sie hierher kommen, als Sie augenscheinlich denken. Sie können mir hierüber ebensoviel sagen, als ich Ihnen. Sie sind eben aus einem tiefen Schlaf oder vielmehr einer Betäubung erwacht. So viel kann ich Ihnen sagen. Sie behaupten, Sie seien in Ihrem Hause gewesen, als Sie in diesen Schlaf fielen. Darf ich fragen, wann das gewesen ist?«

»Wann?« erwiderte ich, »wann? Nun, gestern abend natürlich, etwa um 10 Uhr. Ich hatte meinem Diener Sawyer Befehl gegeben, mich um 9 Uhr zu wecken. Was ist aus Sawyer geworden?«

»Ich kann Ihnen das nicht so genau sagen«, erwiderte jener und sah mich mit einem sonderbaren Ausdruck an, »aber ich bin überzeugt, seine Abwesenheit ist entschuldbar. Und können Sie mir nun etwas genauer sagen, wann Sie einschliefen, ich meine das Datum?«

»Nun, gestern abend natürlich; habe ich es Ihnen nicht eben gesagt? Das heißt, wenn ich nicht einen ganzen Tag verschlafen habe. Großer Gott, das ist ja nicht möglich; und doch habe ich ein sonderbares Gefühl, als hätte ich eine gute Weile geschlafen. Es war Dekorationstag, als ich mich schlafen legte.«

»Dekorationstag?«

»Ja, Montag den 30.«

»Entschuldigen Sie, den 30. welchen Monats?«

»Nun, dieses Monats selbstverständlich, es sei denn, daß ich in den Monat Juni hineingeschlafen hätte; aber das ist eine Unmöglichkeit.«

»Jetzt haben wir September.«

»September! Sie wollen doch nicht behaupten, daß ich seit Mai geschlafen hätte! Gott im Himmel! Nein, das ist unglaublich.«

»Wir werden ja sehen«, sagte mein Wirt; »Sie sagen also, es sei am 30. Mai gewesen, als Sie sich schlafen gelegt hätten.«

»Ja.«

»Darf ich fragen in welchem Jahre?«

Unfähig zu sprechen, starrte ich ihn einige Augenblicke an.

»Ja, in welchem Jahre, wenn ich fragen darf? Wenn Sie mir das gesagt haben, werde ich imstande sein, Ihnen zu sagen, wie lange Sie geschlafen haben.«

»Es war im Jahre 1887«, sagte ich.

Mein Wirt bestand darauf, daß ich noch einmal von dem Glas trinken sollte, und fühlte mir den Puls.

»Mein lieber Freund«, sagte er, »Ihr Benehmen zeigt mir, daß Sie ein Mann von Bildung sind, was in Ihren Tagen keineswegs so selbstverständlich war, als es jetzt ist. Zweifellos haben Sie also die Beobachtung gemacht, daß man in dieser Welt ein Ding nicht wunderbarer nennen kann als ein anderes. Denn jede Wirkung steht im direkten Verhältnis zu ihrer Ursache. Daß Sie von dem, was ich Ihnen zu sagen habe, sehr überrascht sein werden, ist zu erwarten; aber ich habe das Zutrauen zu Ihnen, daß Sie dadurch Ihren Gleichmut nicht verlieren werden. Sie erscheinen wie ein junger, kaum dreißigjähriger Mann und Ihre Körperbeschaffenheit scheint nicht wesentlich von derjenigen eines Mannes verschieden zu sein, der eben aus einem etwas zu langen und tiefen Schlaf erwacht ist, und doch ist heute der 10. September des Jahres 2000, und Sie haben grade 113 Jahre, 3 Monate und 11 Tage geschlafen.

Da ich mich etwas betäubt fühlte, trank ich auf Empfehlung meines Arztes eine Tasse einer Art Bouillon, worauf ich sofort sehr schlaftrunken wurde und in einen tiefen Schlaf fiel.

Als ich erwachte, strahlte das Zimmer, das bei meinem ersten Erwachen künstlich erleuchtet war, im hellen Tageslicht. Mein geheimnisvoller Wirt saß neben mir. Er sah mich nicht an, als ich die Augen aufschlug; so hatte ich eine gute Gelegenheit, ihn zu betrachten und über meine ungewöhnliche Lage nachzudenken, ehe er bemerkte, daß ich wach war. Mein Schwindel war vergangen und mein Geist vollkommen klar. Die Geschichte, daß ich 113 Jahre geschlafen haben sollte, die ich in meinem früheren schwachen und verwirrten Zustand ohne Frage hingenommen hatte, kam mir jetzt wieder als eine abgeschmackte Mystifikation vor, über deren Motiv ich mir keine Klarheit verschaffen konnte.

Etwas Außergewöhnliches mußte sich jedenfalls ereignet haben, das mein Erwachen in diesem fremden Hause bei diesem Unbekannten erklärte, aber meiner Phantasie war es rein unmöglich, mehr zu tun, als ins Blaue hinein zu raten. War es möglich, daß ich das Opfer einer Verschwörung geworden wäre? Es sah wirklich danach aus, und doch war es sicher, daß, wenn menschliche Züge jemals die Wahrheit gesprochen haben, dieser Mann neben mir, mit seinem so feinen und geistvollen Gesicht, nicht Teilnehmer an einem Verbrechen oder Frevel sein konnte. Dann fragte ich mich, ob ich nicht die Zielscheibe eines Scherzes von seiten meiner Freunde sein könnte, die auf irgendeine Weise hinter das Geheimnis meines unterirdischen Zimmers gekommen wären und mir auf diese Weise die Gefahr, die mit diesen mesmerischen Versuchen verbunden sei, beweisen wollten. Diese Annahme war sehr unglaublich; Sawyer würde mich nie verraten haben, auch hatte ich keine Freunde, die so etwas zu unternehmen gewagt hätten; nichtsdestoweniger war die Annahme, daß man sich einen Scherz mit mir gemacht, die einzig haltbare. Ich erwartete jeden Augenblick hinter einem Stuhl oder Vorhang hervor ein bekanntes Gesicht grinsen zu sehen und sah mich im Zimmer um. Als meine Augen zunächst auf meinen Wirt fielen, sah er mich an.

»Sie haben zwölf Stunden schön geschlafen«, sagte er erfreut, »und ich sehe, es hat Ihnen gutgetan. Sie sehen viel besser aus; Ihre Farbe ist gut, Ihr Auge klar; wie fühlen Sie sich?«

»Ich habe mich nie besser gefühlt«, erwiderte ich und setzte mich auf.

»Sie erinnern sich zweifellos Ihres ersten Erwachens«, fuhr er fort, »und Ihres Erstaunens, als ich Ihnen sagte, wie lange Sie geschlafen hätten.«

»Sie sagten, glaube ich, ich hätte 113 Jahre geschlafen.«

»Ganz recht.«

»Sie werden zugestehen«, sagte ich mit einem spöttischen Lächeln, »daß diese Geschichte etwas unwahrscheinlich klingt.«

»Ungewöhnlich, das gebe ich zu«, antwortete er, »aber unter den richtigen Vorbedingungen nicht unwahrscheinlich, auch nicht im Widerspruch mit dem, was wir von dem

Betäubungszustand wissen. Wenn er vollständig ist, wie in Ihrem Falle, wird die Lebenstätigkeit vollständig aufgehoben, und es tritt keine Zerstörung der Gewebe ein. Wenn die äußeren Bedingungen den Körper vor physischer Verletzung schützen, kann man gar nicht sagen, wie lange eine solche Betäubung dauern kann. Die Betäubung, in der Sie gelegen, ist allerdings die längste, von der wir je gehört haben; aber wir haben keinen Grund anzunehmen, daß Sie nicht noch undenkliche Zeiten in einem Zustand gehemmter Lebenstätigkeit hätten bleiben können, wären Sie nicht gefunden worden und wäre der Raum, in dem wir Sie fanden, unberührt geblieben; die allmähliche Abkühlung der Erde würde dann das Zellengewebe zerstört und den Geist befreit haben.«

War ich wirklich Gegenstand eines Scherzes geworden, so mußte ich zugestehen, daß die Urheber desselben ein ausgezeichnetes Werkzeug zur Ausführung gewählt hatten. Dieser Mann hätte mit seiner eindringlichen und sogar beredten Sprache beweisen können, daß der Mond ein Käse sei. Das Lächeln, mit dem ich seine Betäubungshypothese aufnahm, brachte ihn nicht im mindesten in Verlegenheit.

»Wollen Sie nicht fortfahren«, sagte ich, »und mir die genaueren Umstände erzählen, unter welchen Sie das Zimmer, von dem Sie sprachen, gefunden haben. Ich bin ein Freund von gut erfundenen Geschichten.«

»In unserem Falle«, war seine ernste Antwort, »könnte keine Erfindung so seltsam sein als die Wahrheit. Ich dachte nämlich schon seit Jahren daran, in dem großen Garten neben diesem Hause ein Laboratorium für chemische Experimente zu bauen. Am letzten Donnerstag wurde die Ausgrabung für den Keller endlich begonnen; am Abend war sie fertig und am Freitag sollten die Maurer kommen. Am Donnerstagabend hatten wir einen schrecklichen Regenguß und am Freitagmorgen fand ich meinen Keller in einen Teich verwandelt und die Wände abgewaschen. Meine Tochter, die mit mir gegangen war, um das Unglück zu besehen, machte mich auf eine Ecke des Mauerwerks aufmerksam, das durch das Einfallen der Wände bloßgelegt war. Ich räumte die Erde fort und da ich fand, daß es ein Teil einer großen Masse zu sein schien, beschloß ich es genauer zu untersuchen. Ich ließ Arbeiter holen und ein längliches Gewölbe, etwa acht Fuß unter der Oberfläche, bloßlegen, das augenscheinlich zu einem alten Hause gehört hatte. Eine Lage Asche und verkohltes Holz über dem Gewölbe bewies, daß das darüberstehende Haus von Feuer zerstört worden war. Das Gewölbe selbst war unversehrt, der Zement war wie eben erst angelegt. Es hatte eine Tür; diese konnten wir aber nicht aufbrechen, so entfernten wir eine der Steinplatten, welche das Dach bildeten, und gingen hinein. Die Luft war flau, aber rein und trocken und nicht kalt. Bei dem Schein meiner Laterne fand ich, daß das Gemach als Schlafzimmer nach der Mode des 19. Jahrhunderts eingerichtet war. Auf dem Bette lag ein junger Mann. Daß er tot war und schon seit einem Jahrhundert tot sein mußte, war uns außer allem Zweifel; aber daß der Körper so außerordentlich gut erhalten war, fiel mir und den ärztlichen Kollegen, die ich zugezogen hatte, auf. Wir wollten nicht glauben, daß eine solche Kunst des Einbalsamierens, wie wir sie hier vor uns sahen, jemals bekannt gewesen sei; doch hier schien ein deutlicher Beweis vorzuliegen, daß unsere Vorfahren sie besessen. Meine Kollegen, deren Neugier aufs höchste gespannt war, wollten sofort Experimente machen, um die Art des angewandten Verfahrens zu prüfen, aber ich hielt sie ab. Mein Beweggrund dazu, wenigstens der einzige Beweggrund, von dem ich jetzt zu sprechen brauche, war, daß ich mich erinnerte, einmal gelesen zu haben, wie sehr man zu Ihrer Zeit den tierischen Magnetismus gepflegt hatte. Es schien mir nicht ausgeschlossen, daß Sie in einem magnetischen Schlaf liegen könnten und daß das Geheimnis Ihrer körperlichen Erhaltung nicht die Kunst des Balsamierers, sondern das Leben sei. So äußerst chimärisch schien selbst mir dieser Gedanke, daß ich fürchtete, mich durch Aussprechen desselben bei meinen Kollegen lächerlich zu machen, und gab einen anderen Grund für Verschiebung der Experimente an. Sobald mich nun meine Kollegen verlassen hatten, ging ich systematisch an das Werk der Wiederbelebung, dessen Erfolg Sie kennen.«

Wäre seine Erzählung noch unglaublicher gewesen, die genaue Angabe aller Umstände und nicht minder die eindringliche Weise und die Persönlichkeit des Erzählers hätten ja den Zuhörer überrascht, so wurde es mir fast unheimlich, als er geschlossen hatte, mein Blick auf mein Bild in dem gegenüber hängenden Spiegel fiel. Ich stand auf und trat davor. Das Gesicht, das ich sah, war aufs Haar dasselbe als dasjenige, das ich gesehen hatte, als ich meine Krawatte band, ehe ich an jenem Dekorationstag zu Edith ging, dem Tage, der, wie mir dieser Mann glauben machen wollte, vor 113 Jahren gefeiert worden sei. Dabei kam die Überzeugung von dem riesigen Betrug, der an mir verübt werden sollte, von neuem über mich. Entrüstung über die schändliche Freiheit, die man sich mit mir nahm, bemeisterte sich meiner.

»Sie sind vermutlich überrascht zu sehen«, sagte mein Wirt, »daß Ihr Aussehen, obwohl Sie ein Jahrhundert älter sind, als da Sie sich schlafen legten, unverändert ist. Das braucht Sie nicht zu verwundern. Infolge des gänzlichen Stillstandes der Lebenstätigkeit haben Sie diese lange Zeitperiode überlebt. Wenn Ihr Körper während Ihrer Betäubung sich hätte verändern können, so hätte er sich schon lange zersetzt.« – Ich wandte mich zu ihm und sagte: »Mein Herr, ich kann mir nicht im entferntesten denken, welches Motiv Sie haben können, mir ernsten Gesichtes diesen Schnickschnack zu erzählen; aber Sie sind sicher selbst zu einsichtsvoll um nicht zu wissen, daß nur ein Schwachkopf sich dadurch täuschen lassen könnte. Verschonen Sie mich daher mit solch weiterem Unsinn und sagen Sie mir ein für allemal, ob Sie mir gefälligst verständigen Bescheid darüber geben wollen, wo ich bin und wie ich hierher kam, widrigenfalls soll mich niemand daran verhindern, mir selbst Aufschluß zu verschaffen.«

»Sie glauben also nicht, daß wir gegenwärtig das Jahr 2000 schreiben?«

»Halten Sie diese Frage wirklich noch für nötig?« entgegnete ich.

»Nun gut«, antwortete mein sonderbarer Wirt, »da ich Sie nicht überzeugen kann, so sollen Sie sich selbst überzeugen. Sind Sie stark genug, mir nach oben zu folgen?«

»Ich bin so stark wie immer«, erwiderte ich ärgerlich, »was ich beweisen werde, wenn dieser Scherz noch weitergeführt werden sollte.«

»Ich muß Sie bitten«, war seine Antwort, »daß Sie sich nicht so fest davon überzeugt halten, Sie seien das Opfer eines losen Streiches, sonst dürfte der Rückschlag, den die Überzeugung von der Wahrheit meiner Angaben bei Ihnen hervorbringen würde, verhängnisvoll werden.«

Der sorgenvolle Ton in dem er sprach, gemischt mit Mitleid, sowie der Mangel jeden Zeichens von Verletztheit über meine herben Worte, fielen mir auf, und ich folgte ihm mit einem sonderbaren Gemisch von Empfindungen. Er führte mich zwei Treppen hinauf und dann noch eine kürzere, welche auf einem Balkon auf dem Dache auslief. »Nun, bitte, sehen Sie sich um«, sagte er, als wir auf dem Altan standen, »und sagen Sie mir, ob dies das Boston des neunzehnten Jahrhunderts ist.«

Zu meinen Füßen lag eine große Stadt. Meilenweit streckten sich breite Straßen, mit schattigen Bäumen und schönen Gebäuden besetzt, größtenteils nicht in zusammenhängenden Gevierten, sondern in größeren oder kleineren Umzäunungen, nach allen Richtungen. Jedes Viertel enthielt große freie Plätze mit Bäumen, unter denen Statuen glänzten und Brunnen in der späten Nachmittagssonne glitzerten. Öffentliche Gebäude von kolossalem Umfang und einer meinen Tagen fremden baulichen Großartigkeit, erhoben ihre stattlichen Säulen an allen Seiten. Wahrhaftig, ich hatte diese Stadt oder ihresgleichen nie gesehen. Ich erhob meine Augen endlich zum Horizont und blickte westwärts. War nicht jenes blaue Band, das sich dem Sonnenuntergang zuwandte, der sich schlängelnde Charlesfluß? Ich blickte nach Osten; der Hafen von Boston lag innerhalb seiner Landspitzen vor mir, keines seiner grünen Inselchen fehlte.

Nun wußte ich, daß mir über das Wunder, das sich mit mir zugetragen hatte, die Wahrheit gesagt worden war.

# *Viertes Kapitel*

Ich fiel zwar nicht in Ohnmacht, aber durch die Anstrengung, mir ein klares Bild von meiner Lage zu machen, wurde ich ganz schwindlig und ich weiß noch, daß mein Wirt mir seinen starken Arm geben mußte, als er mich von dem Dache in ein geräumiges Zimmer im zweiten Stockwerk führte, wo er darauf bestand, daß ich ein paar Gläser guten Weines trank und etwas aß.

»Ich denke, jetzt wird alles vorüber sein«, sagte er heiter. »Ich würde nicht so ein starkes Mittel gewählt haben, Sie von Ihrer Lage zu überzeugen, hätte mich nicht Ihre Auffassung von der Sache, so entschuldbar sie unter den Umständen ist, dazu genötigt. Ich gestehe«, fügte er lachend bei, »einmal fürchtete ich, ich würde einen Faustschlag von Ihnen bekommen, wenn ich nicht rasch handelte. Ich wußte, daß die Bostoner zu Ihrer Zeit berühmte Faustkämpfer waren und hielt es für das Beste, keine Zeit zu verlieren. Ich hoffe, Sie werden mich jetzt von der Anklage, daß ich Sie gefoppt hätte, freisprechen.«

»Wenn Sie mir gesagt hätten«, erwiderte ich ganz überwältigt von dem was ich gesehen, »daß tausend und nicht nur hundert Jahre vergangen wären, seit ich diese Stadt zuletzt gesehen, würde ich es jetzt glauben.«

»Nur ein Jahrhundert ist vergangen«, antwortete er, »aber manches Jahrtausend hat nicht solche wunderbaren Veränderungen in der Welt hervorgebracht.«

»Und nun«, fügte er bei und streckte seine Hand mit unwiderstehlicher Herzlichkeit aus, »lassen Sie mich Sie in dem Boston des 20. Jahrhunderts und in diesem Hause herzlich willkommen heißen. Ich heiße Leete, Dr. Leete nennt man mich.«

Ich schüttelte ihm die Hand und sagte: »Ich heiße Julian West.«

»Ich freue mich sehr, Ihre Bekanntschaft zu machen, Herr West«, antwortete er. »Sie wissen, daß dieses Haus auf der Stelle Ihres eigenen erbaut ist, so hoffe ich, Sie werden sich leicht heimisch darin fühlen.«

Nach einigen Erfrischungen schlug mir Dr. Leete vor, ein Bad zu nehmen und Kleider zu wechseln, wovon ich mit Freuden Gebrauch machte.

Es schien nicht, als hätte eine große Umwälzung in der männlichen Kleidung stattgefunden, denn, einige Kleinigkeiten ausgenommen, waren mir meine neuen Kleider nicht auffällig.

Ich war nun physisch wieder ich selbst. Aber wie es in meinem Inneren aussah, wird der Leser gern wissen wollen. Was waren meine Empfindungen, als ich mich auf einmal gleichsam in eine neue Welt hineingeschneit fand? Wie würde der Leser sich fühlen, wenn er in einem Augenblick von der Erde ins Paradies, oder meinetwegen in die Hölle versetzt wäre? Würden seine Gedanken sofort zur Erde, die er eben verlassen hat, zurückkehren, oder würde er, nach dem ersten Schreck, sein früheres Leben unter den neuen Eindrücken vergessen, und sich erst später desselben wieder erinnern? Alles, was ich aus eigener Erfahrung bei meiner gegenwärtigen Veränderung sagen kann, ist, daß die letzte Hypothese wohl die richtige sein wird. Die Eindrücke des Erstaunens und der Neugierde, welche meine neue Umgebung hervorbrachte, beschäftigten mich, nach dem ersten Schreck, in einer Weise, daß alle anderen Gedanken ausgeschlossen waren. Zur Zeit war die Erinnerung an mein früheres Leben ausgelöscht.

Sobald ich mich durch die Güte meines Wirtes physisch erholt fühlte, war ich begierig, wieder auf das Dach zurückzukehren; und alsbald saßen wir dort in bequemen Stühlen, die Stadt unter und um uns herum. Nachdem mir Dr. Leete zahlreiche Fragen über die alten hervorragenden Gebäude, die ich vermißte, und die an deren Stelle getretenen beantwortet hatte, fragte er mich, was mir beim Vergleich der neuen mit der alten Stadt am meisten auffalle.

»Um zuerst von unbedeutenden Dingen zu sprechen«, antwortete ich, »so fällt mir vor allem auf, daß es keine Schornsteine und keinen Rauch gibt.«

»Ach!« rief mein Begleiter mit dem Ausdruck großen Interesses, »die Schornsteine hatte ich ganz vergessen, sie sind schon so lange abgeschafft. Es sind fast hundert Jahre, seitdem die rohe Methode der Feuerung, an die Sie gewöhnt waren, außer Gebrauch kam.«

»Was im allgemeinen den größten Eindruck auf mich macht«, sagte ich, »ist der materielle Wohlstand der Bevölkerung, auf den ich aus der Pracht der Stadt schließe.«

»Ich würde viel darum geben«, erwiderte Dr. Leete, »wenn ich einen Blick auf das Boston Ihrer Zeit tun könnte. Ohne Zweifel waren die Städte von damals, wie Sie andeuten, recht armselig. Wenn Sie sie hätten glänzend machen wollen, und ich bin nicht so unhöflich dies zu bezweifeln, so würden bei der herrschenden Armut, welche das Resultat Ihres merkwürdigen industriellen Systems war, die Mittel dazu gefehlt haben. Außerdem vertrug sich der weitgehende Individualismus, welcher damals herrschte, nicht mit dem Gemeinsinn. Das bißchen Reichtum, das Sie besaßen, scheint fast lediglich für Privatluxus verschwendet worden zu sein. Heutzutage dagegen ist keine Verwendung des Überschusses an Reichtum so allgemein beliebt als die für Verschönerung der Stadt, die alle gleichmäßig genießen.«

Die Sonne war untergegangen, als wir zu dem Dache zurückgekehrt waren, und während unseres Gespräches hatte sich die Nacht auf die Stadt gesenkt.

»Es wird dunkel«, sagte Dr. Leete. »Lassen Sie uns hinab ins Haus gehen; ich muß Ihnen meine Frau und Tochter vorstellen.«

Diese Worte erinnerten mich an die weiblichen Flüsterstimmen, die ich gehört hatte, als ich wieder zu Bewußtsein kam; und höchst begierig zu erfahren, wie die Damen des Jahres 2000 aussahen, ging ich lebhaft auf den Vorschlag ein. Das Gemach, in dem wir Frau und Tochter meines Wirtes fanden, wie das ganze Innere des Hauses war von einem milden Lichte erfüllt, das ein künstliches sein mußte, und doch sah ich die Quelle nicht, von der es ausging. Frau Leete war eine ausnehmend schöne Frau und noch gut konserviert, etwa im Alter ihres Gatten; ihre Tochter, in der ersten Blüte der Jungfräulichkeit, war das reizendste Mädchen, das ich je gesehen hatte. Ihr Gesicht war so bezaubernd, wie tiefblaue Augen, zarte Farben und vollendete Züge es nur machen konnten, hätte aber ihr Antlitz selbst besonderer Reize entbehrt, die untadelhafte Fülle ihrer Figur würde ihr die Stelle einer Schönheit unter den Frauen des 19. Jahrhunderts gesichert haben. Weibliche Zartheit und Weichheit waren in diesem lieblichen Geschöpf reizend mit dem Ausdruck von Gesundheit und übersprudelnder Lebhaftigkeit gepaart, was nur zu oft an den Mädchen, mit denen ich sie allein vergleichen konnte, zu vermissen war. Im Vergleich mit dem Sonderbaren meiner Lage schien es nur ein unbedeutender, aber doch auffallender Zufall, daß Ihr Name auch Edith sein mußte.

Die gesellige Unterhaltung, welche nun folgte, war gewiß einzig in ihrer Art, aber annehmen zu wollen, daß sie gezwungen und schleppend gewesen wäre, würde ein großer Irrtum sein. Ich glaube in der Tat, daß man sich in außergewöhnlichen Verhältnissen am natürlichsten und ungezwungensten gibt, weil solche Verhältnisse künstliche Gemachtheit aus dem Kreise verbannen. Jedenfalls weiß ich, daß an diesem Abende mein Verkehr mit diesen Repräsentanten eines anderen Jahrhunderts und einer anderen Welt von einer Offenheit und Freimütigkeit war, wie sie nur selten bei langer Bekanntschaft gefunden werden.

Gewiß hatte der feine Takt meiner Umgebung viel damit zu tun. Natürlich sprachen wir nur von dem sonderbaren Umstande, der mich hierher gebracht hatte, aber sie gaben ihrem Interesse daran so unbefangen und offen Ausdruck, daß der Gegenstand völlig den Charakter des Unnatürlichen und Märchenhaften verlor, das so leicht hätte die Oberhand gewinnen können. Man hätte denken können, sie wären gewohnt, sich alle Tage mit solchen Verirrten aus einem anderen Jahrhundert zu unterhalten, so ausgezeichnet war ihr Takt.

Was mich selbst betrifft, so erinnere ich mich nicht, jemals lebhafter und scharfsinniger gewesen zu sein, als an diesem Abende. Ich will natürlich nicht sagen, daß das Bewußtsein meiner staunenerregenden Lage mich auch nur einen Augenblick verlassen hätte, aber die Hauptwirkung desselben war eine fieberhafte Aufregung, eine Art geistigen Rausches.

Edith beteiligte sich nur wenig an der Unterhaltung, aber wenn hie und da der Magnetismus ihrer Schönheit meine Blicke auf ihr Gesicht zog, fand ich ihre Augen mit tiefer Intensität, fast wie Begeisterung auf mich gerichtet. Es war klar, daß ich ihr Interesse in ungewöhnlichem Grade erregt hatte, was bei einem Mädchen mit Phantasie nicht zu verwundern war. Obgleich ich vermutete, Neugier sei der Hauptgrund ihres Interesses, so mußte es doch Eindruck auf mich machen, selbst wenn sie weniger schön gewesen wäre.

Dr. Leete und seine Damen schienen sich sehr für meinen Bericht über die Umstände zu interessieren, unter denen ich in dem unterirdischen Raume eingeschlafen war. Alle sprachen Vermutungen darüber aus, wie es gekommen sein könnte, daß ich dort vergessen wurde, und die Theorie, zu der wir schließlich uns einigten, bot wenigstens eine plausible Erklärung, obgleich wir natürlich niemals wissen werden, ob es die richtige ist. Die Lage von Asche, welche oberhalb der Kammer gefunden worden war, ließ vermuten, daß das Haus niedergebrannt war. Wir wollen annehmen, daß das Feuer in der Nacht, in welcher ich einschlief, ausgebrochen sei. Es bleibt nur noch die Vermutung, daß Sawyer irgendwie bei dem Brande umgekommen wäre, und alles Übrige folgt ganz natürlich. Niemand als er und Dr. Pillsbury wußten von der Existenz der Kammer und meiner Anwesenheit darin, und Dr. Pillsbury, der in jener Nacht nach New Orleans gegangen war, hatte wahrscheinlich nie etwas von dem Brande gehört. Meine Freunde und das Publikum müssen geglaubt haben, ich sei in den Flammen umgekommen. Nur eine gründliche Ausgrabung der Ruinen hätte zur Entdeckung meiner Kammer führen können. Natürlich wenn die Brandstelle sofort wieder bebaut worden wäre, würde eine Ausgrabung notwendig gewesen sein, aber die unruhigen Zeiten und die ungünstige Örtlichkeit werden einen Neubau verhindert haben. Die Größe der Bäume in dem Garten, der jetzt an der Stelle war, ließ nach Dr. Leetes Angabe vermuten, daß sie über ein halbes Jahrhundert offenes Land gewesen sei.

# *Fünftes Kapitel*

Als im Verlaufe des Abends die Damen sich zurückgezogen und mich mit Dr. Leete allein gelassen hatten, horchte er mich über mein Bedürfnis nach Schlaf aus und sagte, wenn ich schläfrig wäre, mein Bett sei bereit; aber wenn ich noch munter bleiben wollte, so würde er mir mit Vergnügen Gesellschaft leisten. »Ich gehe spät zu Bett«, sagte er, »und ohne Ihnen schmeicheln zu wollen, kann ich mir keinen interessanteren Gesellschafter als Sie denken. Man hat nicht oft Gelegenheit, sich mit einem Manne aus dem 19. Jahrhundert zu unterhalten.«

Ich hatte nun den ganzen Abend mit Schrecken an die Stunde gedacht, wo ich allein sein würde. Von diesen so sehr freundlichen Fremden umgeben, angeregt und unterstützt von ihrem sympathischen Interesse, war es mir möglich gewesen, im Gleichgewicht zu bleiben. Aber sogar in den Pausen, welche die Unterhaltung mit sich brachte, befiel mich wie ein Blitz das schreckliche Gefühl des Fremdseins, das mir ins Gesicht starren würde, wenn ich keine Zerstreuung mehr hatte. Ich wußte, ich würde diese Nacht nicht schlafen können und es wird mir niemand Feigheit vorwerfen, wenn ich gestehe, daß ich mich fürchtete, mit meinen Gedanken wachzuliegen. Als ich dies meinem Wirte als Antwort auf seine Frage offen sagte, meinte er, es würde auffallend sein, wenn es anders wäre, aber ich brauchte keine Sorge zu haben wegen des Schlafes, wenn ich zu Bette zu gehen wünschte, würde er mir ein Pülverchen geben, das mir unfehlbar einen gesunden Schlaf verschaffen würde. Morgen früh würde ich dann wie ein alter Bürger von Boston aufwachen.

»Ehe ich das kann«, entgegnete ich, »muß ich erst etwas mehr über das Boston wissen, in das ich zurückgekehrt bin. Sie sagten mir vorhin, es hätten sich, obwohl seit meinem Einschlafen ein Jahrhundert vergangen sei, in demselben doch mehr Veränderungen in den Zuständen der Menschheit ereignet, als sonst in einem Jahrtausend. Mit der Stadt zu meinen Füßen konnte ich das wohl glauben, aber ich möchte gern etwas Näheres über die Art dieser Veränderungen erfahren. Um irgendwo anzufangen, denn der Gegenstand ist ein umfassender, so möchte ich fragen, haben Sie eine Lösung für die Arbeiterfrage gefunden und welche? Sie war das Rätsel der Sphinx im 19. Jahrhundert, und als ich abtrat, drohte die Sphinx die Gesellschaft zu verschlingen, da keine Antwort gegeben wurde. Es lohnt sich recht wohl hundert Jahre zu schlafen, um die richtige Antwort zu erfahren, wenn Sie dieselbe gefunden haben.«

»Da wir heutzutage so etwas wie die Arbeiterfrage nicht kennen«, antwortete Dr. Leete, »und ich nicht weiß, auf welche Weise sie auftauchen könnte, so vermute ich, dürften wir uns rühmen, sie gelöst zu haben. In der Tat hätte die Gesellschaft verdient, verschlungen zu werden, wenn es ihr nicht gelungen wäre, ein so einfaches Rätsel zu lösen. Die Gesellschaft brauchte ja das Rätsel gar nicht zu lösen; es löste sich sozusagen selbst. Die Lösung kam als das Resultat eines Prozesses von gewerblicher Evolution, der gar nicht anders enden konnte. Alles, was die Gesellschaft zu tun hatte, war, diese Entwicklung anzuerkennen und mit ihr zu kooperieren, als ihre Tendenz unverkennbar geworden war.«

»Zu der Zeit, als ich einschlief«, sagte ich, »hatte man meines Wissens noch nichts von einer solchen Evolution wahrgenommen.«

»Ich denke Sie sagten, Sie seien 1887 eingeschlafen.«

»Ja, am 30. Mai 1887.«

Der Doktor sah mich ein paar Augenblicke gedankenvoll an, dann sagte er: »Und Sie sagen mir, selbst damals habe man noch nicht die Natur der Krisis erkannt, welcher die Gesellschaft zusteuerte? Ich bezweifle natürlich Ihre Angabe nicht; die sonderbare Blindheit Ihrer Zeitgenossen für die Zeichen der Zeit ist eine Erscheinung, von welcher viele unserer Geschichtsschreiber sprechen, aber für uns ist nichts so schwer zu verstehen als dies, da, wenn wir zurückblicken, die Anzeigen einer bevorstehenden Umgestaltung so klar und unverkennbar waren, daß sie Ihren Blicken nicht entgehen konnten. Es würde mich interessieren, Herr West, wenn Sie mir einen etwas bestimmteren Begriff von der Anschauung geben wollten, welche Sie und Männer Ihres Bildungsgrades von dem Zustande und den Aussichten der Gesellschaft im Jahre 1887 hatten. Sie müssen doch wenigstens gesehen haben, daß die weitverbreiteten gewerblichen und sozialen Störungen, sowie die dahintersteckende Unzufriedenheit aller Klassen mit den Ungleichheiten der Gesellschaft, Vorboten großer Veränderungen irgendwelcher Art waren.«

»Das haben wir allerdings klar genug gesehen«, erwiderte ich. »Wir fühlten, daß die Gesellschaft keinen Ankergrund mehr hatte und in Gefahr war, ein Spiel der Wellen zu werden. Wohin sie treiben würde, konnte niemand sagen, aber alle fürchteten die Klippen.«

»Und dennoch«, sagte Dr. Leete, »die Richtung der Strömung war völlig sichtbar, wenn Sie sich nur Mühe gegeben hätten, sie zu beobachten, und sie führte nicht nach den Klippen, sondern in tieferes Fahrwasser.«

»Ich kann nur sagen«, erwiderte ich, »daß, als ich in den langen Schlaf fiel, die Aussichten derart waren, daß ich mich nicht gewundert haben würde, wenn ich heute von Ihrem Dache aus auf einen Haufen verkohlter und mit Moos bedeckter Ruinen, anstatt auf diese herrliche Stadt geblickt hätte.«

Dr. Leete hatte mir aufmerksam zugehört und nickte gedankenvoll, als ich schwieg. »Was Sie gesagt haben«, bemerkte er, »wird als eine wertvolle Rechtfertigung »Steriots« angesehen werden können, dessen Bericht von Ihrer Zeit allgemein für übertrieben gilt, wenn er die geistige Düsterkeit und Zerfahrenheit der Menschen schildert. Daß eine solche Übergangsperiode voll Aufregung und Erschütterung war, konnte man erwarten, aber wenn man sieht, nach einem wie klaren Ziele die wirkenden Kräfte strebten, so sollte man glauben, daß eher Hoffnung als Furcht die Geister beherrscht hätte.«

»Sie haben mir noch nicht die Auflösung des Rätsels gegeben, die Sie fanden«, sagte ich. »Ich möchte gerne wissen, wie ein Friede und Wohlstand, dessen Sie sich jetzt zu erfreuen scheinen, das Resultat einer Zeit wie der meinigen sein kann.«

»Entschuldigen Sie«, antwortete mein Wirt, »rauchen Sie vielleicht?« Erst nachdem wir Zigarren angezündet hatten, fuhr er fort. »Da Sie, wie ich, lieber plaudern als schlafen wollen, so will ich versuchen, Ihnen einen Begriff von unserem modernen Industriesystem zu geben, um den Eindruck bei Ihnen zu zerstören, als ob in dem Entwicklungsprozeß irgendein Geheimnis wäre. Die Leute von Boston standen zu Ihrer Zeit in dem Rufe, daß sie gerne Fragen stellten, und zum Beweis, daß wir es noch immer so machen, will ich damit beginnen, Ihnen eine solche vorzulegen. Was würden Sie als hervorragende Eigentümlichkeit der Arbeiterunruhen Ihrer Zeit bezeichnen?«

»Nun, die Streiks natürlich«, sagte ich.

»Ganz recht; aber was ließ die Streiks so fürchterlich erscheinen?«

»Die großen Arbeiterorganisationen.«

»Und was war der Beweggrund für diese großen Organisationen?«

»Die Arbeiter behaupteten, sie müßten sich vereinigen, um ihre Rechte den großen Korporationen gegenüber sich zu erhalten«, sagte ich.

»Das ist es eben«, sagte Dr. Leete, »die Arbeitervereine

und die Streiks waren lediglich die Folge der Konzentration des Kapitals in nie zuvor gekannten Massen. Ehe diese Konzentration begann, wurden Handel und Industrie von unzähligen kleinen Geschäften mit kleinem Kapitel betrieben, anstatt von wenigen großen Geschäften mit großem Kapital, und so war der einzelne Arbeiter verhältnismäßig eine wichtige Persönlichkeit und unabhängig von seinem Arbeitgeber. Wenn nun ein kleines Kapital oder eine neue Idee einem Manne genügte, ein selbständiges Geschäft anzufangen, wurden immer mehr Arbeiter Arbeitgeber und es bestand keine feste Grenze zwischen den beiden Klassen. Arbeitervereine waren da unnötig und allgemeine Streiks waren außer Frage. Als aber die Ära der großen Vereinigungen von Kapital auf diejenige der kleinen Geschäfte folgte, änderte sich alles. Der einzelne Arbeiter, welcher für den kleinen Geschäftsmann von Wichtigkeit war, sank in Unbedeutendheit und Ohnmacht gegenüber der großen Vereinigung, während sich ihm gleichzeitig der Weg zum Arbeitgeber verschloß. Selbsthilfe nötigte ihn, sich mit seinen Genossen zu verbinden.

Die Berichte dieser Periode zeigen, daß die Entrüstung gegen die Verbindung des Kapitals furchtbar war. Man glaubte, daß sie die Gesellschaft mit einer Tyrannei bedrohe, schlimmer als sie je eine erduldet; daß die großen Korporationen ein Sklavenjoch für sie schmiede. Blicken wir zurück, so kann uns die Verzweiflung der Arbeiter nicht wundern, denn die Menschheit hat nie einem traurigeren und schrecklicheren Los entgegengesehen, als ein Bund von Tyrannen, die sie fürchtete, gewesen sein würde.

Inzwischen ging die Aufsaugung des Geschäfts durch immer wachsende Monopole ihren Weg, ohne sich durch das Geschrei dagegen im mindesten aufhalten zu lassen. In den Vereinigten Staaten, wo sich diese Aufsaugung später vollzog als in Europa, gab es, nach Anfang des letzten

Viertels des 19. Jahrhunderts, nicht die mindeste Möglichkeit zu einzelnen Unternehmungen auf irgend einem Gebiete der Industrie, das einige Bedeutung hatte, wenn sie nicht von einem großen Kapital unterstützt waren. In den letzten zehn Jahren des Jahrhunderts waren die wenigen übrig gebliebenen kleinen Geschäfte nichts als verschwindende Überbleibsel einer vergangenen Zeit, oder Schmarotzer bei großen Verbindungen, oder sie vegetierten auf Gebieten, die zu geringfügig waren, um große Kapitalisten anzulocken. Was überhaupt noch an kleinen Geschäften bestand, fristete sein Leben wie Ratten und Mäuse in Löchern und Winkeln und rechnete darauf, unbemerkt zu bleiben, um sich des Lebens freuen zu können. Die Eisenbahnen hatten sich konsolidiert, bis einige große Syndikate jede einzelne Schiene im Lande kontrollierten. In Fabriken beherrschte ein Syndikat jede Ware von Bedeutung. Diese Syndikate, Pools, Trusts, oder wie sie hießen, bestimmten Preise und erdrückten alle Konkurrenz, außer wenn Kombinationen von gleicher Stärke erstanden. Dann entstand ein Kampf, der wieder in einer größeren Vereinigung endete. Der große Bazar in der Stadt hungerte durch Zweiggeschäfte seinen Konkurrenten auf dem Lande aus und absorbierte in der Stadt selbst seine kleineren Rivalen, bis das Geschäft eines ganzen Viertels unter einem Dach konzentriert war, wo hundert frühere Ladeninhaber als Ladendiener fungierten. Da der kleine Kapitalist kein eigenes Geschäft hatte, in dem er sein Geld anlegen konnte, trat er in den Dienst der Kombination, legte seine Kapitalien in ihren Papieren an und wurde so doppelt abhängig von ihr.

Die Tatsache, daß der verzweifelte Widerstand des Volkes gegen diese Vereinigung des Geschäfts in wenigen Händen ohnmächtig war, derselben Einhalt zu tun, ist ein Beweis dafür, daß starke wirtschaftliche Gründe dafür gesprochen haben müssen. Die kleinen Kapitalisten mit ihren zahllosen kleinen Geschäften waren den großen Verbindungen von Kapital gewichen, weil sie einer Zeit mit kleinlichen Verhältnissen angehörten und völlig unfähig waren, den Ansprüchen einer Dampf- und Telegraphenära mit riesigen Unternehmungen zu genügen. Zu der alten Ordnung der Dinge zurückzukehren, hätte soviel geheißen, als zu den Tagen zurückkehren, wo wir mit der Post reisten. So drückend und grausam die Herrschaft der großen Kapitalverbindungen war, so mußten selbst ihre Opfer, wenn auch unter Verwünschungen, den wunderbaren Aufschwung, den die nationale Industrie durch sie genommen, die ungeheuren Ersparnisse in Betrieb und Organisation anerkennen und eingestehen, daß seit Einführung des neuen Systems der Reichtum der Welt in einer Weise zugenommen hatte, wie man sich vorher nicht hatte träumen lassen. Zwar ist dadurch nur der Reiche reicher und die Kluft zwischen ihm und dem Armen weiter geworden, aber die Tatsache blieb stehen, daß das Kapital in seiner Vereinigung sich als wirksames Mittel erwiesen hatte, Reichtum zu schaffen. Die Rückkehr zum alten System mit seinen Unterabteilungen des Kapitals würde zwar eine größere Gleichheit in den Verhältnissen mit mehr individueller Geltung und Freiheit zurückgebracht haben, aber um den Preis allgemeiner Verarmung und Rückganges des allgemeinen Fortschrittes.

Gab es denn nun kein Mittel, sich der Dienste der allmächtigen, Reichtum erzeugenden Kapitalvereinigung zu versichern, ohne sich vor einer Plutokratie, wie die Karthagos war, zu beugen? Sobald die Menschen anfingen, sich solche Fragen vorzulegen, fanden sie auch leicht die Antwort darauf. Das Streben nach einer Geschäftsführung mit immer wachsenden Kapitalverbindungen, nach Monopolen, das so heftig, aber erfolglos bekämpft worden war, wurde endlich in seiner wahren Bedeutung, als ein Prozeß anerkannt, der nur seine logische Entwicklung zu vollenden brauchte, um der Menschheit eine goldene Zukunft zu eröffnen.

Im Anfang dieses Jahrhunderts wurde diese Vollendung vollzogen, indem sich das ganze Kapital der Nation konsolidierte. Die Industrie und der Handel des ganzen Landes hörten auf, von einer Anzahl Korporationen und Syndikaten von Privatpersonen ohne Verantwortlichkeit, nach eigenem Belieben zu eigenem Vorteil geführt zu werden, und wurden der Leitung eines einzigen Syndikats, das die Nation vertrat, anvertraut, um im allgemeinen Interesse und zum allgemeinen Vorteil betrieben zu werden. Die Nation, nämlich die eine große Geschäftskorporation, in welcher alle anderen Korporationen aufgegangen waren, wurde der einzige Kapitalist, der einzige Arbeitgeber, das einzige Monopol, welches alle früheren und kleineren Monopole verschlungen hat, ein Monopol, in dessen Gewinne sich alle Bürger teilen. Mit einem Worte, das Volk der Vereinigten Staaten beschloß, die Führung seines Geschäftes selbst in die Hand zu nehmen, grade wie es vor hundert und mehr Jahren die Leitung seiner Regierung selbst in die Hand genommen hatte, und organisierte die industriellen Verhältnisse nach denselben Grundsätzen als die politischen. Endlich hatte man begriffen – leider etwas spät – daß kein Geschäft so wesentlich Gemeingeschäft ist, als die Industrie und der Handel, von denen der Unterhalt des Volkes abhängt, und daß es eine ebensogroße, wenn nicht größere Torheit ist, sie Privatpersonen zu überlassen, um ihren Privatvorteil daraus zu ziehen, als Königen und Fürsten die Funktionen der Staatsgewalt zu überlassen, zum Zwecke ihrer persönlichen Verherrlichung.«

»Jedenfalls hat aber auch eine solche fabelhafte Veränderung furchtbares Blutvergießen und Revolution verursacht«, sagte ich.

»Im Gegenteil«, erwiderte Dr. Leete, »es fand nicht der geringste Gewaltakt statt. Man hatte den Wechsel lange vorhergesehen. Die öffentliche Meinung war reif dafür und die ganze Masse des Volkes unterstützte ihn. Weder Gewalt noch Gründe konnten ihm widerstehen. Auf der anderen Seite fühlte man keine Bitterkeit mehr gegen die großen Korporationen, da man gelernt hatte, dieselben als notwendige Verbindungsglieder und Übergänge in der Entwicklung des wahren industriellen Systems anzusehen. Die bittersten Feinde der großen privaten Syndikate mußten jetzt anerkennen, wie unschätzbar und unentbehrlich ihre Dienste gewesen waren, um das Volk dafür zu erziehen, sein Geschäft selbst in die Hand zu nehmen. Fünfzig Jahre früher würde die Konsolidation der Industrie unter nationale Kontrolle selbst dem Sanguiniker ein sehr gewagtes Experiment geschienen haben. Aber die großen Korporationen hatten dem Volke durch Anschauung ganz neue Begriffe darüber beigebracht. Es hatte viele Jahre lang gesehen, wie Syndikate über Einkünfte verfügten, größer als die von Staaten, wie sie Hunderttausende von Arbeitern mit einer Geschicklichkeit und Wirtschaftlichkeit regierten, die in kleinen Verhältnissen nicht zu erreichen gewesen wären. Man hatte es als ein Axiom anerkannt, daß je größer das Geschäft, desto einfacher die zur Anwendung kommenden Grundsätze seien; daß das *System*, welches in einem großen Geschäftsbetrieb dasselbe ist, was in einem kleinen des Meisters Auge, zu besseren Resultaten führt. So kam es, daß als der Vorschlag gemacht wurde, die Nation solle die Funktionen der Korporationen selbst übernehmen, selbst der Furchtsame sich der Sache gewachsen fühlte. Gewiß war es ein großer Schritt, aber die Tatsache, daß die Nation die einzige Korporation wurde, befreite das Unternehmen von vielen Schwierigkeiten, gegen welche die einzelnen Syndikate hatten kämpfen müssen.«

# *Sechstes Kapitel*

Dr. Leete unterbrach seine Rede, und ich schwieg und versuchte mir ein allgemeines Bild von den Veränderungen in der Gesellschaft zu machen, welche die großartige Revolution, von welcher wir gesprochen, hervorgerufen hatte. – Endlich sagte ich: »Der Gedanke an eine solche Erweiterung der Regierungstätigkeit ist, um das Geringste zu sagen, wahrhaft überwältigend.«

»Erweiterung!« sagte er, »wo ist die Erweiterung?«

»Zu meiner Zeit«, erwiderte ich, »waren die Regierungsfunktionen, streng genommen, darauf beschränkt, für Erhaltung des Friedens zu sorgen und das Volk gegen seine Feinde zu verteidigen, d.h. auf Militär- und Polizeigewalt.«

»Um des Himmels willen, wer sind diese Feinde?« rief Dr. Leete. »Sind es Frankreich, England, Deutschland, oder Hunger, Kälte und Armut? In Ihrer Zeit waren die Regierungen gewöhnt, bei dem geringsten internationalen Mißverständnis sich an den Leibern der Bürger zu vergreifen und sie zu Hunderttausenden dem Tod und der Verstümmelung preiszugeben und ihren Wohlstand wie Wasser zu verschwenden; und alles dies meistens ohne den Schein von Vorteil für die Opfer. Wir haben jetzt keine Kriege und unsere Regierung keine Kriegsmacht, sondern um jeden ihrer Bürger gegen Hunger, Kälte und Armut zu schützen und um für alle seine physischen und geistigen Bedürfnisse zu sorgen, nimmt sie es auf sich, seine Industrie zu leiten. Nein, Herr West, wenn Sie darüber nachdenken, werden Sie zu der Überzeugung kommen, daß in Ihrer Zeit, nicht in der unsrigen die Erweiterung der Regierungsfunktionen ganz ungewöhnlich war. Nicht für die besten Zwecke würden wir jetzt unseren Regierungen solche Gewalten einräumen, wie damals für die schlimmsten eingeräumt wurden.«

»Ohne Vergleiche anstellen zu wollen«, sagte ich, »in meiner Zeit würden die Demagogie und die Korruption unserer Politiker unüberwindliche Hindernisse für die Regierung gewesen sein, die Leitung der nationalen Industrie zu übernehmen. Wir würden gedacht haben, nichts sei schlimmer, als den Politikern die Reichtum schaffende Maschinerie des Landes anzuvertrauen. Seine materiellen Interessen waren viel zu sehr der Spielball der Parteien.«

»Sie hatten gewiß recht«, entgegnete Dr. Leete, »aber das ist jetzt alles anders geworden. Wir haben weder Parteien noch Politiker, und was Demagogie und Korruption betrifft, so haben diese Worte nur noch eine historische Bedeutung.«

»Die menschliche Natur muß sich sehr verändert haben«, sagte ich.

»Ganz und gar nicht«, war Dr. Leetes Antwort, »aber die Lebensbedingungen haben sich verändert und mit ihnen die Beweggründe des menschlichen Handelns. Die Gesellschaft gibt der Niedertracht keine Prämien mehr. Aber das werden Sie erst verstehen, wenn Sie uns besser werden kennengelernt haben.«

»Aber Sie haben mir noch nicht gesagt, wie Sie das Arbeiterproblem gelöst haben. Wir haben von dem Kapitalprobleme gesprochen«, sagte ich. »Nachdem die Nation übernommen hatte, die Fabriken, Maschinen, Eisenbahnen, Landgüter, Bergwerke und überhaupt das Kapital des Landes zu leiten, so blieb doch immer noch die Arbeiterfrage übrig. Mit der Übernahme der Verantwortung für das Kapital hat die Nation die schwierige Stellung eines Kapitalisten auf sich genommen.«

»In dem Augenblick, da die Nation die Verantwortung für das Kapital übernahm, verschwanden diese Schwierigkeiten«, erwiderte Dr. Leete. »Die nationale Organisation der Arbeit unter einheitlicher Leitung umfaßte die vollständige Lösung dessen, was in Ihren Tagen unter Ihrem System mit Recht als das unlösbare Arbeiterproblem angesehen wurde. Als die Nation einziger Arbeitgeber wurde, wurden die Bürger, als solche, die Arbeiter und wurden je nach den Bedürfnissen der Industrie verwendet.«

»Das heißt«, fiel ich ein, »Sie haben lediglich das Prinzip der allgemeinen Wehrpflicht unserer Zeit auf die Arbeiterfrage angewandt.«

»Ja«, sagte Dr. Leete, »das war die natürliche Folge davon, daß die Nation alleiniger Kapitalist geworden war. Das Volk war schon daran gewöhnt, daß jeder gesunde Bürger die Pflicht hatte, seine Dienste der Verteidigung der Nation zu widmen. Ebenso klar war es, daß jeder Bürger seinen Teil an industriellen wie an geistigen Dienstleistungen zur Unterhaltung der Nation beitragen sollte; jedoch erst als die Nation der Arbeitgeber geworden war, konnte die Gesamtheit der Bürger diese Dienste mit Rücksicht auf Billigkeit leisten. Solange der Arbeit gebende Faktor in hundert oder tausend Individuen und Korporationen geteilt war, unter denen irgendein Einverständnis weder gewünscht, noch auch möglich war, solange konnte nicht von Organisation der Arbeit die Rede sein. Damals ereignete es sich beständig, daß große Mengen von Arbeitern, die arbeiten wollten, keine Arbeit finden konnten, und auf der anderen Seite konnten diejenigen, die wollten, einen Teil oder alle Verbindlichkeit zur Arbeit umgehen.«

»Arbeit«, erwiderte ich, »ist jetzt wohl obligatorisch?«

»Sagen Sie lieber, sie ist selbstverständlich«, entgegnete Dr. Leete. »Sie wird für so natürlich und vernunftgemäß angesehen, daß wir gar nicht mehr daran denken, sie obligatorisch zu nennen. Wer zur Arbeit gezwungen werden müßte, würde für unglaublich verächtlich gelten. Dennoch würde die absolute Unvermeidlichkeit nur ungenügend ausgedrückt sein, wenn man sie obligatorisch nennen wollte. Unsere ganze soziale Ordnung beruht so vollständig auf derselben, daß, wenn es überhaupt denkbar wäre, daß sich eine Person ihr entzöge, der letzteren gar keine Mittel für ihren Unterhalt bleiben würden. Sie würde sich selbst von der Welt ausgeschlossen, sich von der Gesellschaft abgeschnitten, kurz, sie würde Selbstmord begangen haben.«

»Ist die Dienstzeit in dieser Industriearmee fürs ganze Leben?«

»Keineswegs; sie beginnt später und endet früher als die durchschnittliche Arbeitsperiode in Ihren Tagen. Ihre Werkstätten waren voll von Kindern und alten Leuten, aber wir betrachten die Jugendzeit der Erziehung geweiht und widmen die Zeit, wenn die physischen Kräfte zu ermüden anfangen, der Gemächlichkeit und angenehmen Ruhe. Die Zeit für den Industriedienst ist vierundzwanzig Jahre, die mit Vollendung der Erziehung im einundzwanzigsten Jahre beginnt und mit dem fünfundvierzigsten Jahre endet. Nach diesem Jahre bleibt der Bürger zwar befreit von regelmäßiger Arbeit, kann aber vorkommenden Falls bei einem plötzlichen Anwachsen der Nachfrage nach Arbeit einberufen werden, bis er das Alter von fünfundfünfzig Jahren erreicht hat; aber solche Einberufungen kommen selten, ja fast gar nicht vor. Der 15. Oktober jeden Jahres ist unser Aushebungstag. Diejenigen, welche da das 21. Jahr erreicht haben, werden zum Industriedienst eingezogen, und diejenigen, welche nach 24jährigem Dienste das Alter von 45 Jahren erreicht haben, scheiden ehrenvoll aus dem Dienst. Dies ist das große Ereignis in unserem Jahre, der Tag, nach dem wir alle anderen Ereignisse berechnen, unsere Olympiade, nur daß sie sich jährlich wiederholt.«

# *Siebentes Kapitel*

»Nachdem Sie Ihre industrielle Armee ausgehoben haben«, sagte ich, »beginnt, nach meiner Meinung, die Hauptschwierigkeit, denn hier hört die Analogie mit der militärischen Armee auf. Die Soldaten haben alle dasselbe, und zwar etwas sehr Einfaches zu tun, nämlich die Handgriffe mit ihrer Waffe zu üben, zu marschieren, Wache zu stehen. Aber Ihre Armee muß ein paar hundert verschiedene Handwerke und Berufe lernen und ausüben. Welches Verwaltungs-Talent ist der Aufgabe gewachsen, für jedes einzelne Individuum in einer großen Nation das passende Handwerk und Geschäft auszuwählen?«

»Die Verwaltung hat hiermit nichts zu tun.«

»Wer sonst trifft aber die Wahl?« fragte ich.

»Jedermann für sich selbst je nach seiner natürlichen Anlage, und man gibt sich die größte Mühe, diese Anlage zu entdecken. Das Prinzip für unsere industrielle Armee ist, daß die geistigen und körperlichen Anlagen eines Menschen darüber entscheiden, was er mit größtem Vorteil für die Nation und mit der meisten Befriedigung seiner selbst arbeiten kann. Da die Verpflichtung zum Dienst in irgend einer Form nicht zu umgehen ist, so verläßt man sich wegen der Entscheidung über die besondere Art des Dienstes für jeden einzelnen Mann auf dessen freiwillige Wahl, welche allerdings einer notwendigen Regulierung unterworfen ist. Die Befriedigung des Arbeiters während seiner Dienstzeit hängt davon ab, daß seine Beschäftigung nach seinem Geschmack ist; deshalb beobachten Eltern und Lehrer von früher Kindheit an die Anzeigen besonderer Fähigkeiten ihrer Kinder. Anleitung zu industriellen Handgriffen findet keinen Raum in unserem Erziehungssystem, dieses ist auf allgemeine und humanistische Bildung gerichtet, aber ein theoretischer Unterricht über die verschiedenen Industrien wird erteilt und unsere Jugend wird beständig angehalten, die Werkstätten zu besuchen, und wird oft auf lange Ausflüge mitgenommen, um mit besonderen Industrien vertraut zu werden. Gewöhnlich hat ein junger Mann lange ehe er eingezogen wird, und wenn er Geschmack an einem besonderen Berufe gefunden hat, sehr viel Information über denselben sich angeeignet. Hat er dagegen keine besondere Vorliebe und trifft, bei sich bietender Gelegenheit, keine Wahl, so wird er einem Beruf zugewiesen, der keine besondere Geschicklichkeit erfordert und vielleicht Mangel an Arbeitskraft hat.«

»Es ist doch aber gewiß nicht möglich«, sagte ich, »daß die Zahl derer, die sich freiwillig für ein Gewerbe melden, sich grade mit der Zahl von Arbeitern deckt, die man bedarf. Sie wird gewöhnlich über oder unter dem Bedürfnis sein.«

»Die Zahl der Freiwilligen muß stets dem Bedürfnis entsprechen«, erwiderte Dr. Leete. »Hierfür hat die Verwaltung zu sorgen. Das Verhältnis derer, die sich zu einem Gewerbe melden, wird genau überwacht. Wenn ein auffallender Überschuß von Anmeldungen für ein gewisses Geschäft wahrzunehmen ist, so beweist dies, daß dasselbe besonders beliebt ist. Das Gegenteil ist Beweis für die Beschwerlichkeit desselben. Die Aufgabe der Verwaltung ist es nun, die Vorzüge des einen Gewerbes, was die Arbeit betrifft, mit denen eines anderen auszugleichen, damit alle Gewerbe für die betreffenden Personen gleiche Anziehung haben. Dies geschieht dadurch, daß die Arbeitszeit je nach der Beschwerlichkeit der Arbeit abgekürzt wird. So haben die leichteren Gewerbe die längste, die schwierigeren, wie z.B. die Bergwerkarbeiten, die kürzeste Arbeitszeit. Es gibt keine Theorie, keine Regel *a priori*, nach welcher die Anziehungskraft der einzelnen Geschäfte bemessen wird. Indem die Verwaltung eine Klasse von Arbeitern von Lasten befreit und sie anderen Klassen auferlegt, folgt sie lediglich der Ansicht der Arbeiter selbst, welche sich in der Anmeldung ausspricht. Als Grundsatz gilt, daß die Arbeit des einen nicht schwerer sein soll, als die des anderen und daß die Arbeiter selbst darüber entscheiden sollen. Für Anwendung dieser Regel gibt es keine Grenze. Wenn eine Beschäftigung so beschwerlich und anstrengend sein sollte, daß, um Freiwillige zu bekommen, die Tagesarbeit auf zehn Minuten herabgesetzt werden müßte, so würde es geschehen. Wenn selbst dann niemand die Arbeit tun wollte, so bliebe sie eben ungetan. Aber in Wirklichkeit natürlich reicht eine mäßige Herabsetzung der Arbeitszeit oder Gewährung anderer Vorteile hin, für jede notwendige Arbeit die nötigen Kräfte zu sichern. Wenn aber die unvermeidlichen Schwierigkeiten einer notwendigen Arbeit so groß wären, daß keine dafür gebotene Vorteile die Arbeiter zur Übernahme bewegen könnten, so brauchte die Verwaltung sie nur als »Extra« auszuschreiben und denjenigen, welche sie ausführen würden, den besonderen Dank der Nation in Aussicht zu stellen, um einen Zulauf von Freiwilligen zu erzielen. Unsere jungen Leute sind sehr ehrgeizig und lassen eine solche Gelegenheit nicht ungenutzt vorübergehen. Es versteht sich natürlich von selbst, daß die freiwillige Wahl eines Berufes von dessen Gesundheit für Leib und Leben abhängig ist. Gesundheit und Sicherheit sind allgemeine Bedingungen für alle Gewerbe. Die Nation verstümmelt und schlachtet ihre Arbeiter nicht zu Tausenden hin, wie die Privatkorporationen und Kapitalisten es zu Ihrer Zeit getan haben.«

»Wenn nun mehr sich zu einem Gewerbe melden, als gebraucht werden, wie wird dann die Entscheidung unter den Applikanten getroffen?« fragte ich.

»Diejenigen, welche sich schon als noch ungeschulte Arbeiter und in ihrer Lehrzeit das beste Lob erworben haben, erhalten den Vorzug. Niemand jedoch, der jahrelang in seinem Wunsch beharrt, zu zeigen, was er in einem Berufe leisten kann, wird zurückgewiesen. In betreff der Möglichkeit eines plötzlich eintretenden Mangels an Arbeitern in einem Gewerbe, oder der Notwendigkeit, die Arbeitskraft zu vermehren, muß ich beifügen, daß die Verwaltung sich zwar auf das System, die Gewerbe durch Freiwillige zu versehen, verläßt, aber immer sich das Recht vorbehält, besondere Freiwillige auszusuchen, oder aus irgendeinem Berufe die erforderliche Zahl auszuheben. Gewöhnlich aber können alle diese Bedürfnisse aus der Klasse der noch unausgebildeten, gewöhnlichen Arbeiter befriedigt werden.«

»Wie wird diese Klasse der gewöhnlichen Arbeiter rekrutiert?« fragte ich. »Gewiß tritt hier niemand freiwillig ein.«

»Zu dieser Klasse gehören alle neuen Rekruten während der ersten drei Jahre ihrer Dienstzeit. Erst nach dieser Periode, während welcher ein junger Mann von seinen Vorgesetzten zu jeder Arbeit bestellt werden kann, darf er einen speziellen Beruf wählen. Von diesen drei Jahren strenger Disziplin kann niemand befreit werden.«

»Für ein industrielles System scheint mir dies eine vortreffliche Einrichtung«, sagte ich, »aber wie steht es mit den Männern, die der Nation mit dem Kopfe, nicht mit der Hand dienen? Sie können doch natürlich nicht ohne Kopfarbeiter sein. Wie werden sie aus denen ausgesucht, die als Feldarbeiter und Handwerker dienen? Das verlangt eine sehr vorsichtige Wahl.«

»Allerdings«, entgegnete Dr. Leete, »hierbei ist die größte Vorsicht geboten; deshalb überlassen wir auch jedem Manne selbst, sich darüber zu entscheiden, ob er ein Kopf- oder ein Handarbeiter werden will. Am Ende der dreijährigen Periode, die jeder als gewöhnlicher Arbeiter dienen muß, kann er nach seinem Belieben sich entscheiden, ob er sich der Kunst oder einem sonstigen geistigen

Beruf widmen, ob er Feldarbeiter oder Handwerker werden will. Fühlt er, daß er bessere Arbeit mit seinen geistigen als mit seinen körperlichen Kräften tun kann, so findet er hinreichend Gelegenheit, die Echtheit seines vermuteten Talents zu prüfen, es auszubilden und dann seinen Beruf auszuüben. Die Schulen für Technologie, Medizin, Malerei, Musik, für Schauspielkunst und jede höhere Bildung stehen bedingungslos jedem Bewerber offen.«

»Sind dann nicht die Schulen gedrängt voll von jungen Leuten, deren einziger Beweggrund ist, sich von Arbeit zu befreien?«

Dr. Leete lächelte mit leiser Ironie und sagte: »Ich versichere Sie, kein Mensch tritt leicht in eine solche Schule mit der Absicht, der Arbeit zu entgehen. Die sind für diejenigen bestimmt, welche eine gewisse Fähigkeit für die betreffenden Lehrgegenstände haben, und wer diese nicht besitzt, würde lieber die doppelte Arbeitszeit in seinem Handwerk aushalten, als sich bemühen, mit den Schulklassen gleichen Schritt zu halten. Viele verkennen auch ihren Beruf, und wenn sie finden, daß sie den Ansprüchen nicht gewachsen sind, treten sie aus und kehren in den industriellen Dienst zurück. Das wirft keinen Makel auf diese Leute, denn es ist die Absicht, alle zu ermutigen, ihre etwaigen Talente, deren Vorhandensein erst durch einen Versuch festgestellt werden kann, auszubilden. Die wissenschaftlichen Schulen Ihrer Zeit konnten sich nur durch die Anzahl ihrer Schüler halten, und es scheint üblich gewesen zu sein, an Leute, welche später in den Beruf getreten sind, Zeugnisse der Reifheit zu geben, die sie nicht verdient haben. Unsere Schulen sind nationale Institute, und ihre Prüfungen bestanden zu haben, ist ein unzweifelhafter Beweis für besondere Fähigkeiten.«

»Diese Gelegenheit für berufliche Bildung«, fuhr Dr. Leete fort, »steht jedem Manne bis zu seinem fünfunddreißigsten Jahre offen, später werden keine Studenten mehr aufgenommen, weil nur noch zu kurze Zeit bis zu ihrer Entlassung aus dem Dienste der Nation übrigbleiben würde. In Ihren Tagen mußten die jungen Leute sich sehr jung für ihren Beruf entscheiden und trafen infolgedessen oft eine unglückliche Wahl. Heutzutage erkennen wir an, daß sich die natürlichen Fähigkeiten bei den einen später entwickeln als bei anderen, und deshalb bleibt die Wahl, die schon mit vierundzwanzig Jahren getroffen werden kann, noch elf Jahre länger offen. Ich muß noch bemerken, daß, unter gewissen Beschränkungen, das Recht, den Beruf zu wechseln, auch bis zum fünfunddreißigsten Jahre offen bleibt.«

Jetzt äußerte ich eine Frage, die mir schon ein dutzendmal auf den Lippen geschwebt hatte, eine Frage, die zu meiner Zeit als größte Schwierigkeit für Lösung des industriellen Problems angesehen worden war. »Es ist wunderbar«, sagte ich, »daß Sie noch mit keinem Worte erwähnt haben, wie die Lohnfrage behandelt wird. Da die Nation der alleinige Arbeitgeber ist, so muß die Regierung die Höhe der Löhne festsetzen und bestimmen, wieviel jeder einnehmen soll, von den Ärzten bis zu den Tagelöhnern. Soviel ich sagen kann, würde dieser Plan bei uns niemals haben durchgeführt werden können, und ich kann nicht einsehen, wie es jetzt möglich ist, es sei denn, daß sich die menschliche Natur geändert hat. Zu meiner Zeit war niemand mit seinem Lohn oder Gehalt zufrieden. Selbst wenn er wußte, daß er genug erhielt, war er doch überzeugt, daß sein Nachbar zuviel habe, was geradeso schlimm war. Wenn die allgemeine Unzufriedenheit in diesem Punkte, anstatt sich in Verwünschungen und Streiks gegen unzählige Arbeitgeber zu zersplittern, sich gegen einen einzigen konzentrierte, nämlich die Regierung, so würde diese wohl, und wenn sie noch so stark wäre, keine zwei Zahltage erlebt haben.«

Dr. Leete brach in ein herzliches Lachen aus.

»Sehr wahr, sehr wahr«, sagte er, »ein allgemeiner Ausstand würde dem ersten Zahltage gefolgt sein, und ein Streik gegen die Regierung ist eine Revolution.«

»Wie vermeiden Sie also«, fragte ich, »eine Revolution an jedem Zahltage? Hat ein wunderbarer Rechenmeister ein neues System des Kalküls erfunden, welches alle bei Auswerfung des genauen und verhältnismäßigen Wertes aller Arten von Dienstleistungen, mit dem Kopfe oder den Muskeln, mit der Hand oder der Stimme, mit dem Ohr oder dem Auge, befriedigt? Oder hat sich die menschliche Natur verändert, so daß niemand sich um seine eigenen Angelegenheiten, sondern jeder um die seines Nachbarn kümmert? Eines oder das andere hiervon muß die Sache erklären.«

»Weder das eine noch das andere«, war die lachende Antwort meines Wirtes. »Aber nun, Herr West«, fuhr er fort, müssen Sie daran denken, daß Sie nicht nur mein Gast, sondern auch mein Patient sind, und mir gestatten, Ihnen Schlaf zu verordnen, ehe wir weiter hierüber sprechen. Es ist nach drei Uhr.«

»Diese Verordnung ist gewiß sehr weise«, sagte ich, »ich will nur hoffen, daß sie ausgeführt werden kann.«

»Dafür will ich sorgen«, erwiderte der Doktor. Und er tat es denn auch, denn er gab mir ein Weinglas voll irgend etwas, was mich, sobald mein Kopf die Kissen berührte, in tiefen Schlaf fallen machte.

# *Achtes Kapitel*

Als ich erwachte fühlte ich mich ungemein erfrischt, blieb noch lange im Halbschlafe liegen und erfreute mich des Gefühls körperlichen Behagens. Die Eindrücke des gestrigen Tages, mein Erwachen, und zu finden, daß es das Jahr 2000 war, der Anblick des neuen Boston, mein Wirt und Familie, und das Wunderbare, das ich gehört hatte, dies alles war mir überraschend neu. Mir war es, als befände ich mich wie zu Hause in meinem Schlafzimmer und die Bilder meines halb wachenden, halb schlafenden Zustandes gaukelten mir Vorgänge aus meinem früheren Leben vor. Die Ereignisse des Dekorationstages, mein Gang mit Edith und ihren Eltern nach dem Gottesacker und das Mittagessen nach unserer Rückkehr schwebten vor meinem schlaftrunkenen Geiste. Ich erinnerte mich wie außerordentlich hübsch Edith ausgesehen hatte und dachte an unsere bevorstehende Heirat; aber kaum hatten meine Gedanken angefangen, diese entzückende Aussicht auszumalen, so wurden meine Träumereien durch die Erinnerungen an den Brief unterbrochen, den ich gestern abend von dem Baumeister bekommen hatte, und der mir mitteilte, daß die neuen Streiks die Vollendung meines Hauses auf unbestimmte Zeit verschoben hätten. Der Verdruß, den ich in der Erinnerung tatsächlich empfand, regte mich auf. Es fiel mir ein, daß ich um elf Uhr eine Zusammenkunft mit dem Baumeister haben sollte; aber als ich die Augen öffnete, um auf die am Fußende meines Bettes stehende Uhr zu sehen, fand mein Blick keine Uhr und ich bemerkte, daß ich nicht in meinem Zimmer war. Ich sprang von meinem Lager auf und blickte wild in dem fremden Zimmer umher.

Ich muß so minutenlang gesessen und um mich gestarrt haben, ohne den Schlüssel zu meiner Identität finden zu können. Es läßt sich gar nicht aussprechen, welche Seelenqualen ich in meiner Hilflosigkeit und in meinem Hinstarren in eine grenzenlose Leere erduldete, noch dazu, da ich nicht mehr wußte wer ich war. Hoffentlich brauche ich diese Erfahrung in meinem Leben nicht ein zweites Mal zu machen.

Ich weiß nicht, wie lange dieser Zustand gedauert hatte – es schien eine Unendlichkeit – da kam wie ein Blitz die Erinnerung zurück. Ich wußte nun wer und wo ich war, und wie ich hierher gekommen, und daß die Erscheinungen eines Lebens, scheinbar von gestern, sich auf eine Generation bezogen, die schon lange in Staub zerfallen war. Ich sprang aus dem Bette und stand mitten im Zimmer, die Hände mit aller Kraft gegen die Schläfen pressend, die zu zerspringen drohten. Dann sank ich vorwärts wieder auf das Lager, begrub das Gesicht in die Kissen und blieb regungslos liegen. Der unvermeidliche Rückschlag von dieser Aufregung, das geistige Fieber, als erste Wirkung meines schrecklichen Erlebnisses war gekommen. Nachdem ich zum Bewußtsein meiner wirklichen Lage gekommen war, war die Krisis eingetreten und ich lag da, die Zähne zusammengebissen, mit bebender Brust, klammerte mich mit der Kraft eines Rasenden an die Bettpfosten und rang mit dem Wahnsinn. Alles hatte sich von meinem Geiste abgelöst, die gewohnten Empfindungen, Gedankenassoziationen, Begriffe von Dingen und Personen, alles hatte sich aufgelöst, den Zusammenhang verloren und brodelte in einem unauflöslichen Chaos. Da gab es keine Anhaltspunkte, nichts war stetig; nur der Wille blieb, und war der menschliche Wille stark genug, zu diesem wogenden Meere zu sagen: »Schweig' und verstumme?« Ich wagte nicht, einen Gedanken zu fassen. Jeder Versuch darüber nachzudenken, was mich befallen hatte und was dies Alles in sich schloß, machte mich schwindeln. Der Gedanke, daß ich zwei Personen in mir vereinigte, begann mich zu verwirren. Ich wußte, daß ich auf dem Punkte war, den Verstand zu verlieren. Wenn ich mit meinen Gedanken so liegen bliebe, war ich verloren. Ich mußte Zerstreuung irgendwelcher Art, wenigstens körperliche Anstrengung haben. Ich sprang auf, kleidete mich schnell an, öffnete die Tür meines Zimmers und ging die Treppe hinab. Es war noch sehr früh, kaum völlig Tag, und ich fand niemand in dem unteren Teile des Hauses. In dem Vorsaale hing ein Hut; ich öffnete die Haustüre, welche so leicht verwahrt war, daß man sehen konnte, Diebstahl war im neuen Boston nicht zu befürchten, und trat auf die Straße. Zwei Stunden lang ging oder lief ich durch die Straßen der Stadt, namentlich in dem auf der Halbinsel gelegenen Teile der Stadt. Nur ein Altertumsforscher, der den Kontrast zwischen dem heutigen Boston und dem des 19. Jahrhunderts kennt, kann sich einen Begriff von den Überraschungen machen, die sich mir bei jedem Schritte boten. Als ich am Tage zuvor die Stadt vom Hausdache aus überblickte, erschien sie mir allerdings fremd, aber nur im Allgemeinen. Wie vollständig die Veränderung war, wurde mir erst jetzt klar, da ich durch die Straßen ging. Die wenigen alten Marksteine, welche übriggeblieben waren, verstärkten nur diesen Eindruck, ohne sie würde ich gedacht haben, ich sei nur in einer fremden Stadt. Du kannst als Kind deine Geburtsstadt verlassen und wenn du nach fünfzig Jahren zurückkehrst, sie in vielen Punkten verändert finden, du wirst erstaunt, aber nicht völlig verwirrt sein. Du bist dir bewußt, daß eine lange Zeit vergangen, und daß auch Veränderungen in dir selbst vorgegangen sind. Du erinnerst dich dunkel der Stadt, wie du sie als Kind gekannt; aber bei mir war kein Bewußtsein davon, daß Zeit vergangen war, für mich war es erst gestern, vor wenigen Stunden gewesen, daß ich durch diese Straßen gegangen, worin ich jetzt bei jedem Schritte die vollständigste Veränderung wahrnahm. Das

Bild von der alten Stadt war so frisch in meinem Geiste, daß es dem Eindrucke, den die neue Stadt machte, nicht weichen wollte, bald schien die alte, bald die neue Stadt Wirklichkeit. Alles was ich sah war auf diese Weise verschwommen, wie die Gesichter auf einer Gesellschaftsfotografie.

Schließlich stand ich wieder an dem Hause, von dem ich ausgegangen war. Meine Füße müssen mich instinktmäßig zu meinem alten Heim getragen haben, denn ich hatte kein klares Bewußtsein, daß ich dahin zurückkehrte. Das Haus war für mich nicht heimischer als jedes andere in dieser Stadt einer anderen Generation, auch die Bewohner desselben waren mir nicht weniger fremd als alle anderen Männer und Frauen auf der Welt. Wäre die Haustüre verschlossen gewesen, so würde mir eingefallen sein, daß ich kein Recht hatte einzutreten, und würde umgekehrt sein, aber sie gab dem Drucke meiner Hand nach, und indem ich unsicheren Schrittes durch die Flur ging, betrat ich durch eine hier befindliche Tür ein Gemach. Ich warf mich in einen Stuhl und bedeckte meine brennenden Augen mit den Händen, die Schrecken des Fremdseins auszuschließen. Meine Verwirrung hatte einen so hohen Grad erreicht, daß ich fast krank wurde. Wie kann ich den Schmerz dieser Augenblicke, oder das demütigende Gefühl der Hilflosigkeit beschreiben? In meiner Verzweiflung stöhnte ich laut. Ich begann zu fühlen, daß, wenn mir nicht irgendwoher Hilfe käme, ich wahnsinnig werden würde. Und in diesem Augenblicke kam Hilfe. Ich hörte das Rauschen eines Vorhanges und blickte auf. Edith Leete stand vor mir. Ihr schönes Angesicht war voll tiefsten Mitgefühls.

»Was ist geschehen, Mr. West?« fragte sie. »Ich war hier als Sie eintraten, sah Ihr trübseliges Aussehen, und als ich Sie stöhnen hörte, konnte ich nicht länger schweigen. Was ist Ihnen geschehen? Wo sind Sie gewesen? Kann ich Ihnen irgendwie helfen?«

Während sie sprach hielt sie mit einer Bewegung von Teilnahme ihre Hände vielleicht unwillkürlich hin. Jedenfalls, ich ergriff sie und hielt sie fest wie ein Ertrinkender das ihm zugeworfene Seil festhält. Als ich in ihr teilnehmendes Gesicht und ihre von Mitleid feuchten Augen blickte, hörte es in meinem Kopfe auf zu wirbeln. Das zarte menschliche Mitgefühl, welches sich in dem sanften Druck ihrer Finger aussprach, hatte mir die nötige Hilfe gebracht. Ihre Wirkung, zu beruhigen und zu trösten, war wie die eines wundertätigen Trankes.

»Gott segne Sie«, sagte ich nach einigen Augenblicken. »Er muß Sie mir geschickt haben. Ich glaube, ich hätte den Verstand verloren, wenn Sie nicht gekommen wären.« Hier kamen ihr die Tränen in die Augen.

»Oh, Mr. West!« rief sie. »Für wie herzlos müssen Sie uns halten! Wie konnten wir Sie so lange sich selbst überlassen! Aber es ist vorüber jetzt, nicht wahr? Sie fühlen sich besser.«

»Ja«, sagte ich, »Ihnen danke ich's. Wenn Sie nicht gleich wieder gehen, werde ich mich bald wiederfinden.«

»Gewiß, ich gehe nicht fort«, sagte sie mit einem Zukken in ihrem Gesichte, das ihr Mitgefühl beredter aussprach, als viele Worte getan haben würden. »Sie dürfen uns nicht für so herzlos halten, als es den Anschein hat, da wir Sie so sich selbst überlassen haben. Ich habe letzte Nacht kaum ein Auge geschlossen und mußte immer denken wie sonderbar Sie sich heute morgen beim Erwachen fühlen würden; aber mein Vater sagte, Sie würden lange schlafen. Er meinte, es wäre besser für Sie, Ihnen anfänglich nicht zu viel Mitgefühl zu zeigen, sondern zu versuchen, Sie zu zerstreuen und Sie empfinden zu lassen, daß Sie unter Freunden seien.«

»Und das haben Sie mich in der Tat fühlen lassen«,

antwortete ich. »Doch, Sie werden begreifen, was für eine Erschütterung es ist, auf einmal hundert Jahre zu überspringen; obgleich ich das gestern abend nicht so sehr fühlte, hatte ich doch heute morgen ganz sonderbare Empfindungen.« Während ich ihre Hände hielt und ihr in die Augen sah, konnte ich über meinen Zustand schon wieder scherzen.

»Niemand dachte, daß es Ihnen einfallen könnte, schon so früh am Morgen allein in die Stadt zu gehen«, fuhr sie fort. »Wo sind Sie gewesen, Mr. West?«

Ich erzählte ihr nun, wie ich es oben getan habe, meine Erlebnisse dieses Morgens von meinem ersten Erwachen bis zu dem Augenblicke, da sie vor mir stand. Sie war während meiner Erzählung ganz überwältigt von schmerzlichem Mitleid, und versuchte nicht, obwohl ich eine ihrer Hände freigegeben hatte, mir auch die andere zu entziehen, da sie wahrscheinlich sah, wie wohl es mir tat, sie zu halten.

»Ich kann mir einen schwachen Begriff davon machen, was Sie empfunden haben müssen«, sagte sie. »Es muß schrecklich gewesen sein. Und zu denken, daß Sie in diesem Kampfe allein gelassen worden sind! Können Sie uns das jemals vergeben?«

»Aber es ist jetzt alles vorbei. Sie haben es für den Augenblick wenigstens ganz vertrieben«, sagte ich.

»Und Sie wollen es nicht wiederkommen lassen?« fragte sie besorgt.

»Das kann ich nicht gewiß sagen«, erwiderte ich. »Es dürfte zu früh sein, das zu sagen, wenn man bedenkt, wie fremdartig alles noch für mich sein wird.«

»Aber Sie müssen wenigstens nicht versuchen, allein mit sich fertigwerden zu wollen«, fuhr sie fort. »Versprechen Sie, daß Sie zu uns kommen und uns Ihnen helfen lassen wollen. Viel können wir vielleicht nicht tun, aber immerhin wird es besser sein, als solche Gefühle allein zu tragen.«

»Ich werde kommen, wenn Sie erlauben«, sagte ich.

»O ja, ja, ich bitte darum«, erwiderte sie mit Eifer. »Ich würde alles tun, was ich kann, um Ihnen zu helfen.«

»Sie brauche mich nur zu bedauern, wie jetzt«, entgegnete ich.

»Es ist also abgemacht«, sagte sie und ihre Augen schimmerten feucht, »daß Sie das nächste Mal kommen und mit mir sprechen und nicht durch ganz Boston laufen unter Fremde.«

Diese Annahme, daß wir einander nicht fremd wären, schien nicht auffallend, so nahe hatten meine Unruhe und ihre teilnahmsvollen Tränen uns in diesen wenigen Minuten gebracht.

»Wenn Sie zu mir kommen«, fügte sie mit einem Ausdruck von reizendem Mutwillen, der in Schwärmerei überging, bei, »will ich versprechen, Sie so sehr zu bedauern, wie Sie wünschen, aber Sie dürfen nicht einen Augenblick glauben, daß Sie mir wirklich leid tun, oder daß ich glaubte, Sie würden selbst lange traurig sein. Da ich weiß, daß die Welt, verglichen mit dem, was sie in Ihren Tagen war, jetzt ein Himmel ist, so weiß ich auch, daß das einzige Gefühl, das Sie in kurzer Zeit empfinden werden, ein Dankgefühl gegen Gott sein wird, daß Ihr Leben damals Ihnen genommen worden ist, um es Ihnen in unserer Zeit zurückzugeben.«

# *Neuntes Kapitel*

Dr. Leete und seine Frau waren offenbar nicht wenig erstaunt, als sie bei ihrem Eintritt hörten, daß ich diesen Morgen ganz allein in der Stadt gewesen, und waren angenehm davon berührt, zu sehen, daß ich so wenig aufgeregt durch diesen Gang zu sein schien.

»Ihr Spaziergang ist jedenfalls sehr interessant gewesen«, sagte Frau Leete, als wir uns zum Frühstück gesetzt hatten. »Sie müssen viel Neues gesehen haben.«

»Ich habe sehr wenig gesehen, was nicht neu war«, erwiderte ich. »Aber was mich am meisten überraschte, war, daß ich weder Läden noch Banken in den Straßen fand. Was haben Sie mit den Kaufleuten und Bankiers gemacht? Haben Sie sie vielleicht aufgehängt, wie es zu meiner Zeit die Anarchisten wollten?«

»So schlimm nicht«, entgegnete Dr. Leete. »Wir haben sie ganz einfach abgeschafft. Ihre Tätigkeit ist in der neuen Welt veraltet.«

»Wer verkauft Ihnen, was Sie zu kaufen wünschen?« fragte ich.

»Heutzutage wird weder verkauft noch gekauft; die Verteilung der Waren geschieht auf andere Weise. Was die Bankiers betrifft, so brauchen wir diese Herren nicht, da wir kein Geld haben.«

»Fräulein Leete«, sagte ich und wandte mich an Edith, »ich fürchte, Ihr Vater macht sich lustig über mich. Ich kann es ihm nicht verdenken, denn meine außerordentliche Naivität fordert ihn dazu heraus. Aber in der Tat, meine Leichtgläubigkeit bezüglich der möglichen Veränderungen im sozialen Leben hat ihre Grenzen.«

»Es fällt meinem Vater gewiß nicht ein, zu scherzen«, antwortete sie mit einem beruhigenden Lächeln.

Die Unterhaltung wendete sich dann auf die Moden der

Damen im 19. Jahrhundert, ich denke auf Veranlassung von Frau Leete, und erst nach dem Frühstück, als der Doktor mich aufgefordert hatte, mit ihm auf das Dach zu gehen, was sein Lieblingsplatz zu sein schien, nahm er das frühere Gespräch wieder auf.

»Sie waren erstaunt«, bemerkte er, »als ich sagte, wir brauchten weder Geld noch Handel, aber einiges Nachdenken wird Ihnen sagen, daß zu Ihrer Zeit beide lediglich existierten, weil das Geschäft des Produzierens in Privathänden war, daß sie aber gegenwärtig überflüssig sind.«

»Diese Folgerung kann ich im Augenblick nicht verstehen«, sagte ich.

»Das ist sehr einfach«, erwiderte Dr. Leete. »Solange unzählige unabhängige Leute, zwischen denen kein Zusammenhang bestand, die verschiedensten für Leben und Komfort nötigen Dinge produzierten, waren endlose Tauschmittel für die einzelnen Individuen erforderlich, damit sie sich mit dem, was sie bedurften, versehen konnten. Diese Tauschmittel bildeten den Handel, und das Geld war notwendig als Medium. Sobald aber die Nation einziger Produzent aller Arten von Bedürfnissen wurde, brauchten die Individuen keine Tauschmittel mehr, um zu erlangen, was sie nötig hatten. Alles war an einer Quelle zu haben und nichts konnte von anderswoher bezogen werden. Ein System direkter Verteilung im nationalen Warenlager trat an die Stelle des Handels, und dazu war Geld unnötig.«

»Wie wird diese Verteilung gehandhabt?« fragte ich.

»Nach dem denkbar einfachsten Plan«, erwiderte Dr. Leete. »Am Anfang jeden Jahres wird jedem Bürger in den öffentlichen Geschäftsbüchern ein Betrag als Kredit gutgeschrieben, welcher seinem Anteile an dem jährlichen Erwerb der Nation entspricht, und er erhält eine Kreditkarte, mittelst deren er in den öffentlichen Niederlagen, die es in jedem Gemeinwesen gibt, zu jeder Zeit erhält, was er braucht. Sie sehen, diese Einrichtung macht jeden Geschäftsverkehr zwischen Individuen und Konsumenten unnötig. Vielleicht möchten Sie wissen, wie so eine Kreditkarte aussieht?«

»Sie bemerken«, fuhr er fort, während ich neugierig die Karte betrachtete, die er mir gegeben hatte, »daß diese Karte auf einen gewissen Betrag in Dollars ausgestellt ist. Wir haben das alte Wort (Dollar) beibehalten, aber nicht den Gegenstand. Der Ausdruck, wie wir ihn brauchen, entspricht keinem wirklichen Dinge, sondern dient bloß als algebraisches Symbol, die Werte der Produkte miteinander zu vergleichen. Zu diesem Ende werden sie alle nach Dollars und Cents abgeschätzt, grade wie in Ihrer Zeit. Der Wert dessen, was ich mir geben lasse, wird auf der Karte von dem Beamten vorgemerkt, welcher aus diesen Reihen und Feldern den Preis dessen, was ich bestelle, ausstanzt.«

»Wenn Sie etwas von Ihrem Nachbar kaufen wollen«, fragte ich, »können Sie den Preis dafür auf diesen Kredit anweisen?«

»Erstens«, antwortete Dr. Leete, »haben uns unsere Nachbarn nichts zu verkaufen, aber jedenfalls würde unser Kredit nicht übertragbar sein, er ist rein persönlich. Ehe die Nation daran denken könnte, so eine Übertragung, wie Sie meinen, zu honorieren, müßte sie genaue Erkundigungen über die näheren Umstände des Geschäftes einziehen, um die absolute Rechtlichkeit verbürgen zu können. Für Abschaffung des Geldes war schon, abgesehen von allem anderen, der eine Grund genug, daß der Besitz desselben kein Beweis für den rechtlichen Erwerb war. Es war ebensogut in den Händen des Diebes und Mörders, als derer, welche es durch Fleiß erworben hatten. Heutzutage tauschen die Leute aus Freundschaft Gunst und Gaben untereinander, aber Kaufen und Verkaufen steht nicht im Einklang mit gegenseitigem Wohlwollen und mit Selbstlosigkeit, die zwischen Bürgern herrschen sollten, noch auch mit der Gemeinschaftlichkeit der Interessen, welche die Grundlage des sozialen Systems ist. Nach unseren Begriffen ist Kaufen und Verkaufen in allen seinen Bestrebungen ganz entschieden unsozial. Es ist ein Bestreben, auf Kosten anderer einen Gewinn zu machen, und keine Gesellschaft, deren Bürger eine solche Schule durchgemacht haben, kann sich über einen auch nur sehr tiefen Grad der Zivilisation erheben.«

»Wie ist es, wenn Sie in einem Jahre mehr ausgeben, als Ihnen die Karte erlaubt?« fragte ich.

»Die Verwilligung ist so reichlich bemessen, daß es viel wahrscheinlicher ist, daß wir nicht alles brauchen«, entgegnete Dr. Leete. »Aber wenn ungewöhnliche Ausgaben sie einmal erschöpfen sollten, so können wir einen bestimmten Vorschuß auf den Kredit des nächsten Jahres erhalten; dies wird jedoch nicht gerne gesehen und für den Vermerk eines solchen Vorschusses wird ein großer Abzug berechnet.«

»Wenn Sie die Verwilligung nicht aufbrauchen, so vermute ich, häuft sie sich an?«

»Das ist bis zu einem gewissen Grade erlaubt, wenn eine besondere Ausgabe bevorsteht. Aber, wenn nicht das Gegenteil angemeldet wird, so setzt man voraus, daß der Bürger, der über seinen Kredit nicht völlig verfügt, keine Veranlassung dazu hatte, und die Differenz fällt dem allgemeinen Überschuß zu.«

»Dieses System stachelt die Bürger aber nicht zur Sparsamkeit an«, bemerkte ich.

»Dies ist auch gar nicht die Absicht«, war die Antwort. »Die Nation ist reich und wünscht nicht, daß das Volk sich irgend einen Genuß versagt. In Ihren Tagen mußte man Vorräte und Geld aufstapeln auf die Zeit des Mangels und für die Kinder. Diese Notwendigkeit macht aus Sparsamkeit eine Tugend. Aber gegenwärtig würde sie nicht einen so löblichen Zweck haben, und da sie ihren Nutzen verloren hat, hört sie auf, als Tugend angesehen zu werden. Niemand ist mehr besorgt für das Morgen, weder seiner selbst noch seiner Kinder wegen, denn die Nation kommt für Nahrung, Erziehung und behaglichen Unterhalt eines jeden Bürgers auf von der Wiege bis zum Grabe.«

»Das ist eine umfassende Gewährleistung!« sagte ich. »Wo liegt die Gewißheit, daß der Wert der Arbeit eines Mannes die Nation für ihre für ihn gemachten Auslagen entschädigt? Im allgemeinen mag die Gesellschaft imstande sein, alle ihre Mitglieder zu unterhalten, aber einige müssen doch weniger verdienen, als für ihren Unterhalt genügt, und andere mehr; und das bringt uns wieder auf die Lohnfrage, von welcher Sie bisher noch nicht gesprochen haben. Grade bei dieser Frage brach gestern abend unser Gespräch ab; und ich wiederhole, daß ich in diesem Punkte ein national industrielles System wie das Ihrige für schwer durchführbar halte. Wie, frage ich noch einmal, können Sie das Verhältnis der Löhne und Vergütungen in den vielerlei verschiedenen, unberechenbaren Berufen, welche für den Dienst der Gesellschaft nötig sind, befriedigend für alle feststellen? In unserer Zeit bestimmte der Marktpreis den Wert aller verschiedenen Arbeit, wie der Waren. Der Arbeitgeber zahlte sowenig, der Arbeiter nahm soviel als möglich. Es war vom Standpunkte der Ethik kein schönes System, ich gebe das zu; aber es gab uns wenigstens eine allgemeine Formel zur Feststellung einer Frage, welche zehntausendmal täglich geregelt werden mußte, wenn die Welt vorwärtskommen sollte. Kein anderer praktischer Weg, es zu tun, schien uns möglich.«

»Ja«, entgegnete Dr. Leete, »es war der einzige praktische Weg unter einem System, welches jedes Individuum in seinen Interessen jedem anderen feindlich gegenüberstellte; aber es wäre ein Jammer gewesen, wenn die Menschheit nicht auf einen besseren Plan hätte verfallen können, denn der Ihrige war nur die Anwendung des teuflischen Grundsatzes: »Deine Not ist meine Gelegenheit« auf die gegenseitigen Beziehungen der Menschen zueinander. Die Belohnung für irgendeinen Dienst wurde nicht nach seiner Schwierigkeit und Gefahr bemessen, denn überall scheint die gefährlichste, schwerste und schmutzigste Arbeit von den Klassen getan worden zu sein, die am schlechtesten bezahlt wurden; sondern einzig und allein nach der Größe der augenblicklichen Verlegenheit, in welcher diejenigen waren, welche den Dienst verlangten.«

»Das gebe ich alles zu«, sagte ich; »aber unser Plan, die Preise nach dem Marktpreise zu bemessen, war trotz seinen Mängeln ein praktischer Plan; und ich kann mir nicht denken, was für einen befriedigenden Ersatz dafür Sie ausgetüftelt haben. Da der Staat der einzig mögliche Arbeitgeber ist, so gibt es natürlich keinen Marktpreis für die Arbeit. Löhne aller Art werden vom Staate willkürlich festgestellt. Ich kann mir keine verwickeltere und heiklere Aufgabe denken, die, man mag es machen wie man will, allgemeine Unzufriedenheit erzeugt.«

»Ich bitte um Entschuldigung«, erwiderte Dr. Leete, »aber ich glaube, Sie übertreiben die Schwierigkeit. Nehmen wir an, ein Kollegium von vernünftigen, wohlmeinenden Männern sei beauftragt, die Löhne für alle Arten von Geschäften unter einem System festzustellen, welches, wie das unsrige, allen Beschäftigung gewährleistet und die Wahl des Berufes freiläßt. Sehen Sie nicht ein, daß, wie unbefriedigend auch immer die erste Feststellung ausfallen möchte, die Irrtümer sich bald durch sich selbst verbessern würden? Die bevorzugten Geschäfte würden zu viele Freiwillige und die entgegengesetzten zu wenige haben, so lange bis die Irrtümer ausgeglichen wären. Aber das gehört eigentlich nicht hierher; denn, trotzdem, daß der Plan ganz praktisch wäre, gehört er nicht unserem Systeme an.«

»Wie regulieren Sie nun aber die Löhne?« war meine wiederholte Frage.

Dr. Leete antwortete erst nach einigen Augenblicken gedankenvollen Schweigens. »Die alte Ordnung der Dinge«, sagte er endlich, »ist mir natürlich bekannt genug, um zu verstehen, was Sie eigentlich mit dieser Frage meinen; und doch ist die gegenwärtige Ordnung in diesem Punkte so völlig abweichend, daß ich nicht recht weiß, wie ich Ihre Frage am besten beantworten soll. Sie fragen, wie wir die Löhne regulieren; ich kann darauf nur antworten, daß es in dem modernen sozialen Haushalt nichts gibt, was den Löhnen Ihrer Zeit entspräche.«

»Ich vermute, Sie meinen, daß Sie kein Geld haben, womit Sie Löhne bezahlen«, sagte ich. »Aber der dem Arbeiter bei dem Regierungs-Warenlager gegebene Kredit entspricht dem, was wir Lohn nannten. Wie wird die Höhe des gegebenen Kredits in den einzelnen Fächern bestimmt? Mit welchem Rechtstitel beansprucht der einzelne seinen Anteil? Was ist die Grundlage der Verteilung?«

»Sein Rechtstitel«, erwiderte Dr. Leete, »ist seine Menschheit. Die Grundlage seines Anspruchs ist die Tatsache, daß er Mensch ist.«

»Die Tatsache, daß er Mensch ist!« wiederholte ich ungläubig. »Ist's möglich, daß Sie meinen, daß alle denselben Anteil haben?«

»Ganz gewiß.«

Man kann nicht erwarten, daß die Leser dieses Buches, welche niemals eine andere Einrichtung gekannt, noch die geschichtlichen Berichte früherer Epochen, in welchen ein ganz anderes System herrschte, sorgfältig studiert haben, das Staunen verstehen werden, in welches mich Dr. Leetes einfache Behauptung versetzte.

»Sie sehen«, sagte er lächelnd, »wir haben nicht nur keine Münze, in der wir die Löhne bezahlen, sondern wie gesagt, wir haben überhaupt nichts, was dem Begriff von Löhnen entspricht.«

Nun hatte ich mich hinreichend gesammelt, um einigen Urteilen über diese erstaunliche Einrichtung Ausdruck zu geben, die mir als Mann des 19. Jahrhunderts, der ich nun einmal war, zunächst einfielen.

»Manche Leute arbeiten doppelt soviel als andere!« rief ich aus. »Sind die geschickten Arbeiter mit einem Plan zufrieden, der sie in eine Klasse mit den mittelmäßigen wirft?«

»Wir geben keinen Grund zu irgendeiner Klage über Ungerechtigkeit«, entgegnete Dr. Leete, »indem wir von allen genau denselben Grad von Dienst verlangen.«

»Ich möchte wissen, wie Sie das können, wenn keine zwei Männer sich an Kräften gleich sind.«

»Nichts ist einfacher«, war Dr. Leetes Antwort. »Wir verlangen von allen gleiche Anstrengung, d.h. wir verlangen von jedem, daß er den besten Dienst leistet, den er leisten kann.«

»Angenommen, alle arbeiten nach besten Kräften«, antwortete ich, »das Resultat wird bei dem einen zweimal größer sein, als bei dem anderen.«

»Sehr wahr«, erwiderte Dr. Leete, »aber das Resultat hat gar nichts mit der Frage zu tun, diese handelt vom Verdienst. Verdienst ist eine Frage der Moral und das Resultat eine der materiellen Quantität. Es wäre eine sonderbare Logik, eine Frage der Moral mit einem materiellen Maßstab bemessen zu wollen. Die Größe der Bemühung allein ist für die Frage des Verdienstes angemessen. Alle Menschen, die nach besten Kräften arbeiten, tun gleiche Arbeit. Die Begabung eines Menschen bestimmt nur das Maß seiner Pflicht. Der Mann mit großen Anlagen, der nicht alles tut, was er tun könnte, aber immerhin mehr als ein Mann mit geringen Anlagen, der sein Bestes tut, steht in den Augen seiner Mitmenschen nicht in solcher Achtung als der andere und stirbt als Schuldner seiner Mitmenschen. Der Schöpfer teilt den Menschen ihre Aufgaben nach ihren Fähigkeiten zu; wir verlangen lediglich ihre Erfüllung.«

»Das ist gewiß sehr schöne Philosophie«, sagte ich, »und doch erscheint es grausam, daß der Mann, der zweimal soviel schafft, als ein anderer, wenn auch beide nach besten Kräften arbeiten, nur denselben Anteil erhalten soll.«

»Scheint es Ihnen wirklich so?« antwortete Dr. Leete. »Das überrascht mich sehr. Heutzutage ist die gewöhnliche Ansicht, daß ein Mann, der doppelt soviel schaffen kann als ein anderer mit demselben Kraftaufwand, anstatt dafür belohnt zu werden, bestraft werden müßte, wenn er es nicht täte. Wenn ein Pferd eine schwerere Last zog als eine Ziege, haben Sie vermutlich im 19. Jahrhundert das Pferd belohnt. Wir würden es tüchtig gepeitscht haben, wenn es das nicht getan hätte, denn da es viel stärker ist, so ist es seine Schuldigkeit. Es ist wunderbar, wie ethische Grundsätze sich ändern können!« Der Doktor sagte dies mit solchem Augenblinzeln, daß ich lachen mußte, und sagte:

»Ich vermute, der wahre Grund dafür, daß wir Leute wegen ihrer Befähigung belohnten, während wir die von Pferden und Ziegen lediglich als Maßstab für die von ihnen zu verlangenden Dienste ansahen, war, daß die unvernünftigen Tiere natürlich nach besten Kräften arbeiteten, während Menschen zu solcher Arbeit nur durch eine dem Resultat entsprechende Belohnung vermocht werden konnten. Das bringt mich auf die Frage, warum Sie nicht, es sei denn, daß die Menschennatur sich in hundert Jahren wesentlich verändert hätte, dieselbe Notwendigkeit fühlen.«

»Das tun wir«, erwiderte Dr. Leete. »Ich denke, in dieser Beziehung hat sich die menschliche Natur seit Ihrer

Zeit nicht geändert. Sie ist noch immer so beschaffen, daß es nötig ist, besondere Preise auszusetzen, um die besten Bemühungen des Durchschnittsmenschen in irgendeiner Richtung herauszufordern.«

»Aber welche Veranlassung«, fragte ich, »kann ein Mann haben, sich die beste Mühe zu geben, wenn sein Einkommen, er mag viel oder wenig zuwege gebracht haben, dasselbe bleibt? Edle Charaktere mögen durch Hingabe an das öffentliche Wohl veranlaßt werden, aber ist nicht der Durchschnittsmensch geneigt, auf der Pflugschar auszuruhen und zu denken, daß es sich nicht lohnt, sich besonders anzustrengen, da sein Einkommen weder durch die Anstrengung erhöht, noch ohne dieselbe vermindert wird?«

»Glauben Sie denn wirklich«, antwortete mein Gefährte, »daß die menschliche Natur unempfänglich für andere Beweggründe als Furcht vor Mangel und Liebe zum Prunk ist, weil Sie annehmen, daß Sicherheit und Gleichheit des Lebensunterhalts genügen, jede andere Anregung zur Anstrengung zu ersticken? Ihre Zeitgenossen haben doch das nicht geglaubt, obgleich sie es sich mögen eingebildet haben. Wenn es sich um die höchste Anstrengung, die entschiedenste Selbstverleugnung handelte, verließen sie sich auf ganz andere Reizmittel. Nicht höherer Lohn, sondern Ehre, Dankbarkeit der Mitmenschen, Patriotismus und Begeisterung für die Pflicht waren die Beweggründe, welche sie ihren Soldaten vorhielten, wenn es galt, für das Vaterland zu sterben, und es gab niemals eine Zeit, wo diese Beweggründe nicht das Beste und Edelste im Menschen hervorgerufen hätten. Und dies nicht allein, sondern wenn Sie die Liebe zum Geld analysieren, welche zu Ihrer Zeit der allgemeine Sporn zur Anstrengung war, finden Sie, daß die Furcht vor Mangel und das Verlangen nach Prunk nur zwei der verschiedenen Beweggründe waren, welche das Streben nach Geld repräsentierten; die anderen, und bei vielen die wichtigsten, waren Verlangen nach Gewalt, nach sozialer Stellung, und Ansehen wegen Geschicklichkeit und Erfolgs. So sehen Sie, daß wir, obgleich wir die Armut mit ihren Tränen und den Prunk mit seinen Ausschweifungen vertrieben haben, den größeren Teil der Beweggründe, welchen die Liebe zum Geld zugrunde lag, oder diejenigen, welche zu größerer Anstrengung anregten, nicht angetastet haben. Die gröberen Motive, die uns nicht mehr berühren, sind durch edlere ersetzt worden, die den Lohneinnehmern Ihrer Zeit vollständig fremd waren. Gegenwärtig, da die ganze Industrie im Dienste der Nation steht, reizen Liebe zum Vaterland und zur Menschheit den Arbeiter an, wie sie in Ihren Tagen den Soldaten anreizten. Die industrielle Armee verdient diesen Namen nicht allein wegen ihrer vollkommenen Organisation, sondern auch wegen der feurigen Opferwilligkeit, welche ihre Mitglieder beseelt.

Aber wie Sie die Motive der Vaterlandsliebe mit der Liebe zum Ruhm ergänzten, um die Tapferkeit Ihrer Soldaten anzuregen, so tun wir. Da unser industrielles System auf dem Grundsatze beruht, daß wir von jedem Manne verlangen, daß er sein Bestes tue, so müssen die Mittel, durch die wir die Arbeiter hierzu anspornen, ein sehr wesentlicher Teil unseres Systems sein. Fleiß im nationalen Dienste ist bei uns der einzige, aber gewisse Weg zu öffentlichem Ruhm, gesellschaftlicher Auszeichnung und geschäftlicher Macht. Was eines Mannes Dienste in der Gesellschaft gelten, bestimmt seinen Rang in derselben. Im Vergleich mit der Wirkung unserer sozialen Einrichtung, daß wir die Männer antreiben, im Geschäft voll Eifer zu sein, halten wir die Lehren von beißender Armut und üppigem Prunk, auf die Sie sich verließen, für ebenso schwach und erfolglos, als sie barbarisch waren.«

»Es würde mich sehr interessieren«, sagte ich, »zu erfahren, worin diese soziale Einrichtung besteht.«

»Das System in seinen Einzelheiten«, erwiderte Dr. Leete, »ist natürlich sehr weitläufig, denn die ganze Organisation unserer industriellen Armee hängt damit zusammen; aber ein paar Worte werden Ihnen einen allgemeinen Begriff davon geben.«

In diesem Augenblicke wurde unser Gespräch angenehm durch Edith Leete unterbrochen, welche auf dem luftigen Balkon, wo wir saßen, erschien. Sie war im Straßenanzug und wollte mit ihrem Vater über etwas sprechen, was sie für ihn besorgen sollte.

»Da fällt mir ein, Edith«, sagte er, als sie im Begriff war, uns wieder zu verlassen, »sollte es Herrn West nicht interessieren, den Laden zu besuchen? Ich habe mit ihm über unser System der Verteilung gesprochen und vielleicht möchte er es gerne in seiner Anwendung kennenlernen.«

»Meine Tochter«, fügte er sich an mich wendend bei, »ist eine unermüdliche Ladenbesucherin und kann Ihnen über die Läden mehr sagen als ich.«

Der Vorschlag war mir natürlich höchst angenehm und Edith war freundlich genug zu sagen, daß sie sich meiner Begleitung freuen würde; so verließen wir das Haus zusammen.

# *Zehntes Kapitel*

»Wenn ich Ihnen erklären soll, wie wir unsere Einkäufe machen«, sagte meine Begleiterin unterwegs, »so müssen Sie mir sagen, wie Sie es taten. Aus dem, was ich darüber gelesen, konnte ich mir niemals ein richtiges Bild machen. Wenn Sie eine so große Anzahl von Läden hatten, jeden mit so verschiedener Auswahl, wie konnte sich eine Dame zu einem Kauf entschließen, bevor sie alle Läden besucht hatte? Denn ehe sie das getan hatte, konnte sie nicht wissen, was sie dort finden würde.«

»So war es; das war die einzige Weise, wie sie es wissen konnte«, erwiderte ich.

»Mein Vater nennt mich eine unermüdliche Einkäuferin, aber ich würde bald sehr ermüdet sein, wenn ich es so machen müßte«, war Ediths lächelnde Entgegnung.

»Der Zeitverlust beim Gehen von Laden zu Laden war in der Tat eine Verschwendung, über die die Beschäftigten sich bitter beklagten«, sagte ich, »aber für die untätigen Damen, obgleich sie sich auch beklagten, war die Einrichtung eine wahre Gottesgabe, um die Zeit totzuschlagen.«

»Aber nehmen wir an, es gab tausend Läden in der Stadt, hunderte vielleicht derselben Art, wie konnte selbst die untätigste die Zeit dazu finden, die Runde zu machen?«

»Sie konnte natürlich nicht alle besuchen«, erwiderte ich. »Diejenigen, welche viel kauften, erfuhren zu rechter Zeit, wo sie finden konnten, was sie suchten. Diese Klasse von Damen hatte die Spezialitäten der Läden studiert und machte vorteilhafte Einkäufe, indem sie die beste Qualität und größte Quantität für den geringsten Preis erhielt. Diese Kenntnis erforderte aber eine lange Erfahrung. Diejenigen, welche zu geschäftig waren oder zu wenig kauften, um Erfahrung machen zu können, kauften gewöhnlich ungünstig ein und erhielten die geringste Qualität und Quantität für teures Geld. Es war der reinste Zufall, wenn unerfahrene Leute beim Einkaufen den Wert ihres Geldes erhielten.«

»Aber warum hielten Sie so eine schrecklich unpraktische Einrichtung aufrecht, wenn Sie die Fehler derselben so klar einsahen?«

»Es war mit ihr wie mit allen unseren sozialen Einrichtungen«, antwortete ich. »Sie können ihre Fehler schwerlich klarer wie wir selbst sehen, aber wir sahen kein Mittel dagegen.«

»Hier sind wir an dem Laden unseres Bezirks«, sagte jetzt Edith, als wir in das große Portal eines der prächtigen Gebäude einbogen, die ich bei meinem Morgengang bemerkt hatte. Das Äußere des Gebäudes zeigte dem Repräsentanten des 19. Jahrhunderts durch nichts an, daß es ein Laden war. Es waren keine ausgelegten Waren in den großen Fenstern zu sehen, noch irgend etwas um Kundschaft anzuziehen. An der Front des Hauses zeigte kein Zeichen, keine Aufschrift den Charakter des darin betriebenen Geschäftes an; aber statt dessen stand über dem Portal eine majestätische Gruppe in Lebensgröße in Stein gehauen, die Mittelfigur stellte die Göttin des Überflusses mit ihrem Füllhorn dar. Als wir eintraten, sagte mir Edith, so ein großes Geschäft gebe es in jedem Bezirke, so keine Wohnung mehr als fünf oder zehn Minuten davon entfernt sei. Es war das erste Mal, daß ich das Innere eines öffentlichen Gebäudes des 20. Jahrhunderts erblickte und das Schauspiel machte einen tiefen Eindruck auf mich. Ich befand mich in einem mächtigen Saale, wohlerhellt durch die Fenster an allen Seiten, sowie durch das von einer hundert Fuß hohen Kuppel einströmende Licht. Darunter, in der Mitte des Saales, sprudelte ein prächtiger Springbrunnen, der durch seinen Wasserstrahl die Luft köstlich erfrischte. Die Wände und die Decke waren mit zartfarbigen Fresken bedeckt, die das Licht, von dem das Innere durchdrungen war, milderten, ohne es zu verschlingen. Um den Springbrunnen herum waren Stühle und Sofas, auf denen viele Menschen saßen und sich unterhielten. Inschriften an den Wänden um den Saal herum zeigten an, welcher Arten von Ware die Tische darunter dienten. Edith schritt auf einen derselben zu, wo Muster von Musselin von außerordentlicher Mannigfaltigkeit ausgebreitet waren, und begann sie sorgfältig durchzusehen.

»Wo ist der Ladendiener?« fragte ich, denn es war keiner hinter dem Ladentische und schien auch niemand zu kommen, die Dame zu bedienen.

»Ich brauche noch keinen Diener«, sagte Edith, »ich habe noch nicht meine Wahl getroffen.«

»Zu meiner Zeit war es das Hauptgeschäft des Ladendieners, den Käufern bei ihrer Wahl beizustehen«, erwiderte ich.

»Was! Den Leuten zu sagen, was sie brauchten?«

»Ja, und noch öfter ihnen zuzureden zu kaufen, was sie nicht brauchten.«

»Aber fanden denn das die Damen nicht sehr impertinent?« fragte Edith verwundert. »Welches Interesse konnte es denn für den Ladendiener haben, ob die Leute kauften oder nicht?«

»Es war ihr eigenstes Interesse«, antwortete ich. »Sie waren dazu angestellt, die Ware loszuwerden, und man erwartete von ihnen, daß sie zu diesem Ende ihr Äußerstes taten.«

»Ach ja! Wie dumm ich war das zu vergessen!« sagte Edith. »Das Auskommen des Kaufmanns und seiner Diener war zu Ihren Zeiten abhängig von dem Verkaufe ihrer Ware. Natürlich ist das jetzt alles anders. Die Ware gehört der Nation. Sie ist hier für die, welche sie brauchen, und es ist das Geschäft der Diener die Leute zu bedienen und ihre Aufträge in Empfang zu nehmen; aber es liegt nicht im

Interesse des Dieners oder der Nation, einen Meter oder ein Pfund von irgend etwas an irgend jemanden abzugeben, der es nicht wünscht.« Sie lächelte indem sie hinzufügte: »Wie höchst absurd muß es gewesen sein, Ladendiener zu haben, die einem aufzureden versuchten, etwas zu nehmen, was man nicht wollte, oder worüber man unschlüssig war!«

»Aber sogar ein Diener des zwanzigsten Jahrhunderts könnte sich nützlich machen, indem er Ihnen über die Ware Aufschluß gibt, wenn er auch Sie nicht zu bereden suchte, sie zu kaufen«, warf ich hin. »Nein«, sagte Edith, »das geht den Ladendiener nichts an. Diese gedruckten Karten, für welche die regierenden Autoritäten verantwortlich sind, geben uns alle Auskunft, die wir möglicherweise brauchen.«

Darauf sah ich, daß an jedem Stück eine Karte befestigt war, mit der kurzen Angabe, aus was für Material der Stoff gemacht sei und aller seiner Eigenschaften sowohl als auch des Preises, so daß einem keine Frage mehr übrig blieb.

»So hat also der Diener nichts über die Ware zu sagen, die er verkauft?« fragte ich.

»Durchaus nichts. Er braucht nicht einmal etwas davon zu verstehen oder sich nur ein solches Ansehen zu geben. Höflichkeit und Genauigkeit beim Empfang der Aufträge ist alles, was man von ihm verlangt.«

»Wie vieles Lügensagen fällt bei dieser einfachen Einrichtung weg«, erwiderte ich.

»Meinen Sie, daß alle Ladendiener zu Ihrer Zeit ihre Ware fälschlich anpriesen?« fragte Edith.

»Gott bewahre, das möchte ich nicht sagen!« entgegnete ich, »denn es gab viele, die so etwas nicht taten und sie verdienten besondere Anerkennung, denn wenn jemandes Leben und das seiner Frau und Kinder von der Menge der abgesetzten Ware abhing, war die Versuchung, den Käufer zu täuschen oder ihn selbst sich täuschen zu lassen, beinahe überwältigend. Aber, Fräulein Leete, ich halte Sie mit meinem Gespräch von ihrem Geschäfte ab.«

»Durchaus nicht. Ich habe gewählt.« Bei diesen Worten drückte sie auf einen Knopf und im Augenblick erschien ein Diener. Er notierte ihre Aufträge mit Bleistift auf ein Täfelchen, wodurch er zwei Kopien erlangte, von denen er eine ihr übergab, die andere in einen kleinen Behälter steckte und sie dann zur weiteren Beförderung in eine Röhre legte. »Das Duplikat der Bestellung«, sagte Edith, dem Ladentische den Rücken kehrend, nachdem der Diener den Wert ihres Kaufes aus der Kreditkarte, die sie ihm gab, gestanzt hatte, »wird dem Käufer gegeben, so daß etwaige Fehler beim Ausfüllen leicht berichtigt werden können.«

»Sie waren sehr rasch entschieden bei Ihrer Wahl«, sagte ich. »Darf ich fragen, wie Sie wußten, daß Sie in einem anderen Laden nicht etwas finden könnten, was Ihnen besser gefallen würde? Aber wahrscheinlich wird erwartet, daß Sie in Ihrem eigenen Bezirk kaufen.«

»O nein«, entgegnete sie. »Wir kaufen wo wir wollen, obwohl natürlich meistens in dem uns nächsten Laden. Aber ich würde nichts gewonnen haben, wenn ich andere Läden besucht hätte. Die Auswahl ist überall dieselbe, indem jeder Behälter Muster von allen verschiedenen Arten enthält, die in den Vereinigten Staaten gemacht oder importiert werden. Deshalb kann man sich schnell entscheiden und braucht nicht zwei Läden zu besuchen.«

»Und ist dies nur ein Musterladen? Ich sehe keine Diener Stoffe abschneiden oder Bündel adressieren.«

»All unsere Läden sind Musterläden, mit Ausnahme einiger Artikel. Die Waren sind, mit jener Ausnahme, alle in dem großen Zentral-Warenhause der Stadt, wohin sie direkt von den Fabriken geschickt werden. Wir bestellen nach dem Muster und der gedruckten Angabe des Gewebes, der Arbeit und der Qualität. Die Bestellungen werden nach dem Warenhause gesandt und die Stoffe von dort verschickt.«

»Das muß eine beträchtliche Ersparnis von Arbeit sein«, sagte ich. »Nach unserem System verkaufte der Fabrikant an den Grossisten, der Grossist an den Kleinhändler und der Kleinhändler an den Konsumenten, und die Ware mußte immer durch verschiedene Hände gehen. Sie vermeiden das Handhaben der Ware und machen den Kleinhändler mit seinem Profit und der Unterhaltung so vieler Diener überflüssig. So ist dieser Laden eigentlich nur das Departement für Bestellungen an das Großgeschäft mit nur wenigen Gehilfen. Bei unserem System, die Stoffe zu handhaben, die Käufer zum Kaufen zu überreden, abzuschneiden und zu packen, bringen zehn Diener nicht fertig, was hier einer tut. Die Ersparnis muß enorm sein.«

»Vermutlich wohl«, sagte Edith, »aber wir haben es natürlich nie anders gekannt. Aber, Mr. West, Sie sollten sicher Vater bitten, Sie einmal mit nach dem Zentral-Warenhaus zu nehmen, wo sie die Bestellungen aus den verschiedenen Musterhäusern aus der ganzen Stadt empfangen, und die Stoffe ihrer Bestimmung zusenden. Er hat mich einmal mit dahin genommen und es war ein wundervoller Anblick. Das System ist sicher ein vollkommenes; z.B. dort drüben in dem Verschlag ist der Versendungsbeamte. Die Bestellungen, welche in den verschiedenen Abteilungen dieses Ladens gemacht werden, werden ihm durch Zwischenträger zugeschickt. Seine Gehilfen sortieren sie und legen sie abgesondert in einen Tragkasten. Der Versendungsbeamte hat ein Dutzend pneumatische Zwischenträger vor sich, welche den Klassen von Waren entsprechen, jeder von ihnen führt zu der entsprechenden Abteilung des Warenhauses. Er läßt die Bestellhülse in die betreffende Röhre fallen und bald darauf fällt sie, zugleich mit allen Bestellungen von derselben Art von anderen Musterläden, auf den betreffenden Ladentisch. Die Bestellungen werden abgelesen, eingetragen und wie der Blitz zur Ausführung abgesandt. Die Ausführung ist der interessanteste Teil davon. Ballen von Stoff werden auf Spindeln gebracht, die mit Maschinen gedreht werden, und der Ausschneider, der auch eine Maschine hat, schneidet einen Ballen nach dem anderen auf, bis er ermüdet ist, dann tritt ein anderer an seine Stelle; und in ähnlicher Weise werden die Bestellungen von anderen Waren ausgeführt. Die Pakete werden mittels größerer Röhren zu den Stadtbezirken befördert, von wo sie in die Häuser verteilt werden. Wenn ich Ihnen sage, daß meine Bestellung wahrscheinlich früher zu Hause sein wird, als ich sie hätte tragen können, werden sie einen Begriff bekommen, wie schnell alles geschieht.«

»Wie ist die Einrichtung in den schwach bewohnten ländlichen Bezirken?« fragte ich.

»Das System ist dasselbe«, erklärte Edith, »der Musterladen für ein Dorf ist durch Zwischenträger mit dem Zentral-Warenhaus verbunden, das zwanzig Meilen entfernt sein kann. Die Vermittlung geschieht aber so schnell, daß die durch den Weg verlorene Zeit gar nicht in Betracht kommt. Jedoch, um Kosten zu vermeiden, verbindet in vielen Bezirken eine Röhrenlage mehrere Dörfer mit dem Warenhause und dann wird Zeit durch das Warten verloren. Manchmal dauert es 2–3 Stunden, bis die bestellten Waren ankommen. So war es an dem Orte, wo ich den letzten Sommer zubrachte, und ich fand es sehr unbequem.«

»Die Läden auf dem Lande müssen auch in vielen anderen Punkten den Läden in der Stadt nachstehen«, sagte ich.

»Nein«, erwiderte Edith, »sie sind sonst gradesogut. Der Musterladen des kleinsten Dorfes gibt Ihnen, ganz wie dieser, Ihre Wahl von allen Waren, die die Nation überhaupt hat, denn das Warenhaus auf dem Lande bezieht aus derselben Quelle, als das in der Stadt.«

Als wir weitergingen, sprach ich über die Verschiedenheit der Größe und folglich des Preises der Häuser. »Wie verträgt sich«, fragte ich, »dieser Unterschied mit der Tatsache, daß alle Bürger gleiches Einkommen haben?«

»Das kommt daher«, erklärte Edith, »daß bei gleichem Einkommen der persönliche Geschmack darüber entscheidet, wie es verwendet wird. Manche lieben schöne Pferde, andere, wie ich, schöne Kleider, wieder andere die Freuden der Tafel. Die Mietpreise für diese Häuser sind verschieden, je nach Größe, Eleganz und Lage, so daß jedermann seinem Geschmack folgen kann. Die größeren Häuser werden gewöhnlich von großen Familien bewohnt, in denen mehrere Mitglieder zu der Miete beitragen. Kleine Familien, wie die unsrige, finden kleine Häuser bequemer und sparsamer. Ich habe gelesen, daß in alten Zeiten Leute oft einen großen Haushalt hielten und in anderen Beziehungen über ihre Mittel lebten, nur damit man sie für reicher hielte, als sie waren. War das wirklich so, Mr. West?«

»Das werde ich wohl zugeben müssen«, antwortete ich.

»Das wäre heutzutage unmöglich, wie Sie sehen; denn jedermanns Einkommen ist bekannt, und man weiß, daß, was in einer Weise ausgegeben wird, in einer anderen erspart werden muß.«

# Elftes Kapitel

Als wir nach Hause kamen, war Dr. Leete noch nicht zurück und Frau Leete nicht sichtbar. »Lieben Sie Musik, Mr. West?« fragte Edith.

Ich versicherte sie, nach meiner Ansicht sei sie das halbe Leben.

»Entschuldigen Sie, daß ich gefragt habe«, sagte sie. »Wir legen einander diese Frage heutzutage für gewöhnlich nicht vor; aber ich habe gelesen, zu Ihrer Zeit habe es selbst in der gebildeten Klasse Leute gegeben, die sich nichts aus Musik machten.«

»Sie müssen bedenken«, sagte ich, »daß wir auch teilweise recht abgeschmackte Musik hatten.«

»Ja«, erwiderte sie, »ich weiß das; ich fürchte, mir würde sie gar nicht gefallen haben. Würden Sie gerne etwas von der unsrigen hören, Mr. West?«

»Nichts würde mir angenehmer sein, als Ihnen zuzuhören«, sagte ich.

»Mir?« rief sie lachend. »Dachten Sie, ich wollte Ihnen etwas vorspielen oder vorsingen?«

»Gewiß, das hoffte ich«, erwiderte ich.

Als sie sah, daß ich verlegen wurde, milderte sie ihre Heiterkeit und erklärte: »Wir singen natürlich alle heutzutage in der Schule und einige lernen auch Instrumente zu ihrem eigenen Vergnügen; aber die professionelle Musik ist soviel großartiger und vollkommener und so leicht zu haben, daß es uns nicht einfällt, unseren Gesang und unser Spiel überhaupt Musik zu nennen. Alle wirklich guten Sänger und Spieler sind in dem musikalischen Dienst und wir anderen verhalten uns still. Aber möchten Sie wirklich gerne Musik hören?«

Ich bejahte es noch einmal.

»Dann kommen Sie in das Musikzimmer«, sagte sie,

und ich folgte ihr in ein mit Holz getäfeltes Zimmer ohne Vorhänge und mit einem polierten Boden. Ich war darauf gefaßt, neue musikalische Instrumente zu sehen, aber ich sah nichts in dem Zimmer, was die kühnste Einbildung als solches erkennen konnte. Offenbar machte ich ein sehr überraschtes Gesicht, worüber Edith sich höchlich amüsierte.

»Bitte, sehen Sie auf das heutige Programm«, sagte sie und reichte mir eine Karte, »und sagen Sie mir, was Sie hören wollen; aber bedenken Sie, es ist jetzt 5 Uhr.«

Die Karte trug das Datum »den 12. September 2000« und enthielt das größte Programm, das ich je gesehen hatte. Es war ebenso verschiedenartig als lang und bestand aus einer außerordentlichen Reihe von Gesangs- und Instrumental-Solos, Duetts, Quartetts und verschiedenen Orchesterstücken. Bei dieser reichen Auswahl stand ich ganz verblüfft, bis Ediths Rosenfinger auf eine besondere Abteilung zeigte, wo verschiedene Stücke in Klammern eingeschlossen waren mit dem Beisatz »5 Uhr nachmittags«; dann bemerkte ich, daß sich dieses reichhaltige Programm über den ganzen Tag erstreckte und in 24 Abteilungen nach den Stunden eingeteilt war. In der 5-Uhr-Abteilung waren nur wenig Musikstücke, und ich deutete auf ein Orgelstück, das ich gerne hören wollte.

»Es freut mich so, daß Sie die Orgel lieben«, sagte sie. »Ich denke, es gibt keine Musik, die meiner Stimmung oft mehr entspricht.«

Sie ließ mich in einem bequemen Stuhl sitzen, ging durch das Zimmer, und drehte, soviel ich sehen konnte, an einer oder zwei Schrauben und sofort füllte sich das Zimmer mit den Tönen eines großen Orgelstückes; durch irgendeine Vorrichtung paßte sich die Fülle des Tones der Größe des Zimmers an. Ich lauschte atemlos bis zu Ende. Ich hatte niemals erwartet, solche Musik so vollkommen ausgeführt zu hören.

»Großartig!« rief ich, als der letzte Ton erklang und in Schweigen verhallte. »Bach selbst muß an der Orgel sitzen; aber wo ist sie?«

»Bitte, warten Sie einen Augenblick«, sagte Edith; »ich möchte, daß Sie erst diesen Walzer hören, ehe Sie Fragen stellen. Ich denke, er ist ganz entzückend«, und während sie sprach, füllte Violinenklang das Zimmer mit dem Zauber einer Sommernacht. Als auch das vorbei war, sagte sie: »Da ist gar nichts Geheimnisvolles bei der Musik, wie Sie zu denken scheinen. Sie wird nicht von Feen oder Genien ausgeführt, sondern von guten, ehrlichen und sehr geschickten Menschenhänden. Wir haben lediglich die Idee der Arbeitsersparnis mittelst Assoziation auf unseren musikalischen Dienst wie auf alles andere übertragen. Es gibt eine Masse Musikzimmer in der Stadt, welche akustisch vollständig den verschiedenen Arten von Musik angepaßt sind. Diese Musiksäle sind durch Telephon mit allen Häusern der Stadt verbunden, deren Insassen die geringe Musiksteuer zu zahlen willig sind, und Sie können sicher sein, es gibt niemand, der es nicht wäre. Das Musikkorps eines jeden Saales ist so zahlreich, daß, obgleich jeder einzelne Ausführende oder jede Gruppe von Ausführenden nur eine kurze Partie hat, das tägliche Programm 24 Stunden ausfüllt. Auf dieser Karte für heute, wie Sie sehen, sind Programme von vier dieser Konzerte, jedes mit anderem Charakter, welche jetzt gleichzeitig ausgeführt werden, und Sie können jedes der vier Stücke, die jetzt im Gange sind, hören, wenn Sie nur auf den Knopf drücken, der den Hausdraht mit dem Saal verbindet, wo es aufgeführt wird. Die Programme sind so angeordnet, daß die gleichzeitig in den verschiedenen Sälen zur Aufführung kommenden Stücke eine Wahl erlauben, nicht nur zwischen Instrumental- und Vokalmusik und zwischen verschiedenen Instrumenten, sondern auch zwischen ernster und heiterer Musik, je nach Geschmack und Stimmung.«

»Es scheint mir, Miß Leete«, sagte ich, »daß, wenn wir eine solche Einrichtung hätten treffen können, jedermann in seinem Hause mit Musik zu versehen, vollkommen in Qualität, unbegrenzt in Quantität, jeder Stimmung entsprechend, nach Belieben anfangend und aufhörend, so würden wir geglaubt haben, die Grenze menschlicher Glückseligkeit sei schon erreicht und würden nicht weiter nach Verbesserungen gestrebt haben.«

»Ich konnte nie verstehen, wie die Musikfreunde bei Ihnen das altmodische System, Musik zu hören, ertragen konnten«, erwiderte Edith. »Wirklich hörenswerte Musik muß ja der Masse des Volkes ganz unzugänglich und den Begünstigten nur gelegentlich erreichbar gewesen sein und dann noch dazu mit großer Mühe, vielen Kosten und für kurze, willkürlich von einem Dritten festgesetzte Zeit und unter allerlei sonstigen nicht eben wünschenswerten Umständen. Ihre Konzerte z.B. und Ihre Opern! Wie höchst ärgerlich muß es gewesen sein, wegen ein paar Stücken, die Ihnen gefielen, stundenlang Musik hören zu müssen, die Ihnen gleichgültig war! Bei einem Diner kann man Gänge, die man nicht liebt, übergehen; wer möchte, wenn noch so hungrig, genötigt sein, von jeder Speise, die aufgetragen wird, zu essen? und gewiß ist das Gehör so empfindlich als der Geschmack. Diese Schwierigkeit, sich den Genuß von wirklich guter Musik verschaffen zu können, hat Sie jedenfalls so viel Spielen und Singen in den Häusern von Leuten aushalten lassen, die nur die Anfänge der Kunst beherrschten. Wenn man das alles bedenkt, so ist es nicht zu verwundern, daß in jener Zeit die Leute im allgemeinen sich nicht viel aus Musik machten. Ich glaube, ich würde sie auch verabscheut haben.«

»Habe ich Sie richtig verstanden«, fragte ich, »daß dieses Programm 24 Stunden ausfüllt? Wer wird aber zwischen Mitternacht und Morgen Musik hören wollen?«

»O, viele«, erwiderte Edith, »und wenn die Musik von

Mitternacht bis zum Morgen nur für die Schlaflosen, Kranken und Sterbenden da wäre. Alle unsere Schlafzimmer haben ein Telephon zu Häupten des Bettes, mittels dessen jeder, der nicht schlafen kann, sich Musik verschaffen mag, wie sie seiner Stimmung angemessen ist.«

»Ist eine solche Einrichtung auch in dem mir angewiesenen Zimmer?«

»Ja, freilich; und wie dumm, wie schrecklich dumm von mir, nicht daran gedacht zu haben, Ihnen das gestern abend zu sagen. Papa wird Ihnen heute abend, ehe Sie zu Bette gehen, alles zeigen; und vermittels des Hörrohres bin ich gewiß, daß Sie allen unheimlichen Gefühlen, wenn Sie dieselben wieder plagen sollten, ein Schnippchen schlagen!«

Am Abend fragte uns Dr. Leete über unseren Besuch im Laden, und im Laufe einer flüchtigen Vergleichung der Gewohnheiten des 19. und 20. Jahrhunderts miteinander, kam die Sprache auf Erbschaft. Ich sagte: »Der Übergang von Eigentum durch Erbschaft ist wohl jetzt nicht erlaubt.«

»Im Gegenteil«, erwiderte Dr. Leete, »das wird nicht verhindert. Überhaupt, Herr West, wenn Sie uns besser kennenlernen werden, werden Sie finden, daß es viel weniger Einschränkung der persönlichen Freiheit gibt, als Sie gewohnt waren. Wir verlangen allerdings gesetzlich, daß jeder Mann der Nation eine gewisse Zeit lang dienen soll, anstatt ihm, wie Sie taten, die Wahl zu lassen zwischen Arbeit, Diebstahl oder Verhungern. Mit Ausnahme dieses Grundgesetzes, welches eigentlich nur eine Kodifikation des Naturgesetzes ist, hängt unser System nirgends von Gesetzgebung ab, sondern ist völlig freiwillig und die logische Folgerung der Tätigkeit der menschlichen Natur unter rationellen Bedingungen. Die Erbschaftsfrage illustriert diesen Punkt. Der Umstand, daß die Nation der einzige Kapitalist und Grundbesitzer ist, beschränkt natürlich den Besitz des einzelnen auf seinen jährlichen Kredit und auf das, was er an persönlichen und Haushaltungsgegenständen damit angeschafft hat. Sein Kredit endigt mit seinem Tode, wie in Ihrer Zeit eine jährliche Leibrente, mit Auswerfung einer gewissen Summe für Begräbniskosten. Über seinen übrigen Besitz verfügt er nach Belieben.«

»Wie wird nun«, fragte ich, »im Laufe der Zeit, solchen Anhäufungen von Wertgegenständen in den Händen der einzelnen vorgebeugt, welche die Gleichheit der Verhältnisse der Bürger ernstlich beeinträchtigen würden?«

»Diese Angelegenheit ordnet sich sehr einfach«, war die Antwort. »Bei der gegenwärtigen Organisation der Gesellschaft werden Anhäufungen von persönlichem Eigentume in dem Augenblick lästig, wenn sie über das hinausgehen, was zum eigentlichen Komfort gehört. Wenn zu Ihrer Zeit ein Mann in seinem Hause Gold und Silber, seltenes Porzellan, teure Möbel usw. aufgehäuft hatte, so galt er für reich, denn diese Dinge repräsentierten Geld und konnten jederzeit in Geld verwandelt werden. Wenn heutzutage die Legate von hundert Verwandten, welche gleichzeitig stürben, einen Mann in dieselbe Lage versetzen sollten, so würde er für sehr unglücklich gelten. Die Gegenstände, da sie unverkäuflich sind, würden für ihn keinen anderen Wert haben, als daß er sie gebrauchen und sich an ihrer Schönheit erfreuen könnte. Auf der anderen Seite würde er durch das Mieten von Häusern, in denen er die Schätze aufbewahrt, sein sich gleichbleibendes Jahreseinkommen schmälern und noch außerdem Leute zu bezahlen haben, welche die Gegenstände in Ordnung halten. Sie können sich darauf verlassen, daß dieser Mann nichts eiliger zu tun haben würde, als die Dinge, die ihm nur Ausgaben verursachen, unter seine Freunde zu verteilen, und daß keiner dieser Freunde mehr davon annehmen würde, als er in seinen Räumen unterbringen und selbst beaufsichtigen könnte. Sie sehen also, daß es eine überflüssige Vorsicht für die Nation sein würde, die Vererbung persönlichen Eigentums zu verbieten, um große Anhäufungen zu verhindern. Auf den einzelnen Bürger kann man sich verlassen, daß er sich nicht überbürden läßt. In dieser Richtung ist er so vorsichtig, daß die Verwandten gewöhnlich ihre Ansprüche auf die Effekten aus einem Nachlaß aufgeben und sich nur besondere Gegenstände vorbehalten. Die Nation übernimmt die Mobilien, auf die verzichtet worden ist, und einverleibt das Wertvolle davon wieder dem allgemeinen Vermögen.«

»Sie sprachen davon, daß Dienste, wie die Besorgung Ihrer Häuser, bezahlt würden«, sagte ich; »das veranlaßt mich zu einer Frage, die ich schon mehrmals auf dem Punkte war, Ihnen vorzulegen. Wie haben Sie es mit dem Problem des häuslichen Dienstes gehalten? Wer will häuslicher Diener in einem Gemeinwesen sein, wo alle gesellschaftlich gleichstehen? Unsere Damen haben es schwer genug gefunden, zu einer Zeit, wo noch keine soziale Gleichheit bestand, Dienstboten zu finden.«

»Gerade weil wir alle sozial gleich stehen und diese Gleichheit durch nichts beeinträchtigt werden kann, und weil Dienstleistung ehrenhaft ist in einer Gesellschaft, deren Grundprinzip es ist, daß alle sich gegenseitig bedienen, deshalb können wir ein Korps häuslicher Dienstboten stellen, wie Sie sich nie hätten träumen lassen«, erwiderte Dr. Leete. »Aber wir brauchen sie nicht.«

»Wer tut dann Ihre Hausarbeit?« fragte ich.

»Es ist keine zu tun«, sagte Frau Leete, an die ich meine Frage gerichtet hatte. »Unsere Wäsche wird in öffentlichen Waschanstalten sehr billig gewaschen und unsere Küchenarbeit in öffentlichen Küchen getan. Alles, was wir tragen, wird in öffentlichen Werkstätten gemacht und ausgebessert. Elektrizität ersetzt natürlich alle Feuerung und Beleuchtung. Wir suchen uns keine größeren Häuser aus, als wir nötig haben, und richten sie so ein, daß es möglichst wenig Mühe macht, sie in Ordnung zu halten. Wir brauchen keine häuslichen Dienstboten.«

»Der Umstand«, sagte Dr. Leete, »daß Sie in den ärmeren Klassen eine unendliche Zahl von Dienern hatten, denen Sie alle schwere und unangenehme Arbeit aufhalsen konnten, machte Sie gleichgültig gegen den Gedanken, wie die Notwendigkeit derselben vermieden werden könnte. Aber jetzt, da wir alle abwechselnd alle Arbeit für die Gesellschaft zu tun haben, hat jeder einzelne dasselbe Interesse, und ein persönliches, auf Erleichterung der Lasten zu denken. Dieser Umstand hat eine wunderbare Anregung zu Arbeit sparenden Erfindungen in allen Zweigen der Industrie gegeben, deren Folgen sich bald in einer Vereinigung der größten Bequemlichkeit mit der geringsten Mühe in häuslichen Einrichtungen zeigten.«

»Im Falle besonderer Vorkommnisse im Haushalte«, fuhr Dr. Leete fort, »wie eine ausgedehnte Reinigung oder Reparatur oder Krankheit in der Familie, können wir stets Hilfe von der industriellen Armee erhalten.«

»Aber wie vergüten Sie diese Hilfe, da Sie kein Geld haben?«

»Wir bezahlen natürlich nicht sie, sondern die Nation dafür. Man kann sich ihrer Dienste durch Anmeldung bei dem betreffenden Bureau versichern und der Betrag dafür wird auf der Kreditkarte des Meldenden ausgestanzt.«

»Die Welt muß für die Frauen jetzt ein wahres Paradies sein!« rief ich. »Zu meiner Zeit konnten selbst Reichtum und eine unbegrenzte Zahl von Dienstboten die Frauen nicht von häuslichen Sorgen befreien, und die aus den nur wohlhabenden und gar armen Klassen lebten und starben als Märtyrer derselben.«

»Ja«, sagte Frau Leete; »ich habe davon gelesen und mich überzeugt, daß, so schlimm auch die Männer Ihrer

Zeit daranwaren, sie es doch immer besser hatten, als ihre Mütter und Frauen.«

»Die breiten Schultern der Nation«, sagte Dr. Leete, »tragen jetzt die Lasten, unter denen die Frauen Ihrer Zeit erlagen, wie eine Feder. Ihre Leiden kamen, wie all Ihr anderes Elend, von dem Mangel an Assoziation, der eine Folge des Individualismus war, auf dem Sie Ihr soziales System aufgebaut hatten, eine Folge der Unfähigkeit, einzusehen, daß Sie einen zehnmal größeren Nutzen von Ihren Mitmenschen hätten haben können, wenn Sie sich mit ihnen vereinigt, als wenn Sie mit ihnen gestritten hätten. Es ist zu verwundern, nicht daß Sie so wenig bequem lebten, sondern daß Sie überhaupt haben zusammenleben können, da Sie geständigermaßen alle es darauf absahen, sich gegenseitig zu Dienern zu machen und sich gegenseitig Ihr Besitztum abzunehmen.«

»Ei, ei, Papa, wenn Du so heftig bist, denkt ja Herr West, Du zanktest ihn aus«, warf Edith mit Lachen ein.

»Wenn Sie einen Arzt brauchen«, fragte ich, »melden Sie es da einfach bei dem betreffenden Bureau und nehmen den ersten besten, der Ihnen geschickt wird?«

»Das würde bei Ärzten nicht am Platze sein«, antwortete Dr. Leete. »Die Erleichterung, die ein Arzt einem Patienten verschaffen kann, hängt wesentlich davon ab, daß er dessen Konstitution und Verhältnisse kennt. Der Patient muß daher seinen besonderen Arzt rufen können, wie Sie es zu Ihrer Zeit auch taten. Der einzige Unterschied ist der, daß der Arzt sein Honorar nicht für sich selbst einnimmt, sondern für die Nation, indem er den nach einem Tarif festzustellenden Betrag von der Kreditkarte des Patienten abstanzt.«

»Ich kann mir denken«, sagte ich, »daß, wenn das Honorar immer dasselbe ist und ein Arzt Patienten nicht abweisen kann, die guten Ärzte immer gerufen werden und die weniger guten unbeschäftigt bleiben.«

»Erstens«, erwiderte Dr. Leete lächelnd, »wenn Sie die scheinbare Anmaßung eines zurückgezogenen Arztes entschuldigen wollen, gibt es nur gute Ärzte. Wer sich nur eine oberflächliche Kenntnis von medizinischen Ausdrükken angeeignet hat, darf nicht praktizieren, wie es zu Ihrer Zeit der Fall war. Nur Gebildete, welche die strengen Schulprüfungen bestanden und Beweise ihrer beruflichen Fähigkeit gegeben haben, werden zur Praxis zugelassen. Zweitens aber werden Sie beobachten können, daß die Ärzte heutzutage nicht versuchen, sich Praxis auf Kosten der anderen Ärzte zu verschaffen, hierfür würde kein Beweggrund vorliegen. Übrigens hat der Arzt dem medizinischen Bureau regelmäßige Berichte über seine Tätigkeit zu erstatten, und wenn er nicht genügend beschäftigt sein sollte, so wird Arbeit für ihn gefunden.

## *Zwölftes Kapitel*

Die Fragen, die ich zu fragen hatte, bevor ich auch nur oberflächlich mit den Institutionen des zwanzigsten Jahrhunderts bekannt werden konnte, waren endlos, und da auch Dr. Leete gut aufgelegt schien, saßen wir, nachdem die Damen uns verlassen hatten, noch mehrere Stunden beisammen und plauderten. Ich erinnerte meinen Wirt an den Punkt, wo unser Gespräch heute morgen abgebrochen hatte und sprach meinen Wunsch aus, zu erfahren, wie die Organisation der industriellen Armee einen genügenden Antrieb zum Fleiß haben könne, da der Arbeiter wegen seines Unterhalts gar keine Sorge zu haben brauche.

»Sie müssen wissen«, erwiderte der Doktor, »daß Anregung zum Fleiß nur eines der Ziele ist, die wir in der Organisation der Armee verfolgen. Das andere, gleich wichtige, ist, uns für die Führer und Hauptleute der Armee und die hohen Offiziere der Nation, Männer von erprobter Fähigkeit zu versichern, welche durch ihre eigene Karriere verpflichtet sind, ihre Nachfolger zur Erreichung höchster Vollkommenheit in ihrer Arbeit anzuhalten und kein Zurückbleiben zu dulden. Im Hinblick auf diese zwei Ziele sind die sämtlichen Mitglieder der Armee in vier allgemeine Klassen geteilt. Erstens, die gewöhnlichen Arbeiter, welche jede Art von Arbeit, meistens die gröbere zu tun haben. Hierhin gehören alle Rekruten in den ersten drei Jahren. Zweitens, die Lehrlinge, wie diejenigen genannt werden, welche im ersten Jahre nach der ersten Klasse stehen, und die Anfangsgründe ihres gewählten Berufs erlernen. Drittens, die Hauptkraft der vollen Arbeiter, bestehend aus Männern zwischen 25 und 45 Jahren. Viertens, die Offiziere, von den niedrigsten Chargen, welche die Arbeiter beaufsichtigen, bis zu den höchsten. Diese vier Klassen stehen sämtlich unter einer verschiedenen Form von Disziplin. Die nicht in Klassen eingereihten Arbeiter, welche allerlei Arbeit tun, können nicht so streng klassifiziert werden, als im späteren Verlauf. Man nimmt an, daß sie in einer Art Schule sind, wo sie sich industrielle Tugenden aneignen. Nichtsdestoweniger wird über jeden einzeln Buch geführt, wer sich hervortut, wird ausgezeichnet und darf in seiner späteren Karriere auf Beförderung rechnen, ähnlich, wie zu Ihrer Zeit ein akademischer Grad förderlich war. Darauf folgt das Lehrlingsjahr. Im ersten Quartal hat der Lehrling die Anfangsgründe seines Berufs zu lernen, aber in den letzten drei Quartalen wird über ihn berichtet, um bestimmen zu können, in welchen Grad unter den Arbeitern er eingereiht werden soll, wenn er ein fertiger Arbeiter geworden ist. Es mag auffallen, daß der Ausdruck Lehrzeit in allen Geschäften gebraucht wird, aber das geschieht mit Rücksicht auf die Uniformität des Systems, und hat praktisch dieselbe Wirkung, als wenn der Ausdruck je nach der Schwierigkeit der Arbeit sich änderte. Denn bei Geschäften, die in einem Jahre nicht vollständig erlernt werden können, kommt der Lehrling in den geringeren Grad der fertigen Arbeiter und arbeitet sich empor, je geschickter er wird. Die fertigen Arbeiter sind je nach ihrer Geschicklichkeit in drei Grade geteilt, und jeder Grad in eine erste und zweite Klasse, so daß es im ganzen sechs Klassen gibt, in welche die Männer in Rücksicht auf ihre Fähigkeit eingeteilt werden.

Um die Prüfung der Befähigung zu erleichtern, wird jede industrielle Arbeit, wenn irgend möglich, und selbst wenn es Schwierigkeit haben sollte, durch Stückarbeit verrichtet, und wenn dies absolut unmöglich sein sollte, so wird der möglichst beste Ersatz gewählt, die Befähigung zu bestimmen. Die Männer werden jährlich neu in Grade geteilt, so daß das Verdienst nicht lange auf Beförderung zu warten hat, auch kann niemand durch Berufung auf frühere gute Arbeit verhindern, daß er degradiert werden könnte. Die Resultate der jährlichen Gradeinteilung geben den Rang jedes Mannes in der Armee an und werden öffentlich bekanntgemacht.

Abgesehen von dem großen Reizmittel zur Anstrengung, daß nämlich die höchsten Stellen in der Nation nur den obersten Klassenmännern offenstehen, gibt es noch verschiedene untergeordnete, aber vielleicht nicht minder wirksame Reizmittel, nämlich besondere Privilegien und Freiheiten bezüglich der Disziplin, welche den sich hervortuenden Klassenmännern gewährt werden. Obgleich diese im ganzen nicht wichtig sind, halten sie doch jedem Mann die Annehmlichkeit vor Augen, den nächsthöheren Grad erreichen zu können.

Es ist aber auch wichtig, daß nicht nur die guten, sondern auch die gleichgültigen und schlechten Arbeiter den Ehrgeiz hegen sollten, befördert zu werden; und da die Zahl der letzteren soviel größer ist, erscheint es sogar noch wichtiger, daß das Rangsystem nicht dazu dienen darf, sie zu entmutigen, als dazu, daß es die anderen anreize. Zu dem Ende sind die Grade in Klassen eingeteilt. Da die Klassen an Zahl der Mitglieder gleich sind, so ist niemals mehr als ein Achtel der ganzen Armee in der niedrigsten Klasse und die meisten davon sind neue Lehrlinge, welche alle zu steigen wünschen. Um die nicht sehr Begabten noch mehr zu ermuntern, ihr Bestes zu tun, verliert ein Mann, der erst einen höheren Grad erreicht hatte, aber in einen tieferen zurückgefallen war, die Frucht seiner Anstrengung nicht, sondern behält seinen früheren Rang, wie eine Art Gnadenbrief. Der Erfolg ist, daß diejenigen, welche keinen Preis zur Befriedigung ihres Stolzes erringen und während der ganzen Dienstzeit in der untersten Klasse bleiben, nur einen verschwindenden Bruchteil der industriellen Armee ausmachen und ebenso unfähig sind, ihre geringere Stellung zu empfinden, als sie zu bessern. Es ist nicht einmal notwendig, daß ein Arbeiter zu einem höheren Grade befördert werde, um wenigstens eine Idee von Ruhm zu gewinnen. Während nämlich Beförderung eine allgemeine Vortrefflichkeit eines Arbeiters erheischt, so wird öffentliche Belobung und sonstige Auszeichnung für Leistungen gewährt, welche noch nicht für Beförderung ausreichen, so auch für einzelne Arbeiten in den verschiedenen Industriezweigen. Man beabsichtigt, daß keinerlei Verdienst der Anerkennung entbehren soll.

Was nun Nachlässigkeit in der Arbeit, entschieden schlechte Arbeit und andere offene Verstöße von seiten der Männer betrifft, welche edlerer Beweggründe unfähig sind, so ist die Disziplin viel zu streng, als daß derartiges häufig vorkommen könnte. Ein Mann, der fähig ist, seine Pflicht zu tun und dies hartnäckig verweigert, wird aus der menschlichen Gesellschaft ausgestoßen.

Der niedrigste Grad der Offiziere in der Armee, der von Hilfsvorarbeitern oder Lieutenants, ist aus Männer gebildet, die zwei Jahre lang in der obersten Klasse des obersten Grades gewesen sind. Wo dies einen zu großen Spielraum für die Wahl läßt, ist bloß die erste Gruppe dieser Klasse wählbar. Auf diese Weise kommt niemand dazu, Leute zu kommandieren, der nicht ungefähr 30 Jahre alt ist. Wenn ein Mann Offizier wird, so ist seine Schätzung nicht mehr von seiner eigenen Arbeit, sondern von der seiner Leute abhängig. Die Vorarbeiter werden mit Beobachtung derselben Vorsicht aus den Hilfsvorarbeitern einer kleinen wählbaren Klasse gewählt. Bei Anstellung der höheren Grade wird ein anderes Prinzip angewendet, dessen Erläuterung uns jetzt zu lange aufhalten würde.

Die Anwendung eines solchen Systems bei den kleinen industriellen Geschäften Ihrer Zeit würde natürlich unpraktisch gewesen sein, da in einigen dieser Geschäfte kaum genug Leute beschäftigt waren, um mehr als einen in die Klassen zu verteilen. Sie wissen, daß unter der nationalen Arbeitsorganisation alle Industriezweige von großen Massen betrieben werden, so daß Hunderte von Ihren Farmen und Werkstätten zu einer verbunden sind. Der Oberaufseher bei uns ist so viel wie ein Hauptmann oder sogar ein General in Ihren Armeen.

Und nun, Mr. West, will ich es Ihnen überlassen, nach der nackten Skizze, die ich Ihnen gegeben habe, zu beurteilen, ob diejenigen, welche eine Anregung brauchen, ihr Bestes zu tun, dieselbe wohl unter unserem System entbehren.«

Ich erwiderte, es scheine mir, wenn ich Bedenken äußern sollte, als wären die Anregungsmittel zu stark; als wäre der den jungen Männern vorgeschriebene Gang zu schnell, und dies würde auch meine Ansicht bleiben (wollte ich in aller Bescheidenheit beifügen), wenn ich länger hier wohnen bliebe und mit dem Gegenstand mich eingehender würde bekannt gemacht haben.

Dr. Leete dagegen gab mir zu bedenken (und ich will gern zugeben, daß dies vielleicht eine hinreichende Erwiderung auf mein Bedenken ist), daß der Lebensunterhalt des Arbeiters in keiner Weise von seinem Range abhängig sei und Sorge darum seine Enttäuschungen im Range nicht verschärfe; daß die Arbeitsstunden kurz, die Ferien regelmäßig seien und daß jeder Wetteifer mit 45 Jahren, der Erlangung des mittleren Lebensalters, aufhöre.

»Es gibt noch zwei oder drei Punkte, auf die ich hinweisen muß«, fügte er bei, »damit Sie keine falschen Eindrücke erhalten. Erstens widerspricht dieses System, daß der bessere Arbeiter dem weniger guten vorgezogen wird, keineswegs der Grundidee unseres sozialen Systems, wonach alle, die ihr Bestes tun, gleich würdig sind, das Beste sei nun groß oder klein. Ich habe Ihnen gezeigt, daß das System dem Schwachen so gut wie dem Starken die Hoffnung gibt, zu steigen und der Umstand, daß die Stärkeren zu Leitern gewählt werden, soll kein übles Licht auf den

Schwächeren werfen, sondern geschieht im Interesse des Staates.

Glauben Sie auch nicht, weil dem Wetteifer als einem Mittel zur Anregung freies Spiel gegeben ist, wir hielten ihn für ein Motiv, auf das die besseren Arbeiter sich berufen könnten oder das ihrer würdig wäre. Solche finden ihre Motive in sich, nicht außer sich, und bemessen ihre Pflicht nach ihren eigenen Fähigkeiten, nicht nach denen anderer. Solange ihre Leistung mit ihren Kräften im Verhältnis steht, würden sie es für widersinnig halten, Lob oder Tadel zu erwarten, weil sie zufällig groß oder klein ist. Solchen Naturen erscheint Wetteifer töricht in philosophischer, und verächtlich in moralischer Beziehung, weil er, je nachdem man die Erfolge oder Mißerfolge anderer ansieht, Neid für Bewunderung, und Freude für Bedauern substituiert.

Aber alle Männer, selbst im letzten Jahre des 20. Jahrhunderts, sind nicht von so hoher Gesinnung, und die Anregungsmittel für diejenigen, welche es nicht sind, müssen niedrigeren Naturen angepaßt sein. Für diese ist der schärfste Wetteifer ein beständiger Sporn. Diejenigen, welche dieses Motiv nötig haben, werden ihn fühlen. Diejenigen, welche erhaben über dessen Einfluß sind, haben ihn nicht nötig.«

»Ich sollte noch erwähnen«, fuhr der Doktor fort, »daß wir für diejenigen, denen es an geistiger oder körperlicher Kraft fehlt, um mit der Gesamtheit der Arbeiter abgestuft zu werden, eine besondere Stufe haben, die mit den anderen nicht in Verbindung steht – eine Art Invalidenkorps, dessen Mitglieder leichtere, ihren Kräften angemessene Aufgaben haben. Alle unsere körperlich und geistig Kranken, Taubstummen, Lahmen, Blinden und Krüppel, sogar die Wahnsinnigen gehören zu diesem Korps und tragen die Abzeichen desselben. Die Kräftigsten tun oft Mannesarbeit, die Schwächsten natürlich nichts; aber keiner, der nur irgend etwas tun kann, ist geneigt die Arbeit ganz aufzugeben. Selbst die Wahnsinnigen sind in lichten Zwischenräumen begierig zu tun was sie können.«

»Das ist ein guter Gedanke mit dem Invalidenkorps«, sagte ich, »den kann selbst ein Barbar des 19. Jahrhunderts anerkennen. Es ist eine sehr anmutige Art und Weise, Mildtätigkeit zu verdecken und muß bei den Empfängern sehr dankbare Gefühle erregen.«

»Mildtätigkeit!« rief Dr. Leete. »Denken Sie, wir betrachten die Klasse der Unfähigen, von der wir sprechen, als Gegenstand der Mildtätigkeit?«

»Nun, natürlich«, sagte ich, »insofern sie unfähig sind, sich selbst zu erhalten.«

Hier unterbrach mich aber der Doktor schnell.

»Wer ist fähig, sich selbst zu erhalten?« fragte er. »So etwas wie Selbsterhaltung gibt es in einer zivilisierten Gesellschaft nicht. In einem so barbarischen Zustande der Gesellschaft, wo man nicht einmal Familien-Assoziation kennt, kann möglicherweise jedes Individuum sich selbst erhalten, aber auch da nur während eines Teiles seines Lebens; aber von dem Augenblick an, da die Menschen beginnen zusammenzuleben und auch nur die einfachste Art von Gesellschaft zu bilden, wird Selbsterhaltung unmöglich. Sobald die Menschen mehr zivilisiert werden und die Unterabteilung der Beschäftigungen und Dienste durchgeführt ist, wird eine zusammengesetzte gegenseitige Abhängigkeit die allgemeine Regel. Jeder Mensch, so zurückgezogen er in seiner Beschäftigung auch sein mag, ist ein Mitglied einer ungeheuren Genossenschaft, die so groß ist, wie die Nation, so groß wie die ganze Menschheit. Die Notwendigkeit gegenseitiger Abhängigkeit sollte die Pflicht und Sicherheit gegenseitiger Hilfe in sich fassen; und daß dies in Ihrer Zeit nicht der Fall war, bildete die wesentlichste Grausamkeit und Unvernunft Ihres Systems.«

»Das mag alles wahr sein«, erwiderte ich, »aber es berührt nicht diejenigen, die unfähig sind, zu dem Produkt der Industrie etwas beizutragen.«

»Gewiß; ich dachte, ich hätte Ihnen heute morgen gesagt«, entgegnete Dr. Leete, »daß das Recht eines Menschen, an der Tafel der Nation zu speisen, darauf beruht, daß er eben ein Mensch ist, und nicht darauf, wie gesund oder stark er ist, solange er nur sein Bestes tut.«

»Das haben Sie allerdings gesagt«, antwortete ich, »aber ich dachte, die Regel finde nur auf die Arbeiter von verschiedener Fähigkeit Anwendung. Bezieht sie sich auch auf die, welche gar nichts tun können?«

»Sind sie nicht auch Menschen?«

»So sind also die Lahmen, Blinden, Kranken und Unfähigen so gut daran, wie alle Fähigen, und beziehen dasselbe Einkommen?«

»Natürlich«, war die Antwort.

»Über eine Mildtätigkeit in solchem Verhältnis«, sagte ich, »hätten unsere begeistertsten Philanthropen Mund und Augen aufgerissen.«

»Wenn Sie einen kranken Bruder zu Hause hätten«, entgegnete der Doktor, »unfähig zur Arbeit, würden Sie ihm weniger schmackhafte Kost, schlechtere Wohnung und Kleidung geben, als Sie selbst haben? Viel wahrscheinlicher würden Sie ihm das Beste geben, ohne von Mildtätigkeit zu sprechen. Würde nicht der Ausdruck in dieser Verbindung Ihren Unwillen erregen?«

»Gewiß«, erwiderte ich, »aber die Fälle sind nicht parallel. In einem gewissen Sinne sind alle Menschen Brüder; aber diese allgemeine Brüderschaft ist, außer für rhetorische Zwecke, nicht mit Blutsverwandtschaft, ihren Gefühlen und Verbindlichkeiten zu vergleichen.«

»Hier spricht das 19. Jahrhundert aus Ihnen!« rief Dr. Leete. »O, Mr. West, es kann kein Zweifel mehr sein, wie lange Sie geschlafen haben. Sollte ich Ihnen in einem

Worte den Schlüssel zu den Geheimnissen unserer Zivilisation im Vergleich mit derjenigen Ihrer Zeit geben, so würde ich sagen, daß die Solidarität des Menschengeschlechts und der menschlichen Brüderschaft, die bei Ihnen nur schöne Phrasen waren, nach unserem Sinn und Gefühl so wirkliche und lebendige Bande sind, als die des Blutes.

Aber abgesehen hiervon, kann ich nicht verstehen, warum es Sie so überrascht, daß denjenigen, welche nicht arbeiten können, das volle Recht gewährt wird, von dem Erwerb derer zu leben, welche es können. Auch in Ihrer Zeit war der Militärdienst zum Schutze der Nation, dem doch unser industrieller Dienst entspricht, obligatorisch für diejenigen, die ihn leisten konnten, und beraubte die Unfähigen nicht der Vorteile des Bürgerrechtes. Sie blieben zu Hause, und wurden von denen, die sich schlugen, beschützt, und niemand stellte ihr Existenzrecht in Frage oder dachte geringer von ihnen. So beraubt jetzt das Verlangen industrieller Dienstleistung von denen, die sie tun können, nicht diejenigen, welche nicht arbeiten können, der Vorteile des Bürgerrechts, zu denen der Unterhalt gehört. Der Arbeiter ist nicht ein Bürger weil er arbeitet, sondern arbeitet weil er ein Bürger ist. Wie Sie die Pflicht des Starken anerkannten, für den Schwachen zu kämpfen, so erkennen wir jetzt, da es keine Kriege mehr gibt, die Pflicht an, für ihn zu arbeiten.

Eine Lösung, die nicht vollständig ist, ist keine Lösung, und unsere Lösung des Problems der menschlichen Gesellschaft würde keine gewesen sein, hätten wir die Lahmen, Kranken und Blinden unberücksichtigt gelassen, um wie die wilden Tiere zu leben. Besser, wir hätten die Starken und Gesunden unversorgt gelassen, als diese Belasteten, für welche jedes Herz Mitleid fühlen muß und für deren geistiges und körperliches Behagen vor allem anderen gesorgt werden sollte. So kommt es, wie ich Ihnen heute morgen gesagt habe, daß der Anspruch jedes Mannes, jeder Frau und jedes Kindes auf die Existenzmittel, auf keiner weniger klaren, breiten und einfachen Grundlage beruht, als daß sie Genossen des menschlichen Geschlechts – Glieder einer menschlichen Familie sind. Die einzig gültige Münze ist das Ebenbild Gottes, und diese ist gut für alles was wir haben.

Für moderne Anschauungen ist kein Zug in der Zivilisation Ihrer Epoche so abstoßend, glaube ich, als wie Sie Ihre abhängigen Klassen vernachlässigt haben. Selbst wenn Sie kein Erbarmen, kein Gefühl der Brüderlichkeit hatten, wie war es möglich, nicht zu sehen, daß Sie die Unfähigen ihres klaren Rechtes beraubten, wenn Sie nicht für sie sorgten?«

»Ich kann Ihnen hier nicht ganz folgen«, sagte ich. »Ich erkenne den Anspruch dieser Klasse auf unser Mitleid an, aber wie konnten diejenigen, welche nichts leisteten, ein Recht auf Anteil am Erwerb haben?«

»Wie kam es denn«, war Dr. Leetes Antwort, »daß Ihre Arbeiter mehr leisten konnten, als so viele Wilde würden getan haben? Kam es nicht lediglich von der Erbschaft früheren Wissens und früherer Werke des Menschengeschlechts, der Maschinerie der Gesellschaft, die Tausende von Jahren zu ihrer Entwicklung gebraucht hatte, die Sie fertig vorgefunden haben? Wie kamen Sie zu dem Besitz dieses Wissens, dieser Maschinerie, welcher in dem Werte Ihres Erwerbes neun Teile ausmacht gegen einen, den Sie selbst beitrugen? Sie haben ihn geerbt, nicht wahr? Und waren nicht jene anderen, die unglücklichen, verunstalteten Brüder, die Sie ausstießen, Ihre Miterben? Was haben Sie mit Ihrem Anteil gemacht? Haben Sie sie nicht beraubt, wenn Sie ihnen Brotrinden zuwarfen, während sie berechtigt waren, mit den Erben zu Tisch zu sitzen, und fügten Sie nicht Beleidigung zum Raub, wenn Sie diese Brotrinden Mildtätigkeit nannten? – O, Herr West«, fuhr

Dr. Leete fort, da ich nicht antwortete, »abgesehen von Gerechtigkeit oder brüderlichem Gefühle gegen die Krüppel und Kranken, so verstehe ich nicht, wie die Arbeiter Ihrer Zeit ein Herz für ihre Arbeit haben konnten, da sie doch wußten, daß ihre Kinder und Kindeskinder, wenn sie Unglück haben sollten, der Annehmlichkeit und selbst der Notdurft des Lebens beraubt sein würden. Es ist mir ein Geheimnis, wie Männer mit Kindern ein System begünstigen konnten, durch das sie mehr belohnt wurden, als die körperlich und geistig Schwächeren. Denn durch denselben Unterschied, durch welchen der Vater Vorteil hatte, konnte sein Sohn, für den er sein Leben gegeben hätte, da er vielleicht schwächer als andere, dem Mangel und der Armut in die Arme getrieben werden. Wie die Menschen wagen konnten, Kinder zu hinterlassen, ist mir stets unerklärlich gewesen.«

# *Dreizehntes Kapitel*

Wie Edith es versprochen hatte, begleitete mich Dr. Leete, als ich mich zurückzog, in mein Schlafzimmer, um mir den Gebrauch des musikalischen Telefons zu zeigen. Er belehrte mich, wie durch Drehen einer Schraube die Musik mein Zimmer füllen oder zu einem Echo verhallen konnte, so schwach und fern, daß man nicht wußte, ob man es wirklich hörte oder ob es nur Einbildung war. Wenn zwei Personen ein Zimmer bewohnten, von denen die eine Musik zu hören, die andere zu schlafen wünschte, so konnte die Musik für die erste hörbar, für die andere unhörbar gemacht werden.

»Ich würde Ihnen ernstlich raten, Mr. West, heute nacht lieber zu schlafen, als die schönste Musik der Welt zu hören«, sagte der Doktor, nachdem er mir alles erklärt hatte. »Bei diesen anstrengenden Erfahrungen, die Sie eben machen, gewährt Schlaf eine Nervenstärkung, für die es keinen Ersatz gibt.«

Eingedenk dessen, was mir an demselben Morgen begegnet war, versprach ich, seinen Rat zu befolgen.

»Das ist recht«, sagte er, »so will ich das Telefon auf acht Uhr stellen.«

»Was meinen Sie damit?« fragte ich.

Er erklärte mir, daß mittels eines Uhrwerkes jemand es einrichten könnte, zu beliebiger Stunde durch Musik geweckt zu werden.

Es schien, wie es sich seither völlig bestätigt hat, daß ich meine Neigung zur Schlaflosigkeit, wie alle anderen Unannehmlichkeiten des Lebens, im 19. Jahrhundert zurückgelassen hatte; denn, obgleich ich keinen Schlaftrunk nahm, wie am Abend zuvor, war ich eingeschlafen, sobald ich mich in die Kissen gelegt hatte.

Ich träumte, ich säße auf dem Throne der Abenceragen

im Bankettsaal der Alhambra und gäbe meinen Granden und Generälen, welche am kommenden Tage den Halbmond gegen die Christenhunde Spaniens tragen sollten, ein Fest. Die Luft, durch sprühende Fontainen gekühlt, war mit Blumenduft geschwängert. Schlanke Mädchen, mit verlockenden Lippen, tanzten anmutig nach der Musik von Blech- und Saiteninstrumenten. Ein Blick auf die Galerien zeigte mir hin und wieder den Glanz der Augen von einer Schönen des königlichen Harems, die auf die versammelte Blüte der maurischen Ritter herabblickte. Lauter und lauter ertönten die Zimbeln, wilder und wilder wurde die Weise, bis das Blut des Wüstengeschlechts der kriegerischen Raserei nicht mehr widerstehen konnte und die kräftigen Edlen aufsprangen; tausend Schwerter flogen aus den Scheiden und der Ruf: *»Allah il Allah!«* erschütterte die Halle und erweckte mich, um mich von hellem Tageslicht umgeben und das Zimmer von den Klängen der elektrischen Musik der »Türkischen Reveille« widerhallend zu finden.

Als ich am Frühstückstisch meinem Wirt erzählte, was ich gehört hatte, ergab es sich als kein bloßer Zufall, daß die Musik, welche mich weckte, eine Reveille war. Die Stücke, welche in einem der Musiksäle in den Morgenstunden gespielt wurden, waren stets von anregendem Charakter.

»Apropos«, sagte ich, »unser Gespräch von Spanien erinnert mich, Sie nach dem Zustand von Europa zu fragen. Sind die Gesellschaften der Alten Welt auch umgestaltet worden?«

»Ja«, antwortete Dr. Leete, »die großen Nationen Europas, wie auch Australien, Mexiko und Teile von Südamerika sind jetzt industrielle Republiken wie die Vereinigten Staaten, welche die Pioniere der Evolution waren. Die friedlichen Beziehungen dieser Nationen sind durch eine lose Form von Bündnis, mit einer Ausdehnung über die ganze Welt, gesichert. Ein internationaler Rat reguliert den gegenseitigen Verkehr und Handel zwischen den Mitgliedern des Bundes und ihre gemeinsame Politik mit denjenigen Völkern, welche noch weiter zurück sind, aber allmählich der Zivilisation gewonnen werden. Jede Nation erfreut sich innerhalb ihrer Grenzen vollständiger Autonomie.«

»Wie können Sie Handel treiben ohne Geld?« sagte ich. »Wenn Sie auch im innern Verkehr das Geld entbehren können, so müssen Sie doch im Verkehr mit anderen Nationen einen Ersatz für Geld benutzen.«

»O, nein; in unsern auswärtigen Beziehungen ist das Geld so überflüssig als in den inneren. Solange auswärtiger Handel eine Sache des Privatunternehmens war, brauchte man das Geld um die vielfachen Verhandlungen auszugleichen, aber heutzutage tun das die Nationen als Ganzes. So gibt es nur etwa ein Dutzend Kaufleute in der Welt, und ihr Geschäft ist dem internationalen Rat unterstellt; ein einfaches System der Buchführung reguliert die Geschäfte vollkommen. Jede Nation hat ein auswärtiges Börsenbureau, welches die Geschäfte führt. Zum Beispiel, das Amerikanische Bureau hält soundsoviele französische Waren notwendig für Amerika auf ein Jahr, so schickt es seine Bestellung an das französische Bureau, welches dagegen seine Bestellung unserm Bureau sendet. Dieselbe Gegenseitigkeit findet mit den anderen Nationen statt.«

»Aber wie werden die Preise der ausländischen Waren festgestellt, da es keine Konkurrenz gibt?«

»Der Preis, für welchen eine Nation an die andere Waren abgibt«, antwortete Dr. Leete, »muß derselbe sein, um den sie ihn an ihre eigenen Bürger abgibt. So können keine Mißverständnisse entstehen. Natürlich ist keine Nation theoretisch verpflichtet, die Produkte ihrer Arbeit an eine andere abzugeben, aber es liegt im Interesse aller, Gefälligkeiten auszutauschen. Wenn eine Nation regelmäßig eine andere mit gewissen Waren versieht, so muß bei einer eintretenden gewichtigen Veränderung in den Beziehungen von der betreffenden Seite gekündigt werden.«

»Aber wie ist es, wenn eine Nation, die ein Monopol auf ein natürliches Produkt hat, sich weigern sollte, es den anderen, oder einer von ihnen abzulassen?«

»Dieser Fall ist niemals vorgekommen, und könnte nicht vorkommen, ohne dem sich weigernden Teile bei weitem mehr Schaden zu tun, als den anderen«, erwiderte Dr. Leete. »Erstens kann keine Bevorzugung stattfinden. Das Gesetz verlangt, daß jede Nation mit den anderen in jeder Beziehung auf genau denselben Grundlagen handelt. So ein Verfahren, wie Sie andeuten, würde die Nation, die es einschlüge, von allen anderen auf der ganzen Erde in jeder Beziehung abschneiden. Diese Möglichkeit braucht uns keine Sorge zu machen.«

»Aber«, sagte ich, »wenn nun eine Nation ein natürliches Monopol in einem Produkt besitzt, von dem sie mehr ausführt als verbraucht, den Preis in die Höhe schraubt, und so, ohne die Lieferung einzustellen, einen Nutzen aus den Bedürfnissen ihrer Nachbarn zieht? Ihre eigenen Bürger würden natürlich auch den höheren Preis zu zahlen haben, aber als eine Korporation würde sie mehr aus Fremden ziehen, als sie selbst verlieren würde.«

»Wenn Sie erst wissen, wie die Preise aller Waren jetzt festgestellt werden, werden Sie verstehen, daß es unmöglich ist, sie zu ändern, ausgenommen mit Bezug auf die zur Produktion erforderliche große und schwere Arbeit«, war Dr. Leetes Antwort. »Dieses Prinzip bietet sowohl eine internationale, als nationale Garantie; aber selbst ohne dieselbe, ist der Sinn für die Gemeinsamkeit der sowohl internationalen als nationalen Interessen, und das Bewußtsein, wie töricht Eigennutz ist, heutzutage zu tief gewurzelt, um solch ein hungriges Verfahren, wie Sie es befürchten, möglich zu machen. Sie müssen wissen, daß wir alle einer möglichen Vereinigung der ganzen Welt zu einer großen Nation entgegensehen. Dies wird zweifellos die endliche Form der Gesellschaft sein und gewisse wirtschaftliche Vorteile über das gegenwärtige Föderativsystem selbständiger Nationen verwirklichen. Übrigens arbeitet das gegenwärtige System so nahezu perfekt, daß wir uns begnügen können, die Vollendung desselben der Nachwelt zu überlassen. Manche glauben allerdings, daß es niemals vollendet werden würde, weil das Föderativsystem nicht lediglich eine provisorische Lösung des Problems der menschlichen Gesellschaft, sondern die beste endliche Lösung überhaupt sei.«

»Wie halten Sie es«, fragte ich, »wenn die Bücher zweier Nationen sich nicht ausgleichen, wenn wir z. B. mehr von Frankreich beziehen, als wir dahin exportieren?«

»Die Bücher jeder Nation werden am Ende jeden Jahres geprüft. Findet sich, daß Frankreich uns schuldet, so schulden wir vielleicht einer Nation, die Verbindlichkeiten gegen Frankreich hat, und so mit allen Nationen. Das Saldo, welches bleibt, wenn der internationale Rat die Rechnungen festgestellt hat, darf nach unsrem System nicht groß sein. Wie groß auch immer die Beträge sein mögen, der Rat verlangt, daß sie alle paar Jahre bezahlt werden und kann zu jeder beliebigen Zeit die Bereinigung verlangen, wenn sie zu groß werden; denn man wünscht nicht, daß eine Nation einer anderen viel schulde, damit nicht unfreundliche Gefühle zwischen ihnen entstehen. Um dies zu verhüten, untersucht der Rat auch die zwischen den Nationen ausgetauschten Waren und überzeugt sich von ihrer Güte.«

»Aber womit werden die Saldos bezahlt, da Sie kein Geld haben?«

»Mit nationalen Waren; die Vorverhandlungen zu den Handelsbeziehungen sprechen sich darüber aus, welche

Waren zur Bereinigung der Rechnungen und in welchem Verhältnis sie angenommen werden sollen.«

»Auswanderung ist ein anderer Punkt, über den ich Sie fragen möchte«, sagte ich. »Der Auswanderer würde bei jeder Nation, die als industrielle Genossenschaft organisiert ist und alle Wege der Produktion im Lande monopolisiert, verhungern müssen, wenn er überhaupt landen dürfte. Ich vermute es gibt heutzutage gar keine Auswanderung.«

»Im Gegenteil, es wird beständig ausgewandert, worunter Sie wohl den Wegzug in fremde Länder zum Zweck ständiger Niederlassung verstehen«, erwiderte Dr. Leete. »Diese Auswanderung ist nach einer einfachen internationalen Einrichtung von Schadenersatz geregelt. Wenn z. B. ein Mann im einundzwanzigsten Jahre von England nach Amerika auswandert, so erspart England alle Ausgaben für seine Unterhaltung und Bildung, und Amerika erhält einen Arbeiter umsonst; folglich gewährt Amerika eine Vergütung an England. Ist der Mann dem Ende der Arbeitszeit nahe, wenn er auswandert, so bekommt die Nation, die ihn annimmt die Vergütung. Was die schwächlichen Leute betrifft, so hält man es für das beste, daß jede Nation für ihre Leute einstehe, und die Auswanderung solcher muß unter voller Garantie ihrer Nation für ihren Unterhalt geschehen. Unter diesen Bestimmungen ist das Recht zu jeder Zeit auszuwandern unbeschränkt.«

»Aber wie ist es mit Vergnügungs- oder Forschungsreisen? Wie kann ein Fremder in einem Lande reisen, dessen Bewohner kein Geld annehmen und auf einer Grundlage mit Lebensbedürfnissen versehen werden, die jenen nicht zugänglich ist? Seine Kreditkarte kann natürlich in anderen Ländern nicht gelten. Wie bezahlt er seine Reisekosten?«

»Eine amerikanische Kreditkarte«, erwiderte Dr. Leete, »ist geradesogut in Europa, als früher amerikanisches

Gold war, und wird in das Zahlungsmittel des Landes umgesetzt, in dem man reist. Ein Amerikaner in Berlin präsentiert seine Kreditkarte auf dem Lokalbureau des internationalen Rats und erhält dagegen nach Belieben für den ganzen oder teilweisen Betrag eine deutsche Kreditkarte, und der Betrag wird Deutschland in der internationalen Rechnung gut- und Amerika zur Last geschrieben.«

»Vielleicht möchte Mr. West heute gern im »Elefant« zu Mittag essen«, sagte Edith als wir vom Tisch aufstanden.

»So heißt nämlich«, erklärte ihr Vater, »das allgemeine Speisehaus unseres Bezirks. Wir lassen unsre Speisen in den öffentlichen Küchen zubereiten, auch ist im Speisehause die Bedienung und die Qualität der Speisen viel besser. Die zwei kleineren Mahlzeiten des Tages werden gewöhnlich zu Hause eingenommen, da es sich nicht der Mühe lohnt, deshalb auszugehen; aber zum Mittagessen geht man gewöhnlich aus. Solange Sie bei uns sind, haben wir das nicht getan, weil wir dachten, wir wollten Sie erst mehr mit unseren Gewohnheiten bekannt werden lassen. Was denken Sie? Sollen wir heute im Speisehaus essen?«

Ich sagte, daß es mir sehr angenehm sein würde.

Bald darauf kam Edith zu mir und sagte lächelnd: »Gestern abend dachte ich darüber nach, was ich tun könnte, damit Sie sich heimisch fühlen möchten, bis Sie etwas besser mit uns und unsren Gewohnheiten vertraut wären, und da kam mir ein Gedanke. Was würden Sie dazu sagen, wenn ich Sie einigen netten Personen aus Ihrer Zeit vorstellte, mit denen Sie gut bekannt zu sein pflegten?«

Ich erwiderte etwas unbestimmt, es würde mir gewiß sehr angenehm sein, aber ich wüßte nicht, wie sie das anfangen wollte.

»Kommen Sie mit mir«, war ihre heitere Antwort, »und sehen Sie, ob ich mein Wort nicht halte.«

Durch die vielen Überraschungen, die ich neuerdings

erfahren hatte, war ich ziemlich abgestumpft dagegen, aber ich war doch etwas erstaunt, als ich ihr in ein Zimmer folgte, das ich noch nicht betreten hatte. Es war ein kleines, gemütliches Gemach, dessen Wände mit Bücherbrettern ganz besetzt waren.

»Hier sind Ihre Freunde«, sagte Edith und deutete auf eines der Bretter. Ich fand hier Shakespeare, Milton, Wordsworth, Shelley, Tennyson, Defoe, Dickens, Thackeray, Hugo, Hawthorne, Irving und viele andere große Schriftsteller meiner Zeit und aller Zeiten. Nun verstand ich ihre Worte. Sie hatte wirklich ihr Versprechen in einem Sinne gehalten, im Vergleich mit dem die wörtliche Erfüllung eine Enttäuschung gewesen wäre. Sie hatte mich in einen Kreis von Freunden eingeführt, welche das entschwundene Jahrhundert sowenig hatte altern lassen, als mich selbst. Ihr Geist war so erhaben, ihr Witz so scharf, ihr Lachen und ihr Weinen ebenso ansteckend, als da ihre Worte die Stunden eines früheren Jahrhunderts verkürzten. In dieser guten Gesellschaft war und konnte ich nicht mehr einsam sein, wie breit auch die Kluft war die zwischen mir und meinem alten Leben gähnte.

»Sie sind froh, daß ich Sie hierher führte«, rief Edith strahlend, als sie in meinem Gesicht das Gelingen ihres Versuches las. »Es war ein guter Gedanke, Mr. West, nicht wahr? Wie dumm von mir, daß ich nicht früher darauf gekommen bin! Ich will Sie jetzt bei Ihren alten Freunden lassen, denn ich kann mir denken, daß Sie nun keine andere Gesellschaft brauchen können; aber vergessen Sie über den alten Freunden die neuen nicht«, und mit dieser heiteren Mahnung verließ sie mich.

Von den bekanntesten Namen vor mir angezogen, ergriff ich einen Band von Dickens und setzte mich zum Lesen nieder. Er war immer mein Liebling unter den Schriftstellern des Jahrhunderts – ich meine des neunzehnten – gewesen, und in meinem alten Leben war wohl kaum eine Woche vergangen, daß ich nicht einen Band seiner Werke in die Hand genommen hätte, um mir eine langweilige Stunde zu vertreiben. Irgend ein Band würde, in meiner gegenwärtigen Lage gelesen, einen ungewöhnlichen Eindruck auf mich gemacht haben; aber meine seltene Vertrautheit mit Dickens und die Kraft, mit der er die Beziehungen meines früheren Lebens wachrief, gaben seinen Schriften eine ganz besondere Wirkung durch den Kontrast, mich das Fremdartige in meiner gegenwärtigen Umgebung noch schärfer erkennen zu lassen. So neu und staunenerregend die Umgebung eines Menschen auch sein mag, so wird er sich doch bemühen, so schnell ein Teil derselben zu werden, daß fast gleich vom Anfang an ihm die Fähigkeit, sie objektiv zu betrachten und das Fremdartige völlig zu ermessen, verlorengeht. Diese Fähigkeit war in mir schon abgeschwächt, wurde aber durch die Lektüre von Dickens, indem sie mich zu dem Standpunkt meines früheren Lebens zurückführte, wiederhergestellt. Ich erkannte jetzt Vergangenheit und Gegenwart wie kontrastierende Gemälde nebeneinander, mit einer mir bisher unbekannten Klarheit.

Der Geist des großen Novellendichters des 19. Jahrhunderts kann in der Tat, wie der Homers, der Zeit trotzen; aber der Rahmen seiner ergreifenden Erzählungen, das Elend der Armen, das Unrecht der Gewalt, die herzlose Grausamkeit des sozialen Systems, war so vollständig verschwunden wie Kirke und die Sirenen, die Charybdis und die Zyklopen. – Nachdem ich mehrere Stunden in der Bibliothek verweilt hatte, suchte mich Dr. Leete dort auf.

»Edith sagte mir von ihrem Einfall«, bemerkte er, »und ich denke, er war ausgezeichnet. Ich war ein bißchen neugierig, zu welchem Schriftsteller Sie sich zuerst wenden würden. Aha, Dickens! Sie bewundern ihn also! Hierin stimmen wir mit Ihnen überein. Nach unserem Maßstab gemessen, überragt er alle Schriftsteller seiner Zeit, nicht weil sein literarisches Genie am höchsten gewesen, sondern weil sein großes Herz für die Armen schlug, weil er die Sache der Opfer der Gesellschaft zu der seinen machte und mit seiner Feder ihre Grausamkeit und Leerheit geißelte. Niemand hat es ihm gleichgetan, die Aufmerksamkeit auf das Unrecht und die Erbärmlichkeit der alten Ordnung der Dinge zu richten und die Augen der Menschen für die Notwendigkeit der großen bevorstehenden Veränderung zu öffnen, oblgiech er selbst sie nicht klar vorausgesehen hat.«

# *Vierzehntes Kapitel*

Im Laufe des Tages regnete es stark, und ich hatte vermutet, daß der Zustand der Straßen meine Wirte veranlassen würde, den Plan, zum Mittagessen auszugehen, fallenzulassen, obgleich das Speisehaus, wie ich gehört hatte, ganz nahe war. Ich war daher sehr erstaunt, als zur bestimmten Stunde die Damen, fertig zum Ausgehen, erschienen, aber ohne Überschuhe und Regenschirme.

Als wir auf der Straße waren, klärte sich das Geheimnis auf, denn eine fortlaufende wasserdichte Decke streckte sich über das Trottoir und verwandelte es in einen hellen, trockenen Korridor, in dem sich ein Strom von Damen und Herren im Dineranzug bewegte. An den Ecken führten leichte, ähnlich bedeckte Brücken über die Straßen. Edith Leete, an deren Seite ich ging, schien sehr interessiert, zu erfahren, daß bei schlechtem Wetter die Straßen von dem Boston meiner Tage ungangbar waren, wenn man nicht Regenschirme, dicke Stiefel und schwere Kleider trug.

»Waren denn Trottoirschirme gar nicht gebräuchlich?« fragte sie.

»Sie wurden gebraucht«, erklärte ich, »aber nur vereinzelt und in ganz unsystematischer Weise; es waren Privatunternehmungen.«

Sie erzählte mir, daß jetzt alle Straßen bei ungünstigem Wetter in der Weise, wie ich es hier sähe, geschützt seien, die Vorrichtung würde aufgerollt, wenn sie nicht nötig sei. Sie gab mir zu verstehen, daß es als große Einfalt angesehen werde, wenn man dem Wetter Einfluß auf die Bewegungen des Volkes einräumen wollte.

Dr. Leete ging vor uns her und hörte etwas von unserem Gespräch; er drehte sich um und sagte, daß der Unterschied zwischen dem Zeitalter des Individualismus und dem der Allgemeinheit sich deutlich an dem Umstand erkennen lasse, daß im 19. Jahrhunderte, wenn es regnete, die Leute in Boston dreimalhunderttausend Regenschirme über ebensoviele Köpfe aufspannten, und im 20. nur einen Schirm über alle Köpfe.

Im Weitergehen sagte Edith: »Der Regenschirm ist Papas Lieblingsbild, damit die alte Lebensweise zu illustrieren, als jedermann für sich und seine Familie lebte. In der Gemäldegalerie gibt es ein Gemälde aus dem 19. Jahrhundert, das eine Menge Leute darstellt, von dem jeder einzelne seinen Regenschirm über sich und seine Frau hält und den Nebenmännern die Traufe zuwendet; mein Vater behauptet, der Künstler habe damit eine Satire auf seine Zeit beabsichtigt.«

Wir betraten nun ein großes Gebäude, in das viele Leute strömten. Wegen des Schirmdaches konnte ich die Vorderseite nicht sehen, aber wenn sie dem Innern entsprach, das noch schöner als das Magazin war, welches ich am Tag zuvor besucht hatte, so mußte sie großartig sein. Meine Begleiterin sagte mir, daß die in Stein gehauene Gruppe über dem Eingang besonders bewundert werde. Wir stiegen eine mächtige Treppe empor und gingen einen breiten Korridor mit vielen Türen entlang. In eine derselben, an der der Name meines Wirtes stand, traten wir ein und ich befand mich in einem eleganten Speisezimmer, wo ein Tisch für vier Personen gedeckt stand. Die Fenster gingen in einen Hof, wo eine Fontaine ihren Wasserstrahl in bedeutende Höhe warf, und Musik schwirrte durch die Luft.

»Sie scheinen hier zu Hause zu sein«, sagte ich, als wir uns an den Tisch gesetzt hatten und Dr. Leete die Glocke berührte.

»Dies ist allerdings ein Teil unseres Hauses, nur wenig getrennt von dem übrigen«, erwiderte er. »Jede Familie im Bezirk hat in diesem Gebäude ein besonderes Zimmer zu ihrem beständigen und ausschließlichen Gebrauch gegen eine kleine jährliche Miete. Für vorübergehende Gäste und einzelne Personen sind Einrichtungen in einem anderen Stockwerk. Wenn wir essen wollen, bestellen wir es am Abend vorher und treffen unsere Wahl in Gemäßheit der in den Tagesblättern ersichtlichen Berichte. Das Mahl kann so kostbar oder einfach sein, wie wir wünschen, jedoch ist alles bei weitem billiger und besser, als es zu Hause sein würde. Es gibt kaum etwas, an dem unser Volk mehr Anteil nimmt, als an der Verproviantierung und der Küche, und ich gestehe, daß wir auf den Erfolg, welchen dieser Zweig des allgemeinen Dienstes erzielt hat, uns etwas einbilden. O, mein lieber Mr. West, obwohl andere Seiten Ihrer Zivilisation mehr Tragik hatten, so kann ich mir doch nichts Demütigenderes denken, als die schlechten Mahlzeiten, die Sie alle essen mußten, mit Ausnahme der sehr Reichen.«

»Niemand von uns würde dem widersprochen haben«, sagte ich.

Nun erschien der Aufwärter, ein hübscher junger Bursche in einer Art unauffälliger Uniform. Ich betrachtete ihn genau, da es das erste Mal war, daß ich die Haltung eines Mitglieds der industriellen Armee beobachten konnte. Dieser junge Mann mußte, nach dem, was ich gehört hatte, gut gebildet sein und in sozialer und jeder anderen Beziehung mit denen, die er bediente, auf gleicher Stufe stehen. Aber es war offenbar, daß die Lage für keinen Teil im geringsten verlegen war. Dr. Leete sprach mit dem jungen Mann, wie jeder Gentleman tun würde, ohne alle Überhebung, aber auch ohne in einen bittenden Ton zu fallen, und das Benehmen des jungen Mannes war einfach das einer Person, welche sich befleißigt, die Aufgabe, mit der sie beschäftigt ist, gut zu lösen, ohne Familiarität oder Unterwürfigkeit. Es war das Benehmen eines Soldaten im Dienste, aber ohne die militärische Steifheit. Als der Jüngling das Zimmer verlassen hatte, sagte ich: »Ich kann mich nicht genug wundern, daß ein junger Mann in Gesinde-Stellung seinen Dienst so zufrieden verrichtet.«

»Was heißt das, »Gesinde-Stellung«? Ich habe das nie gehört«, sagte Edith.

»Es ist jetzt außer Gebrauch«, bemerkte ihr Vater. »Wenn ich es recht verstehe, so bezieht es sich auf Personen, welche eine besonders unangenehme und unerfreuliche Arbeit für andere verrichten und hatte eine verächtliche Nebenbedeutung. Nicht wahr, Mr. West?«

»Ja, so ist es ungefähr«, sagte ich. »Persönliche Dienstleistungen, wie Aufwarten bei Tisch, wurden als Gesinde-Stellung angesehen und zu meiner Zeit für so verächtlich gehalten, daß Leute von feiner Bildung lieber Elend ertragen, als sich dazu hergegeben hätten.«

»Was für ein sonderbarer, gesuchter Einfall«, rief Frau Leete voll Verwunderung.

»Und diese Dienste mußten doch auch geleistet werden«, sagte Edith.

»Natürlich«, sagte ich, »aber wir schoben sie den Armen zu und denen, die keine Wahl hatten, als zu verhungern.«

»Und so vergrößerten Sie die Last, die Sie ihnen auferlegten, durch Hinzufügung Ihrer Verachtung«, bemerkte Dr. Leete.

»Ich verstehe das nicht recht«, sagte Edith. »Meinen Sie, daß Sie Leuten erlaubten, etwas zu tun, wofür Sie dieselben verachteten, oder daß Sie Dienste von ihnen annahmen, die Sie ihnen nicht wiedergeleistet hätten? Sie können das doch nicht meinen, Herr West?«

Ich mußte ihr sagen, daß es allerdings so sei, wie sie gesagt, aber Dr. Leete kam mir zu Hilfe.

»Um den Grund von Ediths Erstaunen zu verstehen«, sagte er, »muß ich Ihnen sagen, daß wir einen Grundsatz der Ethik haben, wonach die Annahme eines Dienstes von einem anderen, den wir nicht im Notfall mit demselben

Dienst zu erwidern bereit wären, dem Borgen von Geld gleich geachtet wird, in der Absicht, es nicht zurückzuzahlen, und einen solchen Dienst zu erzwingen, indem man die Armut oder Notlage eines Menschen sich zum Vorteil macht, wäre eine Schmach so gut wie Raub. Bei jedem System, welches die Menschen in Klassen und Kasten teilt, ist das Schlimmste, daß es den Sinn für eine gemeinsame Menschheit schwächt. Die ungleiche Verteilung des Reichtums und noch mehr die ungleiche Gelegenheit zur Bildung teilten in Ihren Tagen die Gesellschaft in Klassen, welche sich in vieler Beziehung als verschiedene Menschen ansahen. Trotz alledem ist kein so großer Unterschied, als es scheint, zwischen unserer Auffassung der Dienstfrage. Zu Ihrer Zeit ließen Damen und Herren der gebildeten Klasse sich von ihresgleichen, sowenig als wir, einen Dienst erweisen, den zu erwidern sie sich geschämt hätten. Die Armen und Ungebildeten sahen sie aber wie andere Menschen an. Der gleiche Reichtum und die gleiche Gelegenheit zur Bildung haben uns jetzt alle zu Gliedern einer und derselben Klasse gemacht, welche Ihrer begünstigtsten Klasse entspricht. Die Idee von der Einheit des Menschengeschlechts, der Bruderschaft aller Menschen, konnte nie wirkliche Überzeugung und praktischer Grundsatz bei unseren Handlungen werden, ehe die Gleichheit der Lebenslage Tatsache geworden war. Zu Ihrer Zeit waren dieselben Phrasen im Brauch, aber es waren auch nur Phrasen.«

»Sind die Aufwärter auch Freiwillige?«

»Nein«, versetzte Dr. Leete, »die Aufwärter gehören der industriellen Armee an, sind noch in keine Klasse eingereiht und können daher mit den verschiedensten Beschäftigungen betraut werden, die keine besondere Geschicklichkeit verlangen. Bei Tisch aufzuwarten ist eine solche, und jeder junge Rekrut muß sie üben. Ich habe selbst vor einigen vierzig Jahren mehrere Monate lang hier in diesem Speisehause aufgewartet. Ich wiederhole, daß keinerlei Arbeit, welche die Nation verlangt, mehr oder weniger würdevoll ist. Das Individuum wird niemals als Diener derjenigen betrachtet, die es bedient, betrachtet sich auch selbst nicht als solchen und ist in keiner Weise abhängig von ihnen. Immer nur dient er der Nation. Es besteht kein Unterschied zwischen einem Aufwärter und einem anderen Arbeiter. Der Umstand, daß er persönliche Dienste verrichtet, beeinflußt unsere Anschauung nicht. Dasselbe tut ein Arzt. Der Aufwärter könnte gradesogut auf mich herabsehen, wenn ich ihm als Arzt diente, als ich auf ihn, wenn er mich als Aufwärter bedient.«

Nach Tische führten mich meine Wirte durch das Gebäude, dessen Ausdehnung, bauliche Pracht und reiche Verzierung ich anstaunte. Es schien nicht nur ein Speisehaus, sondern auch ein Haus für Vergnügungen und gesellige Zusammenkünfte für den Bezirk zu sein, und es fehlte keine Einrichtung für Unterhaltung oder Erholung.

Als ich meiner Bewunderung Ausdruck gegeben hatte, sagte Dr. Leete: »Was ich Ihnen in unserem ersten Gespräch, als ich Ihnen einen Blick auf die Stadt zeigte, über den Glanz unseres öffentlichen Lebens im Vergleich mit unserem häuslichen Privatleben sagte und über den Kontrast, welcher in dieser Beziehung zwischen dem zwanzigsten und dem neunzehnten Jahrhundert besteht, finden Sie hier illustriert. Um uns nutzlose Lasten zu ersparen, umgeben wir uns mit so wenig Hausrat, als mit unserem Komfort verträglich ist, aber unser soziales Leben richten wir mit einem Luxus ein, wie ihn die Welt nie zuvor gesehen hat. Alle industriellen und professionellen Zünfte haben so geräumige Clubhäuser wie dieses, sowie Lusthäuser auf dem Lande, im Gebirge und an der Seeküste für Sport und Ruhe in den Ferien.«

# *Fünfzehntes Kapitel*

Als wir bei unserer Besichtigung in die Bibliothek kamen, konnten wir der Versuchung nicht widerstehen und ließen uns in einer mit Büchern rings besetzten Nische in die bequemen Lederstühle sinken, um zu ruhen und zu plaudern.

»Edith sagt mir, Sie wären den ganzen Morgen in unserer Bibliothek gewesen«, sagte Frau Leete. »Mir erscheinen Sie als der beneidenswerteste Sterbliche, Mr. West.«

»Ich möchte wissen, warum?« entgegnete ich.

»Weil die in den letzten hundert Jahren herausgekommenen Bücher Ihnen neu sind«, antwortete sie. »Sie werden in den nächsten fünf Jahren so von der Literatur in Anspruch genommen werden, daß Ihnen keine Zeit zum Essen bleiben wird. Was würde ich darum geben, wenn ich nicht schon Berrians Romane gelesen hätte!«

»Oder die von Nesmyth, Mama«, fügte Edith bei.

»Hiernach vermute ich, daß in diesem Jahrhundert gute Literatur entstanden ist.«

»Ja«, sagte Dr. Leete, »es war ein Zeitalter von beispiellos geistigem Glanze. Wahrscheinlich hat die Menschheit nie in so kurzer Zeit eine so umfangreiche moralische und materielle Entwicklung durchgemacht, als die von der alten Ordnung in die neue im Anfange dieses Jahrhunderts. Als die Menschen die Größe der Glückseligkeit zu ermessen begannen, die sie erreicht hatten, und sahen, daß der Wechsel, den sie durchgemacht, nicht nur im kleinen eine Verbesserung ihrer Lage sei, sondern daß sich das Geschlecht zu einer neuen Existenz aufgeschwungen, die eine unabsehbare Aussicht auf Fortschritt eröffnete, wurden die Geister in einer Weise angeregt, daß die Blütezeit der mittelalterlichen Renaissance nur einen schwachen Vergleich gewährt. Es kam eine Zeit mechanischer Erfindung, wissenschaftlicher Entdeckung, einer Fruchtbarkeit auf den Gebieten der Malkunst, der Musik und Literatur, mit welcher kein früheres Zeitalter der Welt sich vergleichen läßt.«

»*Apropos*«, sagte ich, »da wir von Literatur sprechen, wie werden die Bücher jetzt veröffentlicht? Geschieht das auch von der Nation?«

»Gewiß.«

»Aber wie fangen Sie das an? Veröffentlicht die Regierung alles, was ihr vorgelegt wird, als eine selbstverständliche Sache, oder übt sie eine Zensur und druckt nur, was sie billigt?«

»Keines von beiden. Der Abteilung für Druckerei steht keine Zensur zu. Sie muß alles drucken, was ihr gebracht wird, aber unter der Bedingung, daß der Verfasser die ersten Kosten aus seiner Tasche bestreitet. Er muß dafür bezahlen, daß das Publikum ihm sein Ohr leiht, und hat er etwas zu sagen, was des Hörens wert ist, so denken wir, es wird ihm Vergnügen machen. Diese Regel würde allerdings, wenn das Einkommen, wie in alten Zeiten, ungleich wäre, es nur den Reichen möglich machen, zu schriftstellern, aber da die Einnahmequellen der Bürger gleichmäßig fließen, bestimmt sie nur das Maß für das Motiv des Schreibers. Die Kosten einer Ausgabe eines Durchschnittsbuchs können mit Sparsamkeit und einigen Opfern aus dem jährlichen Kredit bestritten werden. Wenn das Buch veröffentlicht ist, wird es von der Nation zum Verkauf ausgelegt.«

»Und der Verfasser erhält, wie bei uns, einen Prozentsatz von den Kaufgeldern?« meinte ich.

»Nicht gerade wie bei Ihnen«, entgegnete Dr. Leete; »aber doch in gewisser Beziehung. Der Preis eines jeden Buches wird nach den Kosten der Publikation berechnet, mit Einschluß eines Prozentsatzes für den Verfasser. Dieser Prozentsatz wird ihm gutgeschrieben, und er wird so lange von anderen Dienstleistungen für die Nation entbunden, als dieses Guthaben, im Verhältnis zu dem den Bürgern ausgesetzten Betrag, zu seinem Unterhalt ausreicht. Er hat also, wenn sein Buch halbwegs Erfolg hat, einen Urlaub für mehrere Monate, ein Jahr, zwei oder drei Jahre, und wenn er inzwischen ein anderes Werk schreibt, so wird der Urlaub so lange ausgedehnt, als durch den Verkauf gerechtfertigt ist. Einem erfolgreichen Schriftsteller gelingt es, sich während der ganzen Dienstperiode mit seiner Feder zu erhalten, und der Grad seiner literarischen Befähigung, welcher durch die öffentliche Meinung bestimmt wird, wird auf diese Weise der Maßstab für die ihm gegebene Gelegenheit, sich der Schriftstellerei zu widmen. Das Resultat unseres Systems ist demnach dem Ihrigen nicht ganz unähnlich, aber es bestehen doch zwei wesentliche Unterschiede. Erstens gibt das hohe Ziel unserer gegenwärtigen Bildung dem Urteil des Volkes die Entscheidung über das wirkliche Verdienst einer literarischen Arbeit, wie man sie zu Ihrer Zeit nicht kannte. Zweitens gibt es gegenwärtig nichts derartiges wie Gönnerschaft, welche die Anerkennung des wahren Verdienstes beeinträchtigt. Jeder Schriftsteller hat genau dieselbe Gelegenheit, sein Werk vor den Richterstuhl des Volkes zu bringen. Diese absolute Gleichheit der Gelegenheit würde von den Schriftstellern Ihrer Zeit, nach deren Klagen zu urteilen, hoch angeschlagen worden sein.«

»Sie befolgen vermutlich ähnliche Grundsätze in der Anerkennung des Verdienstes in anderen Feldern, wie in Musik, Malerei, Erfindung usw.«, sagte ich.

»Ja«, entgegnete er, »jedoch mit Unterschieden in den Einzelheiten. In der Kunst z.B. ist das Volk, wie in der Literatur, der alleinige Richter. Über die Aufnahme von Statuen und Gemälden in die öffentlichen Gebäude stimmt das Volk ab, und sein günstiger Ausspruch entscheidet zugleich über des Künstlers Befreiung von anderer Arbeit, um sich seinem Berufe widmen zu können. In allen diesen Richtungen des Originalgenies wird derselbe Plan verfolgt – den Aspiranten ein freies Feld zu eröffnen, und sobald man ein seltenes Talent erkennt, es von allen Fesseln zu befreien, damit es freien Lauf habe. Die Befreiung von anderem Dienste soll kein Geschenk und keine Belohnung sein, sondern ein Mittel, mehr und höheren Dienst zu erhalten. Es gibt natürlich verschiedene literarische, wissenschaftliche und Kunstinstitute, deren Mitgliedschaft demjenigen, der sich Ruhm erwirbt, erteilt wird, was von großem Wert ist. Die höchste Ehre bei der Nation, höher als die Präsidentenwürde, die nur gesunden Menschenverstand und Pflichttreue erfordert, ist, wenn Schriftstellern, Künstlern, Ingenieuren, Ärzten und Erfindern von der Nation das rote Band zugesprochen wird. Nicht mehr als hundert Personen können es gleichzeitig tragen, aber jeder kluge junge Mann träumt viele Nächte davon. Ich habe es auch so gemacht.«

»Als wenn Mama und ich mehr von Dir gedacht hätten, wenn Du es bekommen hättest«, rief Edith; »aber freilich ist es etwas Schönes, wenn man es hat.«

»Du hattest keine Wahl, liebes Kind, und mußtest Deinen Vater nehmen, wie Du ihn fandest«, erwiderte Dr. Leete; »aber Deine Mutter hier würde mich niemals genommen haben, hätte ich ihr nicht versichert, daß ich mit allen Kräften darnach strebe.«

Hierfür hatte Frau Leete nur ein Lächeln.

»Wie ist es mit Zeitschriften und Zeitungen?« fragte ich. »Ich kann nicht leugnen, daß Ihr System, Bücher herauszugeben, bedeutende Vorzüge gegen das unsrige hat, bezüglich seiner Tendenz, sowohl wirklich literarischen Beruf zu ermutigen, als auch bloße Federfuchser abzuschrecken; aber ich sehe nicht, wie es auf Zeitschriften und Zeitungen Anwendung finden kann. Es ist ganz gut, daß man einen Mann für die Publikation eines Buches bezahlen läßt, weil das nur eine einmalige Ausgabe ist; aber niemand könnte die Kosten erschwingen, täglich eine Zeitung erscheinen zu lassen. Es bedurfte der vollen Taschen unserer Kapitalisten, um das zu tun, und selbst diese waren oft geleert, ehe die Einnahmen einkamen. Wenn Sie überhaupt Zeitungen haben, so müssen sie nach meiner Meinung von der Regierung auf öffentliche Kosten herausgegeben werden, mit Regierungsredakteuren und Regierungsansichten vertreten. Ist nun Ihr System so vollkommen, daß in der Geschäftsführung nie etwas zu tadeln ist, so mag eine solche Einrichtung genügen. Im anderen Falle aber, dächte ich, muß der Mangel eines unabhängigen, nicht offiziellen Organs auf den Ausdruck der öffentlichen Meinung höchst ungünstig wirken. Gestehen Sie, Herr Doktor, daß eine freie Zeitungspresse, mit allem, was sie in sich schließt, ein erlösendes Element im alten System war, wo das Kapital in Privathänden war, während Sie den Verlust desselben gegen den Gewinn in anderer Richtung ausgleichen müssen.«

»Selbst diesen Trost, fürchte ich, Ihnen nicht geben zu können«, entgegnete Dr. Leete mit Lachen. »Erstens, Mr. West, ist die Zeitungspresse keineswegs das einzige, oder, nach unseren Anschauungen, das beste Mittel, öffentliche Angelegenheiten ernstlich zu tadeln. Uns scheinen die Urteile Ihrer Zeitungen über solche Dinge meist unreif und flüchtig, nicht minder aber auch stark mit Vorurteil und Bitterkeit gefärbt gewesen zu sein. Sofern sie als Ausdruck der öffentlichen Meinung angesehen werden können, geben sie einen ungünstigen Begriff von der öffentlichen Intelligenz, und sofern sie öffentliche Meinung machten, konnte man der Nation nicht gratulieren. Wenn heutzutage ein Bürger einen tiefen Eindruck in betreff öffentlicher Angelegenheiten auf das Publikum machen will, tritt er mit einem Buch oder einer Broschüre hervor. Aber dies geschieht nicht, weil wir keine Zeitungen oder Zeitschriften hätten, oder weil dieselben nicht unabhängig wären. Die Zeitungspresse ist so organisiert, daß sie ein vollkommenerer Ausdruck der öffentlichen Meinung ist, als sie es zu Ihrer Zeit sein konnte, wo sie vom Privatkapital kontrolliert und als einträgliches Geschäft betrieben und nur als Wortführerin für das Volk benutzt wurde.«

»Aber«, sagte ich, »wenn die Regierung die Zeitungen auf öffentliche Kosten druckt, wie kann es anders sein, als daß sie auch ihre Politik kontrolliert? Wer sonst, als die Regierung stellt die Redakteure an?«

»Die Regierung zahlt keineswegs die Kosten der Zeitungen, auch stellt sie die Redakteure nicht an und übt nicht den mindesten Einfluß auf ihre Politik«, entgegnete Dr. Leete. »Die Leute, welche die Zeitung halten, bezahlen die Kosten ihrer Herausgabe, wählen ihren Redakteur und setzen ihn ab, wenn er nicht genügt. Sie werden daher kaum sagen können, eine solche Zeitungspresse sei kein freies Organ der öffentlichen Meinung.«

»Entschieden werde ich das nicht«, sagte ich, »aber wie ist es ausführbar?«

»Nichts könnte einfacher sein. Nehmen wir an, einer meiner Nachbarn oder ich selbst dächte, wir sollten eine Zeitung haben, die unsere Meinung ausspräche und sich namentlich unserem Stadtteil, dem Handel oder dem Gewerbe widme; wir würden bei den Bürgern herumgehen, bis wir so viele Unterschriften hätten, daß der jährliche Subskriptionspreis die Kosten der Zeitung deckt. Der Betrag des Abonnements wird von dem Kredit der Bürger abgeschrieben und gewährt der Nation Sicherheit gegen etwaigen Verlust durch die Herausgabe der Zeitung, denn das ist ihr einziges Geschäft dabei und sie hat kein Recht, es abzulehnen. Nun erwählen die Subskribenten einen Redakteur, der, wenn er annimmt, während dieser Tätigkeit von anderem Dienste befreit wird. Anstatt ihm einen Gehalt zu zahlen, wie Sie taten, zahlen die Subskribenten der

Nation eine Entschädigung dafür, daß er aus dem öffentlichen Dienste tritt, die seinen Unterhaltungskosten entspricht. Er leitet die Zeitung, wie Ihre Redakteure taten, mit der Ausnahme, daß er von keinen Interessen des Privatkapitals gegenüber dem öffentlichen Wohl abhängig ist. Am Ende des ersten Jahres wählen die Abonnenten den früheren Redakteur wieder, oder einen anderen. Ein fähiger Redakteur behält seine Stellung für unbestimmte Zeit. Wenn die Zahl der Subskribenten zunimmt, wachsen die Fonds der Zeitung und sie wird durch bessere Mitarbeiter gehoben, wie es bei Ihnen auch geschah.«

»Wie werden die Mitarbeiter honoriert, da Sie dieselben nicht in Geld auszahlen können?«

»Der Redakteur vereinbart den Preis ihrer Waren mit ihnen. Der Betrag wird von dem Sicherheitskredit der Zeitung auf ihren individuellen Kredit übertragen und der Mitarbeiter wird auf eine Zeit, welche dem Betrag seines Kredits entspricht, vom öffentlichen Dienste entbunden, gerade wie die anderen Schriftsteller. Bei Zeitschriften ist der Gang derselbe. Diejenigen, welche sich für den Prospekt einer neuen Zeitschrift interessieren, verpflichten sich, genug Subskribenten zu sammeln, daß sich das Blatt ein Jahr lang halten kann, wählen einen Redakteur, welcher seine Mitarbeiter wie bei dem obigen Falle honoriert, und das Bureau für Drucksachen liefert Druck und Material. Wenn die Dienste eines Redakteurs nicht mehr gewünscht werden, wenn er durch andere literarische Arbeit das Recht auf seine Zeit nicht verdienen kann, so tritt er in seine Stellung in die Armee zurück. Obwohl gewöhnlich der Redakteur nur am Ende des Jahres gewählt wird und regelmäßig eine Reihe von Jahren in der Stellung bleibt, so können doch die Subskribenten, sobald er dem Blatte eine andere Richtung und einen anderen Ton gibt, ihn zu jeder Zeit entfernen.«

Als die Damen sich abends zurückzogen, brachte mir

Edith ein Buch und sagte: »Wenn Sie heute nacht nicht schlafen sollten, Mr. West, interessiert es Sie vielleicht, diese Geschichte von Berrian durchzusehen. Sie gilt als sein Meisterwerk und wird Ihnen wenigstens einen Begriff davon geben, was unsere heutigen Erzählungen sind.«

Ich saß diese ganze Nacht in meinem Zimmer auf und las »Penthesilia«, bis der Tag im Osten graute, und legte das Buch nicht aus der Hand, bis ich es beendigt hatte. Und möge mir kein Bewunderer des großen Romandichters des zwanzigsten Jahrhunderts zürnen, wenn ich sage, daß beim ersten Lesen nicht das den größten Eindruck auf mich machte, was in dem Buche war, sondern das, was nicht darin war. Die Schreiber von Erzählungen in meiner Zeit würden es für eine leichte Aufgabe gehalten haben, Backsteine ohne Stroh zu machen, im Vergleich mit dem Aufbau einer Erzählung, in der alle Effekte fehlten, welche aus dem Kontrast zwischen Reichtum und Armut, Bildung und Unwissenheit, Roheit und Verfeinerung, Hoch und Niedrig hergeleitet wären, aus den Motiven von sozialem Stolz und Ehrgeiz, von dem Wunsche reicher zu sein, oder der Furcht, ärmer zu werden, sowie von all den niedrigen Sorgen für sich selbst, oder für andere; einer Erzählung, in welcher es allerdings Liebe in Überfluß gab, aber Liebe, ungezähmt durch künstliche Schranken, hervorgerufen durch die Unterschiede von Stand und Besitz, kein anderes Gesetz als das des eigenen Herzens anerkennend. Die Lektüre von »Penthesilia« war mehr wert, als alle Erklärungen, die mir einen allgemeinen Eindruck von dem sozialen Stand des zwanzigsten Jahrhunderts gegeben hätten. Die Belehrung, die mir Dr. Leete gegeben hatte, war gewiß umfassend in Tatsachen, aber diese hatten nur einzelne Eindrücke hinterlassen, die mir noch nicht im Zusammenhang klar waren. Berrian stellte sie mir in einem Gemälde zusammen.

# *Sechzehntes Kapitel*

Am nächsten Morgen stand ich etwas vor der Frühstückszeit auf. Als ich die Treppe hinabging, trat Edith aus dem Zimmer, welches der Schauplatz unserer Begegnung an jenem Morgen war, der in einem früheren Kapitel beschrieben worden ist, in den Vorsaal.

»Ach«, rief sie mit einem reizenden launigen Ausdruck, »Sie wollten gewiß wieder ungesehen hinausschlüpfen, um einen einsamen Morgengang zu machen, der einen so schönen Eindruck auf Sie gemacht hat. Aber Sie sehen, diesmal bin ich zu früh für Sie auf; ich habe Sie ertappt.«

»Sie legen zu geringen Wert auf die Wirkung Ihrer Heilung«, sagte ich, »wenn Sie glauben, daß so ein Gang jetzt noch schlimme Folgen haben könnte.«

»Es freut mich zu hören«, entgegnete sie. »Ich wollte hier Blumen auf den Frühstückstisch stellen, als ich Sie herunterkommen hörte, und es schien mir etwas Verstohlenes in Ihren Schritten auf der Treppe zu liegen.«

»Sie tun mir unrecht«, erwiderte ich. »Ich hatte nicht im mindesten die Idee, auszugehen.«

Trotz ihrer Bemühung, den Eindruck zu verwischen, als wäre das Zusammentreffen nicht ganz zufällig gewesen, hatte ich einen dunklen Verdacht, der später auch bestätigt wurde, daß dieses süße Geschöpf, infolge ihrer sich angemaßten Vormundschaft über mich, die letzten zwei oder drei Morgen unerhört früh aufgestanden sei, um mir die Möglichkeit abzuschneiden, auf eigene Faust herumzuwandern, wodurch ich wieder so erregt werden könnte, wie voriges Mal. Sie erlaubte mir, ihr bei Anordnung des Frühstücksbouquets zu helfen und ich folgte ihr in das Zimmer, aus dem sie aufgetaucht war.

»Sind Sie Ihrer Sache gewiß«, fragte Sie, »daß Sie diese

schrecklichen Gefühle, die Sie an jenem Morgen hatten, ganz überwunden haben?«

»Ich kann nicht sagen, daß nicht Zeiten kämen, in denen ich entschieden sonderbar fühle«, bemerkte ich, »Augenblicke, wo meine persönliche Identität eine offene Frage ist. Nach meiner Erfahrung wäre es zuviel, zu verlangen, daß ich nicht gelegentlich solche Gefühle haben sollte, aber ich denke, die Gefahr ist vorüber, daß ich so ganz den Boden unter meinen Füßen verliere, wie an jenem Morgen.«

»Ich werde nie vergessen, wie verstört Sie damals aussahen«, sagte sie.

»Wenn Sie mir lediglich das Leben gerettet hätten«, fuhr ich fort, »möchte ich vielleicht Worte finden können um meine Dankbarkeit auszudrücken, aber Sie haben mir den Verstand gerettet, und da gibt es keine Worte, die meine Schuld Ihnen gegenüber nicht herabsetzen würden.« Ich sprach erregt und ihre Augen wurden feucht.

»Es ist zu viel alles das zu glauben«, sagte sie, »aber es ist sehr schön, Sie so sprechen zu hören. Ich habe sehr wenig getan; ich weiß nur, daß Sie mir sehr leid taten. Mein Vater glaubt, es dürfte uns nichts in Erstaunen setzen, was wissenschaftlich erklärt werden könnte, wie dieser Ihr langer Schlaf, aber wenn ich mich an Ihre Stelle versetze, schwindelt mir der Kopf; ich weiß, ich hätte es nicht ertragen können.«

»Das würde davon abhängen«, entgegnete ich, »ob Ihnen in Ihrer Lage ein Engel mit seiner Teilnahme zu Hilfe käme, wie mir.« Wenn meine Züge überhaupt die Gefühle ausdrückten, die ich für dieses holde, liebliche Mädchen, das die Rolle eines Engels bei mir gespielt, zu hegen das Recht hatte, so muß der Ausdruck voll höchster Anbetung gewesen sein. Dieser Ausdruck, oder meine Worte, oder beides zusammen, ließen sie mit reizendem Erröten die Augen niederschlagen.

»Es muß für Sie geradezu überwältigend gewesen sein«, sagte ich, »einen Menschen zum Leben erweckt zu sehen, der einem fernen Jahrhundert angehörte und allem Anscheine nach schon hundert Jahre tot war.«

»Es schien allerdings zuerst über alle Beschreibung sonderbar«, sagte sie, »aber als wir uns in Ihre Stelle zu versetzen und uns vorzustellen versuchten, wie viel sonderbarer es Ihnen vorkommen müsse, glaube ich, vergaßen wir unsere eigenen Gefühle; ich weiß wenigstens, daß ich es tat. Es schien dann weniger überraschend als interessant und rührend, mehr als irgend etwas, das man je gehört hatte.«

»Aber kommt es Ihnen nicht wunderbar vor, mit mir bei Tisch zu sitzen, wenn Sie daran denken, wer ich bin?«

»Sie erscheinen uns nicht so fremd, als wir Ihnen erscheinen müssen«, antwortete sie. »Wir gehören einer Zukunft an, von der Sie keinen Begriff haben konnten, einer Generation, von der Sie nichts wußten, bis Sie uns sahen. Aber Sie gehören einer Generation an, zu der unsere Vorfahren gehörten. Wir wissen alles darüber; die Namen von vielen sind uns sehr vertraut. Wir haben Ihre Lebensweise und Ihre Denkweise studiert; nichts was Sie sagen oder tun überrascht uns, während wir nichts sagen und tun können, was Ihnen nicht fremdartig erscheinen muß. Sie sehen also, Mr. West, daß, wenn Sie fühlen, daß Sie mit der Zeit sich an uns gewöhnen können, Sie nicht erstaunt sein dürfen, wenn Sie von Anfang an kaum ein Fremder für uns waren.«

»Von dieser Seite habe ich es nicht betrachtet«, erwiderte ich. »Was Sie sagen, ist sehr wahr. Man kann leichter tausend Jahre zurück als fünfzig Jahre voraus blicken. Ein Jahrhundert bietet keinen sehr langen Rückblick. Ich könnte Ihre Urgroßeltern gekannt haben. Möglicherweise habe ich sie gekannt. Haben sie in Boston gelebt?«

»Ich glaube.«

»Sie wissen es also nicht gewiß?«

»Ja«, antwortete sie, »ich glaube sicher.«

»Ich habe einen großen Bekanntenkreis in der Stadt gehabt«, sagte ich, »Es ist gar nicht unwahrscheinlich, daß ich sie kannte, oder von ihnen gehört habe. Vielleicht war ich gut mit ihnen bekannt. Würde es nicht interessant sein, wenn ich Ihnen z.B. von Ihrem Urgroßvater erzählen könnte?«

»Sehr interessant.«

»Kennen Sie Ihre Genealogie gut genug, um mir sagen zu können, wer Ihre Voreltern in dem Boston meiner Zeit waren?«

»O, ja.«

»Vielleicht nennen Sie mir dann einmal einige Namen.«

Sie war beschäftigt, eine widerspenstige grüne Ranke einzureihen und antwortete nicht gleich. Schritte auf der Treppe verkündigten, daß die anderen Familienmitglieder herunter kamen; so sagte sie nur: »Vielleicht später einmal.«

Nach dem Frühstück schlug mir Dr. Leete vor, mir das Zentral-Warenhaus zu zeigen und wie die Waren verteilt werden, was mir Edith schon beschrieben hatte. Als wir das Haus verließen, sagte ich: »Ich lebe nun schon mehrere Tage unter höchst ungewöhnlichen Verhältnissen in Ihrem Hause. Ich habe noch nicht über diesen Umstand gesprochen, weil noch so viele andere, noch ungewöhnlichere Umstände zu berücksichtigen sind. Aber jetzt, da ich anfange wieder etwas Boden unter meinen Füßen zu fühlen und zu empfinden, daß ich nun einmal hier bin und mich nach besten Kräften darein finden muß, will ich mit Ihnen darüber sprechen.«

»Ich bitte Sie«, erwiderte Dr. Leete, »sich nicht darüber Sorge machen zu wollen, daß Sie als Gast in meinem Hause sind, denn ich beabsichtige, Sie noch lange zu behalten. Bei all Ihrer Bescheidenheit müssen Sie doch einsehen, daß ein Gast wie Sie eine Akquisition ist, die man nicht so leicht wieder aufgibt.«

»Sie sind sehr gütig, Herr Doktor«, sagte ich. »Es würde ja töricht von mir sein, wenn ich übertrieben feinfühlig darüber sein wollte, die zeitweilige Gastfreundschaft eines Mannes anzunehmen, dem ich es verdanke, daß ich nicht noch immer das Ende der Welt als lebendig Begrabener erwarte. Aber wenn ich dauernd ein Bürger dieses Landes sein soll, so muß ich eine Stellung haben. Zu meiner Zeit würde ein Mann in der unorganisierten Menschenmenge nicht bemerkt worden sein und hätte sich, wenn er stark genug dazu gewesen wäre, irgendwo eine beliebige Stellung verschaffen können. Aber heutzutage ist jedermann ein Teil eines Systems, mit einer bestimmten Stellung und Tätigkeit. Ich stehe außerhalb des Systems, und sehe nicht, wie ich hineinkommen könnte; es gibt kein Mittel hineinzukommen, außer man ist darin geboren, oder man kommt als Auswanderer aus einem anderen System.«

Dr. Leete brach in ein herzliches Lachen aus und sagte: »Ich gebe zu, unser System ist mangelhaft, da es Fälle wie den Ihrigen nicht vorgesehen hat, aber niemand erwartete einen Zuwachs zu der Welt als auf natürlichem Wege. Sie brauchen übrigens keine Sorge zu haben, daß wir nicht mit der Zeit Ihnen Beschäftigung und Stellung verschaffen könnten. Sie sind bisher nur mit den Gliedern meiner Familie in Berührung gekommen, doch sie dürfen nicht denken, daß ich ein Geheimnis aus Ihrem Hiersein gemacht hätte. Im Gegenteil, Ihr Fall hat schon vor Ihrer Erwekkung, und noch mehr seit derselben das tiefste Interesse bei der Nation erregt. Mit Rücksicht auf Ihren ungewissen nervösen Zustand, hielt man es für das Beste, daß Sie zuerst ausschließlich in meiner Pflege bleiben und durch mich und meine Familie einen allgemeinen Begriff von der Welt erhalten sollten, in die Sie gekommen, ehe Sie die

Bekanntschaft ihrer Bewohner machten. Man hatte keinen Zweifel über die Tätigkeit, die Sie in der Gesellschaft einnehmen würden. Nur wenige haben es in ihrer Gewalt, der Nation einen so großen Dienst zu leisten, als Sie, wenn Sie mein Dach verlassen werden, woran Sie aber noch lange nicht denken dürfen.«

»Was kann ich denn tun?« fragte ich. »Sie denken vielleicht, ich verstände ein Geschäft, wäre ein Künstler, oder besäße sonst eine besondere Geschicklichkeit. Ich versichere Sie, nichts von dem allen ist der Fall. Ich habe in meinem Leben nicht einen Dollar verdient und habe nicht eine Stunde gearbeitet. Ich bin stark und kann ein gewöhnlicher Arbeiter werden, weiter nichts.«

»Wenn dies der beste Dienst wäre, den Sie der Nation leisten könnten, so würden Sie finden, daß diese Beschäftigung für so ehrenvoll gilt, als jede andere«, bemerkte Dr. Leete, »aber Sie können etwas anderes noch besser tun. Sie sind natürlich der Meister aller Geschichtsschreiber über die Fragen, welche sich auf das soziale Verhältnis des letzten Teils des 19. Jahrhunderts beziehen, eine für uns ausnehmend interessante Periode der Geschichte; und wenn Sie mit der Zeit sich hinlänglich mit unseren Institutionen werden vertraut gemacht haben und bereit sind, uns über diejenigen Ihrer Zeit zu belehren, werden Sie finden, daß der Lehrstuhl eines Professors an einer unserer Lehranstalten Ihrer harrt.«

»Sehr schön! sehr schön!« sagte ich und fühlte mich durch einen so praktischen Vorschlag über einen Punkt, der mich zu beunruhigen anfing, sehr erleichtert. »Wenn das 19. Jahrhundert die Leute wirklich so anzieht, würde allerdings eine Beschäftigung für mich gefunden sein. Ich glaube, es gibt nichts anderes, womit ich mein Brot verdienen könnte, und für eine solche Stellung darf ich ohne Überhebung besonderer Befähigung mich rühmen.«

## *Siebzehntes Kapitel*

Ich fand die Einrichtungen im Warenhause so anziehend als Edith sie mir beschrieben hatte, und wurde ganz begeistert von der wunderbar vielfältigen Wirkung, welche eine vollkommene Organisation auf die Arbeit ausübt. Es ist wie eine Riesenmühle, in deren Trichter beständig Wagen- oder Schiffsladungen von Waren einströmen, um am andern Ende in Paketen, Pfunden und Loten, in Metern und Zollen, Litern und Gallonen wieder herauszukommen, den unendlich vielfältigen persönlichen Bedürfnissen einer halben Million Menschen entsprechend. Dr. Leete, dem ich Angaben über die Art und Weise machte, wie bei uns Waren verkauft wurden, stellte eine Berechnung über die erstaunlichen Ersparnisse auf, welche durch das neue System erzielt würden.

Auf dem Heimweg sagte ich: »Nach dem, was ich heute gesehen und was Sie mir gesagt haben, sowie was ich unter Fräulein Ediths Leitung in dem Musterladen gelernt habe, habe ich nun einen ziemlich klaren Begriff von Ihrem System der Verteilung und kann verstehen, wie Sie ein zirkulierendes Medium entbehren können. Aber ich möchte gerne etwas mehr über ihr System der Produktion wissen. Sie haben mir im allgemeinen gesagt, wie Ihre industrielle Armee ausgehoben wird und organisiert ist, aber wer leitet ihre Leistungen? Welche höchste Autorität bestimmt, was in jeder Abteilung getan werden soll, so daß von allem genug produziert und keine Arbeitskraft verschwendet wird? Es scheint mir, das muß eine wunderbar komplizierte und schwierige Aufgabe sein, die ungewöhnliche Begabung erfordert.«

»Scheint es Ihnen wirklich so?« antwortete Dr. Leete. »Ich versichere Sie, es ist nichts derart, sondern im Gegenteil so einfach und von so klaren und leicht anwendbaren Grundsätzen abhängig, daß die Beamten in Washington, in deren Händen die Ausführung liegt, nur Männer von guten Fähigkeiten zu sein brauchen, sich ihrer Aufgabe zur Zufriedenheit der Nation zu entledigen. Die Maschinerie, welche sie leiten, ist zwar eine ungeheure, aber so logisch in ihren Prinzipien und direkt und einfach in ihren Wirkungen, daß sie von selbst arbeitet, und nur ein Narr sie außer Ordnung bringen könnte, wie Sie mir zugeben müssen, wenn ich noch einige erklärende Worte werde beigefügt haben. Da Sie schon einen ziemlich guten Begriff von dem System der Verteilung haben, so wollen wir an diesem Ende anknüpfen. Schon in Ihren Tagen konnten Ihnen die Statistiker die Anzahl der Meter Baumwollenzeug, Samt, Wolle angeben, die Zahl der Fässer Mehl, Kartoffeln, Butter, die Zahl der Schuhe, Hüte und Regenschirme, die jährlich von der Nation verbraucht wurden. Diese Zahlen waren nur annähernd genau, weil die Produktion in Privathänden war und es kein Mittel gab, die Statistik der wirklichen Verteilung zu erhalten. Da nun jetzt jede Stecknadel, die von einem nationalen Warenhause ausgegeben wird, eingetragen wird, sind die Angaben der Zahlen des Verbrauchs nach Wochen, Monaten und Jahren am Ende jeder solchen Periode genau. Auf diese Zahlen wird die Schätzung des Bedarfs, für das nächste Jahr vielleicht, basiert, wobei die Möglichkeit einer Steigerung oder eines Rückgangs und sonstige den Bedarf beeinflussende Gründe berücksichtigt werden. Wenn nun diese Schätzung, der Sicherheit wegen mit einem Spielraum, von der Generaladministration angenommen worden ist, hört die Verantwortlichkeit der Verteilungsabteilung auf, bis ihr die Waren abgeliefert sind. Ich sagte, daß die Schätzungen auf ein ganzes Jahr vorausberechnet werden, in Wirklichkeit erstrecken sie sich aber nur dann auf diesen Zeitraum, wenn man auf einen stetigen Verbrauch in den großen Märkten rechnen kann. Bei den meisten kleineren Industriegegenständen, bei denen Geschmack und Neuheit Einfluß haben, hält die Produktion ziemlich gleichen Schritt mit dem Verbrauch und die Verteilungsabteilung reicht oft Anschläge ein, die auf dem wöchentlichen Stand der Nachfrage beruhen. Das ganze Feld der Rohstoff- und Veredelungs-Industrie zerfällt in zehn große Abteilungen, von denen jede eine Gruppe von verwandten Industrien vertritt, jede einzelne Industrie wieder von einem untergeordneten Bureau vertreten wird, welches ein vollständiges Verzeichnis der Gewächse und der Arbeitskräfte hat, die ihm unterstellt sind, der vorrätigen Produkte und der Mittel, sie zu vermehren. Die Schätzungen der Verteilungsabteilung werden als Bestellungen an die zehn Abteilungen geschickt, welche sie den untergeordneten, die bestimmten Industrien vertretenden Bureaus zuteilen, und diese stellen ihre Leute zur Arbeit an. Jedes Bureau ist für die ihm zugeteilte Aufgabe verantwortlich und wird von der Abteilung und der Administration beaufsichtigt; auch nimmt die Verteilungsabteilung keine Lieferung an, ohne sie geprüft zu haben; und wenn ein Artikel sich in den Händen der Konsumenten als fehlerhaft herausstellt, so kann der Fehler bis zum Arbeiter zurückverfolgt werden. Die Erzeugung der für den unmittelbaren Gebrauch bestimmten Waren verlangt nicht die Kraft aller Arbeiter. Nachdem die nötigen Kontingente den verschiedenen Industrien zugeteilt sind, wird der verbleibende Rest für andere Arbeiten, wie Bauten, Ingenieur-Arbeiten usw. verwendet.«

»Über einen Punkt«, sagte ich, »könnte meines Erachtens Unzufriedenheit entstehen. Wie können, da keine Gelegenheit für Privatunternehmen besteht, die Wünsche weniger nach Artikeln, welche keine weite Verbreitung haben, befriedigt werden? Eine offizielle Verfügung kann sie jeden Augenblick der Möglichkeit berauben, einen gewissen Geschmack zu befriedigen, lediglich weil ihn die Majorität nicht teilt.«

»Das würde allerdings Tyrannei sein«, entgegnete Dr. Leete, »und Sie dürfen versichert sein, daß dies bei uns, denen Freiheit so teuer ist als Gleichheit und Brüderlichkeit, nicht vorkommt. Wenn Sie unser System erst besser kennen werden, werden Sie sehen, daß unsre Beamten nicht nur dem Namen nach, sondern in Wirklichkeit die Werkzeuge und Diener des Volkes sind. Die Verwaltung hat keine Gewalt, die Produktion irgend einer Ware, nach der sich die Nachfrage erhält, einzustellen. Sollte die Nachfrage nach einem Gegenstand so nachlassen, daß die Fabrikation desselben sehr kostspielig würde, dann muß der Preis erhöht werden, aber solange ihn der Abnehmer bezahlen will, wird die Fabrikation fortgesetzt. Ferner, wenn Nachfrage nach einem Artikel sein sollte, der vorher noch nicht gemacht worden ist, und dessen Notwendigkeit die Verwaltung bezweifelt, so kann eine Volkspetition einen gewissen Absatz garantieren und die Verwaltung zur Anfertigung zwingen. Eine Regierung, oder Majorität, welche dem Volke oder einer Minorität vorschreiben wollte, was sie essen, trinken oder wie sich kleiden sollte – und ich glaube zu Ihrer Zeit ist das in Amerika geschehen – würde für einen seltsamen Anarchronismus gehalten werden. Vielleicht hatten Sie Gründe, sich diese Beeinträchtigung persönlicher Unabhängigkeit gefallen zu lassen, aber wir würden sie für unerträglich halten. Es freut mich, daß Sie diesen Punkt angeregt haben, denn das gab mir Gelegenheit, Ihnen zu zeigen, wieviel direkter und wirkungsvoller jetzt die Kontrolle des einzelnen Bürgers über die Produktion ist, als sie zu Ihrer Zeit war, wo die sogenannte Privatinitiative vorherrschte, die lieber Kapital-Initiative hätte genannt werden sollen, denn durchschnittlich hatte der Privatbürger wenig genug Anteil darin.«

»Sie haben davon gesprochen, daß die Preise für kostbare Artikel erhöht werden«, sagte ich. »Wie können die Preise in einem Lande geregelt werden, wo keine Konkurrenz zwischen Käufer und Verkäufer besteht?«

»Geradeso wie zu Ihrer Zeit«, entgegnete Dr. Leete. »Sie denken, das bedarf einer Erklärung«, fügte er bei, als er meine ungläubige Miene sah, »aber die Erklärung braucht nicht lang zu sein; die Kosten für die Arbeit, welche einen Artikel produzierte, galten bei Ihnen als die Grundlage für den Preis derselben, und so ist es auch bei uns. Bei Ihnen machte der Lohnunterschied den Kostenunterschied für die Arbeit; gegenwärtig ist es die relative Zahl der täglichen Arbeitsstunden in den verschiedenen Geschäftszweigen, die Versorgung des Arbeiters bleibt sich in allen Fällen gleich. Der Aufwand für die Arbeit eines Mannes in einem Geschäft, das so schwierig ist, daß die Arbeitsstunden auf täglich vier herabgesetzt werden mußten, um Freiwillige dafür zu bekommen, ist doppelt so groß als der in einem Geschäft, wo die Leute täglich acht Stunden arbeiten. Der Aufwand für die Arbeit ist geradeso groß, als wenn die Leute für vierstündige Arbeit bei Ihnen doppelten Lohn erhalten hätten. Diese Berechnung, auf die in den verschiedenen Geschäften für einen Artikel verwendete Arbeit angewendet, gibt den Preis im Verhältnis zu anderen Artikeln. Neben den Kosten für die Fabrikation und den Transport beeinflußt auch die Seltenheit den Preis einiger Waren. Bei großen Lebensbedürfnissen, welche immer in Überfluß verschafft werden können, fällt die Seltenheit als Faktor weg. Es ist stets ein Überschuß vorrätig, mit welchem etwaige Schwankungen in der Nachfrage oder dem Bedarf ausgeglichen werden können, selbst bei Mißernten. Die Preise für die Waren sinken jährlich und steigen nur selten oder nie. Gewisse Klassen von Artikeln sind jedoch beständig und andere zeitweise der Nachfrage nicht entsprechend, z.B. frische Fische, Butter und Milch in der letzteren und Gegenstände, die große Geschicklichkeit und seltenes Material erfordern in der ersteren Kategorie. Alles was hier geschehen kann, ist, die Unbequemlichkeit der Seltenheit auszugleichen. Dies geschieht durch zeitweise Preissteigerung, wenn die Seltenheit zeitweise, oder durch Setzen eines hohen Preises, wenn sie dauernd ist. Zu Ihrer Zeit bedeuteten hohe Preise Beschränkung des Verkaufs der betreffenden Artikel auf die Reichen, aber heutzutage, wenn die Mittel aller gleich groß sind, werden sie von allen gekauft, denen sie wünschenswert sind. Ich habe Ihnen nun einen Begriff von unsrem System der Produktionen und dem der Verteilung gegeben; finden Sie es so verwickelt wie Sie dachten?«

Ich räumte ein, daß es gar nicht einfacher sein könne.

»Ich kann gewiß der Wahrheit gemäß behaupten, daß der Leiter eines von den Myriaden von Privatgeschäften Ihrer Tage, den die Schwankungen des Marktes, die Intrigen seiner Konkurrenten und der Bankrott seiner Schuldner nicht schlafen ließen, eine viel schwerere Aufgabe hatte, als die Männer in Washington, welche gegenwärtig die Industrie der ganzen Nation leiten. Alles dies beweist, wieviel leichter es ist, eine Sache in der richtigen Weise zu tun, als in der falschen. Es ist leichter für einen General von einem Ballon aus, von wo er das ganze Feld übersieht, eine Million Menschen zu dirigieren und zum Sieg zu führen, als es für einen Sergeanten ist, eine Rotte in einem Dickicht zu leiten.«

»Der General dieser Armee, welche die Blüte aller Männer der Nation umfaßt, muß der bedeutendste Mann im Lande sein, größer sogar als der Präsident der Vereinigten Staaten«, sagte ich.

»Er ist selbst der Präsident der Vereinigten Staaten«, entgegnete Dr. Leete; »oder vielmehr, die wichtigste Funktion des Präsidenten ist, daß er an der Spitze der industriellen Armee steht.«

»Wie wird er gewählt?« fragte ich.

»Ich habe Ihnen schon erklärt«, erwiderte Dr. Leete, »als ich Ihnen den Einfluß des Motivs des Wetteifers auf alle Grade der Armee beschrieb, daß der Beförderungsgang des Verdienstes bis zum Offizier durch drei Grade führt, und dann weiter zum Hauptmann oder Vormann und Superintendent oder Oberst. Dann, mit einem Zwischengrad in einem der größeren Gewerbe, kommt der General der Zunft, unter dessen unmittelbarer Kontrolle alle Arbeiten des Gewerbes stehen. Dieser steht an der Spitze des nationalen Bureaus für sein Gewerbe und ist der Verwaltung gegenüber für dessen Wirksamkeit verantwortlich. Der General bekleidet eine schöne Stellung, welche den Ehrgeiz der Meister befriedigt; aber über ihm, der, um in dem Ihnen vertrauten militärischen Bilde zu bleiben, mit einem Divisionsgeneral oder Generalmajor verglichen werden kann, stehen die Vorstände der zehn großen Abteilungen oder Gruppen der vereinigten Gewerbe. Diese Vorstände können mit Ihren Befehlshabern von Armeekorps oder Generallieutenants verglichen werden, und ein Dutzend oder zwanzig Generäle der einzelnen Zünfte erstatten ihnen Berichte. Der Obergeneral ist der Präsident der Vereinigten Staaten, dessen Kabinett diese zehn hohen Offiziere bilden.

Der Obergeneral der Armee muß alle tieferen Grade, vom gewöhnlichen Arbeiter aufwärts durchgemacht haben. Wie Sie wissen, kann man durch die untersten Grade nur infolge vortrefflicher Zeugnisse als Arbeiter bis zum Lieutenant steigen. Zum Superintendent wird man von oben ernannt, doch ist die Ernennung auf die Kandidaten mit den besten Zeugnissen beschränkt. Der General der Zunft besetzt die Stellen unter ihm, wird aber selbst nicht angestellt, sondern durch Stimmenmehrheit gewählt.«

»Durch Stimmenmehrheit!« fiel ich ein. »Untergräbt

das nicht die Disziplin der Zunft, indem es die Kandidaten in Versuchung führt, bei ihren Arbeitern sich um ihre Stimme zu bewerben?«

»Allerdings«, entgegnete der Doktor, »wenn die Arbeiter eine Stimme zu geben oder bei der Wahl etwas zu sagen hätten. Hier tritt eine Eigentümlichkeit unseres Systems ein. Der General der Zunft wird aus den Superintendenten durch die Ehrenmitglieder der Zunft gewählt, d.h. durch die, welche ihre Zeit in der Zunft gedient und ihre Entlassung haben. Wie Sie wissen, werden wir nach vollendetem 45. Jahre aus der Armee entlassen und können den Rest unseres Lebens zu unserer Weiterbildung und unserem Vergnügen benutzen. Natürlich aber behalten die Verbindungen unseres aktiven Lebens einen starken Einfluß auf uns. Die Freundschaften, die wir damals schlossen, dauern fort bis zum Lebensende. Wir bleiben immer Ehrenmitglieder unserer Zunft und behalten das lebhafteste Interesse für ihre Wohlfahrt in der folgenden Generation. In den Clubs, welche die Ehrenmitglieder mehrerer Zünfte bilden, wo wir uns gesellig treffen, unterhalten wir uns mit Vorliebe über Gegenstände, die sich auf solche Angelegenheiten beziehen, und die jungen Bewerber um die Leitung der Zunft, die die Kritik von uns allen bestehen, werden hier gut vorbereitet. Die Nation erkennt dies an und betraut die Ehrenmitglieder mit der Wahl des Zunftgenerals, und ich darf sagen, daß keine frühere Gesellschaftsform einen für seine Pflicht passenderen Wahlkörper ausbilden konnte rücksichtlich seiner absoluten Unparteilichkeit, Kenntnis von den speziellen Fähigkeiten der Kandidaten, Sorgfalt für das beste Resultat und vollständiger Freiheit von Selbstsucht.

Jeder der zehn Generallieutenants oder Vorstände der Abteilungen wird aus den Zunftgenerälen von den Ehrenmitgliedern der Zünfte gewählt. Jede Zunft neigt sich natürlich dahin, ihren eigenen General zu wählen; aber keine

Zunft hat Stimmen genug, einen Mann zu wählen, der nicht von der Majorität der anderen unterstützt wird. Ich versichere Sie, bei diesen Wahlen geht es ungeheuer lebhaft zu.«

»Der Präsident wird nun vermutlich aus den zehn Vorständen der großen Abteilungen gewählt«, sagte ich.

»Ganz recht, aber diese Vorstände sind nicht wählbar zum Präsidenten, bis sie eine gewisse Reihe von Jahren außer Dienst gewesen sind. Es geschieht nur selten, daß jemand alle Grade bis zum Abteilungsvorstand durchmacht, ehe er vierzig Jahre alt ist, und nach Ablauf der Dienstzeit ist er gewöhnlich 45 Jahre alt. Ist er älter, so dient er seine Zeit aus, ist er nicht so alt, so wird er nichtsdestoweniger nach Ablauf der Zeit aus der Armee entlassen. Die Zwischenzeit, ehe er Präsidentschaftskandidat wird, soll ihm Gelegenheit geben, sich völlig bewußt zu werden, daß er in die große Masse der Nation zurückgetreten ist und mehr zu dieser als zur industriellen Armee gehört. Ferner soll er diese Zeit benutzen, die Allgemeinheit der Armee kennen zu lernen, im Gegensatz zu der speziellen Gruppe von Zünften, deren Vorstand er gewesen ist. Aus den früheren Abteilungsvorständen, die zur Zeit wählbar sein können, wird durch die Stimmen aller Männer der Nation, welche nicht zur Armee gehören, der Präsident gewählt.«

»Die Armee darf ihn nicht mit wählen?«

»Auf keinen Fall. Das würde die Disziplin gefährden, welche aufrechtzuerhalten die Pflicht des Präsidenten, als Vertreters der Nation im Allgemeinen ist. Wenn der Präsident gewählt wird, ist er gewöhnlich nahezu 50 Jahre alt, und dient fünf Jahre, wodurch er eine ehrenvolle Ausnahme von der Regel bildet, daß man mit 45 Jahren sich zurückzieht. Am Ende seiner Dienstzeit wird ein Kongreß berufen, dem er seinen Bericht erstattet, der entweder gebilligt oder getadelt wird. Im ersten Falle erwählt ihn der

Kongreß gewöhnlich für einen weiteren Termin von fünf Jahren in den internationalen Rat. Der Kongreß urteilt auch über die Berichte der ausscheidenden Abteilungsvorstände und eine Mißbilligung derselben macht den Betreffenden für die Wahl zum Präsidenten unfähig. Aber nur selten hat die Nation Grund für andere Gefühle gegen ihre hohen Beamten, als die der Dankbarkeit. Was ihre Fähigkeit betrifft, so ist der Umstand, daß sie durch so verschiedene schwere Prüfungen zu ihren Stellungen gelangt sind, Beweis für ihre ungewöhnlichen Eigenschaften, und bezüglich ihrer Gewissenhaftigkeit bleibt ihnen, nach unserem sozialen System, kein anderes Motiv als das, die Achtung ihrer Mitbürger zu gewinnen. In einer Gesellschaft, wo weder Armut herrscht, die bestochen werden, noch Reichtum, der bestechen könnte, ist Korruption unmöglich, und die Bedingungen der Beförderung lassen Umtriebe oder Intrigen, um zu einer Stellung zu gelangen, ganz fraglos erscheinen.«

»Einen Punkt verstehe ich nicht recht«, sagte ich. »Sind die Mitglieder der freien Berufe zur Präsidentschaft wählbar; und wie rangieren sie mit denen, welche die eigentlichen Industrien betreiben?«

»Sie rangieren nicht mit ihnen«, erwiderte Dr. Leete. »Die Mitglieder der technischen Geschäfte, wie Ingenieure und Architekten, rangieren mit den Bauzünften, aber die Ärzte, Lehrer sowie Künstler und Schriftsteller, welche vom industriellen Dienst beurlaubt werden, gehören nicht zur Armee. Deshalb stimmen sie wohl für den Präsidenten, sind aber nicht wählbar. Eine der Hauptpflichten dieses Amtes ist die Kontrolle und Disziplin der Armee, und deshalb ist es wesentlich, daß der Präsident alle ihre Phasen durchgemacht habe, um sein Geschäft zu verstehen.«

»Das ist vernünftig«, sagte ich, »aber wenn die Ärzte und Lehrer nicht genug von der Industrie verstehen, um Präsidenten zu sein, so kann der Präsident auch nicht genug von Medizin und Erziehung verstehen, um diese Abteilungen zu kontrollieren.«

»Das tut er auch nicht«, war die Antwort. »Er hat nichts mit den Fakultäten der Medizin und Erziehung zu tun, als daß er im allgemeinen für die Ausführung der Gesetze bei allen Klassen verantwortlich ist. Diese Fakultäten sind einem Kollegium unterstellt, dessen Vorsitzender der Präsident *ex officio* ist mit Stimmrecht. Dieses Kollegium, welches vom Kongreß verantwortlich ist, wird von den Ehrenmitgliedern der Lehrer- und Ärztezunft, und den in den Ruhestand getretenen Lehrern und Ärzten des ganzen Landes gewählt.«

»Die Wahl von Beamten durch Zunftmitglieder, welche in den Ruhestand getreten sind, ist nichts anderes«, sagte ich, »als eine Anwendung des Plans einer Regierung durch *alumni*, den wir gelegentlich bei der Leitung unserer höheren Erziehungsanstalten anwendeten.«

»So?« rief Dr. Leete lebhaft. »Das ist mir neu, und wird den meisten von uns so sein, aber auch sehr interessant. Es ist viel darüber gesprochen worden, wo denn eigentlich der Keim zu dieser Idee liege, und wir dachten schon, da wäre doch endlich einmal etwas Neues unter der Sonne. So, so! in Ihren höheren Erziehungsanstalten also! Sie müssen mir mehr darüber sagen.«

»Da läßt sich in der Tat wenig mehr darüber sagen, als ich schon gesagt habe«, entgegnete ich. »Wenn wir den Keim zu Ihrer Idee hatten, so war es eben auch nur der Keim.«

# *Achtzehntes Kapitel*

Nachdem die Damen an diesem Abend sich zurückgezogen hatten, blieb ich noch eine Zeitlang auf und unterhielt mich mit Dr. Leete über die Bestimmung, daß die Männer nach Vollendung des 45. Jahres frei vom ferneren Dienste für die Nation seien, worauf wir durch seinen Bericht über die Tätigkeit der ausgetretenen Männer in der Regierung gebracht wurden.

»Mit fünfundvierzig Jahren«, sagte ich, »hat ein Mann noch die Kraft für zehn Jahre guter Handarbeit in sich, und für zwei Mal zehn Jahre guter geistiger Arbeit. Für Männer von Energie muß es mehr als eine Ungunst denn als Gunst angesehen werden, in diesem Alter zur Ruhe gesetzt zu werden.«

»Mein lieber Mr. West«, rief Dr. Leete strahlend, »Sie können sich nicht denken, welchen Reiz Ihre Ideen des 19. Jahrhunderts für uns haben und wie sonderbar ihr Eindruck ist. So wissen Sie denn, daß die Arbeit, die wir zu tun haben, um der Nation die Mittel zu einer bequemen physischen Existenz zu sichern, durchaus nicht als die wichtigste, interessanteste oder würdevollste Anwendung unserer Kräfte betrachtet wird. Wir sehen sie als notwendige Pflicht an, die wir erfüllen müssen, ehe wir uns der höheren Ausübung unserer Fähigkeiten, der Beschäftigung mit Verstand und Geist, welche allein Leben heißt, voll widmen können. Durch gerechte Verteilung der Lasten, und durch die verschiedensten Anregungen ist alles Mögliche geschehen, unserer Arbeit die Ermüdung zu benehmen, und sie ist auch verhältnismäßig nicht ermüdend und oft anregend. Aber der Hauptzweck unseres Daseins liegt nicht in unserer Arbeit, sondern in der höheren und größeren Tätigkeit, in welche wir nach erfüllter Aufgabe eintreten können.

»Natürlich haben nicht alle, auch nicht die Mehrheit, diese wissenschaftlichen, künstlerischen, literarischen oder gelehrten Neigungen, welche Muße allein wertvoll machen. Viele sehen auf die zweite Lebenshälfte als auf eine Zeit für Vergnügungen anderer Art: für Reisen, für gesellige Erheiterung mit lebenslangen Freunden, eine Zeit für die Pflege allerlei persönlicher Eigenheiten und besonderer Geschmacksrichtungen, für die Verfolgung des Vergnügens in jeder denkbaren Form; mit einem Worte, eine Zeit für den ruhigen und ungestörten Genuß aller guten Dinge, die sie selbst haben erzeugen helfen. Wie verschieden wir aber auch unsere Mußezeit anwenden, wir sehen alle unserer Entlassung entgegen als der Zeit, da wir erst zum vollen Genuß unseres Lebens kommen, erst unsere Volljährigkeit erlangen und frei werden von Disziplin und Kontrolle, und unser Leben uns selbst gehört. Wie zu Ihrer Zeit sich ungestüme Knaben auf das 21., so freuen sich jetzt unsere Männer auf das 45. Jahr. Im 21. Jahre werden wir Männer, aber im 45. lebt unsere Jugend wieder auf. Die mittlere Lebenszeit und was Sie Greisenalter nannten, gilt bei uns, mehr als die Jugend, für die beneidenswerte Lebenszeit. Dank den besseren Lebensbedingungen und vor allem der allgemeinen Freiheit von Sorgen, naht uns das Greisenalter viele Jahre später und hat einen viel milderen Anblick als früher. Personen von einer Durchschnittskonstitution werden gewöhnlich 85 und 90 Jahre alt, und wir sind, glaube ich, mit 45 körperlich und geistig jünger, als Sie mit 35 Jahren, wo wir die genußreichste Lebensperiode antreten, schon daran dachten, daß Sie alt würden und begannen rückwärts zu blicken. Bei Ihnen war der Vormittag, bei uns ist der Nachmittag die schönere Lebenshälfte.«

Hierauf sprachen wir von beliebten Erholungen und Sport und verglichen die gegenwärtige Zeit auch in dieser Beziehung mit dem 19. Jahrhundert.

»In einer Beziehung«, sagte Dr. Leete, »herrschte ein bedeutender Unterschied. Wir haben nichts Entsprechendes für Ihre Sportsleute von Profession, die ein so sonderbarer Zug Ihrer Zeit waren, auch kämpfen unsere Athleten nicht um Preise in Geld, wie die Ihrigen. Unsere Kämpfe sind stets nur um Ruhm. Der großherzige Wetteifer zwischen den verschiedenen Zünften und die Anhänglichkeit der Arbeiter aneinander, geben eine beständige Anregung zu allerlei Spielen und Wettstreiten zu Wasser und zu Lande, woran die jungen Leute kaum einen größeren Anteil nehmen, als die Ehrenmitglieder der Zünfte, welche ihre Zeit gedient haben. Die Jacht-Wettfahrten bei Marblehead finden nächste Woche statt und Sie werden selbst den allgemeinen Enthusiasmus beurteilen können, welchen ein solches Ereignis heutzutage hervorruft im Vergleich mit Ihrer Zeit. Der Ruf nach *panem et circenses*, den das römische Volk erschallen ließ, wird heutzutage für ganz vernünftig gehalten. Wenn Brot das hauptsächlichste Lebensbedürfnis ist, so steht Erholung gleich daneben und die Nation sorgt für beides. Die Amerikaner des 19. Jahrhunderts hatten das Unglück, daß weder für das eine, noch das andere Bedürfnis Sorge getragen war. Selbst wenn die Leute damals mehr Muße gehabt hätten, ich glaube, sie würden in Verlegenheit gewesen sein, wie sie dieselbe angenehm verbringen sollten. Wir sind niemals in dieser Lage.«

# *Neunzehntes Kapitel*

Ein Morgenspaziergang führte mich nach Charlestown. Unter den vielfachen Veränderungen, welche den Verlauf eines Jahrhunderts in diesem Teile der Stadt kennzeichnen, fiel mir hauptsächlich das gänzliche Verschwinden des alten Staatsgefängnisses auf.

»Das wurde vor meiner Zeit abgebrochen, aber ich erinnere mich, davon gehört zu haben«, sagte Dr. Leete, als ich beim Frühstück davon sprach. »Wir haben jetzt keine Gefängnisse. Alle Fälle von Atavismus werden in den Krankenhäusern behandelt.«

»Von Atavismus!« rief ich und starrte ihn an.

»Nun ja«, erwiderte Dr. Leete. »Der Gedanke, diese Unglücklichen zu bestrafen, wurde wenigstens schon vor fünfzig Jahren, und ich denke es ist noch länger, aufgegeben.«

»Ich verstehe Sie nicht«, sagte ich. »Atavismus war ein Wort, welches zu meiner Zeit auf Personen angewendet wurde, bei welchen ein Charakterzug eines entfernten Vorfahren in auffallender Weise hervortrat. Soll ich Sie so verstehen, daß man heutzutage das Verbrechen als Wiederhervortreten eines voreIterlichen Charakterzugs ansieht?«

»Ich bitte um Entschuldigung«, sagte Dr. Leete mit einem halb humoristischen, halb abbittenden Lächeln, »aber da Sie die Frage so bestimmt gestellt haben, bin ich gezwungen, zu sagen, daß die Tatsache sich genau so verhält.«

Nach dem was ich bereits über die moralischen Gegensätze zwischen dem 19. und 20. Jahrhundert erfahren hatte, war es zweifellos töricht von mir, Empfindlichkeit über etwas zu zeigen, und wahrscheinlich, hätte Dr. Leete nicht in so entschuldigender Weise gesprochen und wären

Mrs. Leete und Edith nicht so verlegen geworden, würde ich nicht so errötet sein, wie ich fühlte, daß ich es tat.

»Es war nicht viel Gefahr für mich, auf meine frühere Generation stolz zu sein«, sagte ich; »aber wirklich –«

»Das ist Ihre Generation, Mr. West«, fiel Edith ein. »Es ist diejenige in der Sie leben, und nur weil wir jetzt leben, nennen wir sie die unsrige.«

»Ich danke Ihnen und will versuchen, in diesem Sinne zu denken«, sagte ich, und als meine Augen den ihrigen begegneten, heilte mich ihr Ausdruck von meiner sinnlosen Empfindlichkeit. »Trotz alledem«, sagte ich und lachte, »ich bin als Calvinist erzogen worden, und sollte mich nicht wundern, wenn ich höre, daß man vom Verbrechen als von einem urelterlichen Charakterzug spricht.«

»In Wahrheit«, sagte Dr. Leete, »ist unser Gebrauch des Wortes durchaus kein Vorwurf für Ihre Generation, wenn wir sie, mit Ediths Erlaubnis, die Ihrige nennen dürfen, sofern es die Bedeutung zu haben scheint, daß wir uns für besser halten, als Sie waren. Zu Ihrer Zeit waren reichlich neunzehn Zwanzigstel des Verbrechens, um das Wort im weiten Sinne als Inbegriff aller Arten von Vergehen zu gebrauchen, die Folge der Ungleichheit des Besitztums; Not führte den Armen, Lust nach größerem Gewinn, oder Verlangen früheren Gewinn zu bewahren, den Wohlhabenden in Versuchung. Direkt oder indirekt war das Verlangen nach Geld, das damals so viel bedeutete, als alles Gute, der Beweggrund zu allen Verbrechen, die Wurzel einer großen Giftpflanze, welche die Maschinerie aller Gesetze, Gerichte und Polizei mit Mühe davon abhalten konnte, Ihre Zivilisation zu ersticken. Wenn wir die Nation zur alleinigen Verwalterin des Volksreichtums machten und allen reichlichen Unterhalt verbürgten, auf der einen Seite Armut abschafften, auf der anderen der Anhäufung von Reichtümern Einhalt taten, schnitten wir die Wurzel ab und der Giftbaum, der ihre Gesellschaft überwucherte, welkte wie der Kürbis Jonas' in einem Tage. Die verhältnismäßig kleine Klasse der Verbrechen von Gewalt gegen Personen, ohne Rücksicht auf Gewinn, beschränkten sich zu Ihrer Zeit fast einzig auf die Unwissenden und Rohen, und heute, wo Bildung und gute Sitten allgemein und nicht das Monopol nur weniger sind, hört man kaum noch von solchen Roheiten. Sie werden jetzt einsehen, warum das Wort Atavismus für Verbrechen gebraucht wird. Weil nämlich fast allen Formen von Verbrechen jetzt das Motiv fehlt, und wenn sie auftreten, sie nur als Folge vorelterlicher Charakterzüge erklärt werden können. Sie pflegten Leute, welche ohne nachweisbar vernünftiges Motiv stahlen, Kleptomanisten zu nennen, und wenn der Fall klar war, hielten Sie es für töricht, sie als Diebe zu bestrafen. Ihre Stellung dem echten Kleptomanisten gegenüber ist genau die unsere dem Opfer des Atavismus gegenüber, eine Stellung des Mitleids und festen aber milden Zwanges.«

»Ihre Gerichte müssen jetzt gute Tage haben«, bemerkte ich. »Ohne nennenswertes Privateigentum, ohne Streitigkeiten zwischen Bürgern über Geschäftsverhältnisse, ohne Teilung von Grundbesitz und Eintreiben von Schulden, müssen sie absolut keine Zivilgeschäfte haben; und ohne Vergehen gegen das Eigentum und schrecklich wenig Kriminalfälle, sollte ich meinen, könnten Sie Richter und Anwälte ganz entbehren.«

»Natürlich brauchen wir keine Anwälte«, war Dr. Leetes Antwort. »Es würde uns nicht vernünftig erscheinen, daß in einem Fall, wo das einzige Interesse der Nation darin besteht, die Wahrheit zu ergründen, Personen an den Verhandlungen teilnehmen sollten, die ein anerkanntes Motiv haben, ihn auszuschmücken.«

»Aber wer verteidigt den Angeklagten?«

»Wenn er ein Verbrecher ist, braucht er keine Verteidigung, denn er bekennt sich in den meisten Fällen schuldig«, erwiderte Dr. Leete. »Die Verteidigung des Angeklagten ist bei uns nicht eine bloße Förmlichkeit, wie bei Ihnen. Sie ist gewöhnlich das Ende der Verhandlung.«

»Sie meinen doch nicht, daß der Mann, der sich nicht schuldig bekennt, daraufhin freigesprochen wird?«

»Nein, das meine ich nicht. Er wird nicht auf leichte Gründe hin angeklagt, und wenn er seine Schuld leugnet, so findet die Verhandlung doch statt. Aber Verhandlungen sind selten, denn in den meisten Fällen bekennt sich der Schuldige schuldig. Wenn er falsche Angaben macht und seine Schuld wird klar bewiesen, so wird seine Strafe verdoppelt. Lüge wird aber bei uns so verachtet, daß die Missetäter nicht leicht lügen, um sich zu retten.«

»Das ist das Wunderbarste, das Sie mir noch gesagt haben«, rief ich aus. »Wenn lügen aus der Mode gekommen ist, so ist dies wahrhaftig der neue Himmel und die neue Erde, worin Rechtschaffenheit wohnt, wie der Prophet vorausgesagt hat.«

»So glauben allerdings auch manche«, war des Doktors Erwiderung. »Sie glauben, daß wir im Paradies leben, und die Theorie ist von ihrem Gesichtspunkt ganz plausibel. Aber Sie brauchen sich nicht so sehr darüber zu wundern, daß die Welt das Lügen verlernt hätte, dazu liegt wirklich kein Grund vor. Selbst zu Ihrer Zeit war das Lügen zwischen Herren und Damen, die auf gleicher sozialer Stufe standen, nicht allgemein. Die Lüge der Furcht war der Schlupfwinkel für Feigheit, und die Lüge des Betrugs der Kunstgriff des Gauners. Die Ungleichheit der menschlichen Lagen und das Verlangen nach Gewinn gewährte zu jener Zeit der Lüge stets eine Belohnung. Aber selbst damals verschmähte derjenige, der einen andern nicht fürchtete und ihn nicht betrügen wollte, die Lüge. Weil wir nun gegenwärtig alle auf gleicher gesellschaftlicher Stufe stehen, und niemand etwas von seinem Nächsten zu befürchten hat, oder etwas auf betrügerische Weise von ihm erlangen kann, ist die Lüge so allgemein verachtet, daß, wie gesagt, selbst ein Verbrecher selten lügen wird. Wenn nun aber ein »Nichtschuldig« ausgesprochen ist, so bestellt der Richter zwei Kollegen zur Prüfung der anderen Seite des Falles. Wie wenig diese Männer mit Ihren Advokaten und Staatsanwälten zu vergleichen sind, deren Streben einzig auf Freisprechung oder Verurteilung gerichtet war, mögen Sie daraus ersehen, daß der Fall noch einmal verhandelt wird, wenn nicht beide übereinstimmen, daß das Verdikt gerecht sei, während nur der Schatten einer Parteilichkeit bei einem der Richter eine schreckliche Schande sein würde.«

»Verstehe ich Sie recht«, fragte ich, »daß sowohl derjenige, welcher jede Seite des Falles darlegt, als der, welcher ihn verhandelt, ein Richter ist?«

»Jawohl. Die Richter wechseln ab, als Richter und Anwälte zu dienen, und man erwartet, daß sie sich der richterlichen Mäßigung befleißigen werden, ob sie einen Fall darlegen oder entscheiden. Das System ist eigentlich das einer Verhandlung mit drei Richtern, von denen jeder einen verschiedenen Standpunkt zu dem Falle einnimmt. Wenn sie über einen Wahrspruch einig sind, so glauben wir, daß er der absoluten Wahrheit so nahe kommt, als Menschen überhaupt kommen können.«

»Das Geschworenensystem haben Sie also aufgegeben?«

»Es war gut genug als ein Korrektiv zur Zeit der gedungenen Advokaten und einer manchmal käuflichen Gerichtsbank, die auch oft durch ihre Bezüge nicht unabhängig war, aber jetzt ist es unnötig. Unsere Richter können nur von der Gerechtigkeit geleitet werden.«

»Wie werden diese Beamten gewählt?«

»Sie bilden eine ehrenwerte Ausnahme von der Regel, daß alle Männer im Alter von 45 Jahren des Dienstes entledigt sind. Der Präsident ernennt die nötigen Richter von Jahr zu Jahr aus der Zahl derer, die dieses Alter erreicht haben. Die Zahl der Ernannten ist natürlich sehr gering, aber die Ehre so groß, daß sie als Entschädigung für den Zuwachs an Dienstzeit gilt und obgleich die Ernennung zum Richter abgelehnt werden kann, geschieht dies nur selten. Die Dienstzeit ist fünf Jahre, ohne daß ein Richter wiederernannt werden kann. Die Mitglieder des höchsten Gerichtshofs, welcher der Wächter der Konstitution ist, werden aus den niederen Richtern gewählt. Wenn eine Stelle bei diesem Gerichtshof frei wird, so wählen diejenigen niederen Richter, deren Zeit dieses Jahr abläuft, denjenigen ihrer im Dienst bleibenden Kollegen, den sie für den passendsten halten.«

»Da es keine Profession gibt, welche als Schule für Richter dienen könnte«, sagte ich, »so müssen die Richter direkt von der Rechtsschule auf die Richterbank kommen.«

»Wir haben nichts dergleichen wie Rechtsschulen«, entgegnete der Doktor lächelnd. »Das Recht als besondere Wissenschaft ist veraltet. Es war ein System von Kasuistik, welches die künstliche alte Ordnung der Gesellschaft zu ihrer Auslegung absolut brauchte, aber nur einige wenige der klarsten und einfachen gesetzlichen Grundsätze finden auf den gegenwärtigen Zustand der Welt Anwendung. Alles, was die Verhältnisse der Menschen zueinander angeht, ist jetzt unvergleichlich viel einfacher, als in Ihren Tagen. Wir würden jetzt die haarspaltenden Gelehrten, die in Ihren Gerichtshöfen saßen, nicht brauchen können. Sie dürfen aber nicht denken, daß wir jene alten Ehrenmänner geringschätzten, weil wir sie nicht brauchen können. Im Gegenteil, wir haben die größte Achtung, beinahe Ehrfurcht, für die Männer, die allein die unendliche Kompliziertheit des Eigentumsrechts, der Handelsverhältnisse und der persönlichen Abhängigkeit, die mit Ihrem System verbunden war, verstanden und auslegen konnten. Was könnte auch einen mächtigeren Eindruck von der Schwierigkeit und Künstlichkeit dieses Systems geben, als der Umstand, daß die Blüte der geistigen Kraft jeder Generation anderen Berufszweigen entzogen werden mußte, um eine Anzahl Gelehrter zu bilden, die es denen nur unbestimmt verständlich machen konnten, deren Geschicke es entschied. Die Abhandlungen Ihrer großen Rechtsgelehrten, die Werke von Blackstone und Chitty, von Story und Parsons stehen in unseren Museen neben den Bänden von Duns Scotus und seinen Scholastikern; sie gelten als merkwürdige Denkmäler geistiger Feinheit über Gegenstände, welche außerhalb der Interessen der modernen Menschheit liegen. Unsere Richter sind lediglich vielseitig gebildete, urteilsfähige und verschwiegene Männer von reifen Jahren.«

»Ich muß noch von einer wichtigen Funktion der niederen Richter sprechen«, fügte Dr. Leete bei, »nämlich in allen Fällen Recht zu sprechen, wo ein Gemeiner der industriellen Armee sich gegen einen Offizier über Unbilligkeit beklagt. Alle solche Fragen werden von einem Einzelrichter verhandelt und entschieden, ohne Berufung; drei Richter sind nur in schweren Fällen erforderlich.«

»So ein Gericht muß allerdings bei Ihrem System bestehen, denn unter demselben kann ein Mann, der unbillig behandelt wird, seine Stellung nicht verlassen, wie bei uns.«

»Gewiß kann er das«, entgegnete Dr. Leete; »ein Mann kann nicht nur stets eines billigen Gehörs und der Abhilfe einer tatsächlichen Unterdrückung sicher sein, sondern er kann auch, wenn sein Verhältnis zu seinem Vormann oder Vorgesetzten ein unfreundliches wird, auf Ansuchen versetzt werden. Unter Ihrem System konnte zwar ein Mann seine Arbeit verlassen, wenn ihm sein Arbeitgeber nicht gefiel, aber damit verlor er auch zugleich seinen Lebensunterhalt. Ein Arbeiter bei uns dagegen, der sich in unangenehmer Stellung befindet, hat nicht nötig, seinen Lebensunterhalt aufzugeben, um eine billige Behandlung zu finden. Die Industrie erfordert strengste Disziplin in der Arbeiterarmee, aber der Anspruch eines Arbeiters auf gerechte und rücksichtsvolle Behandlung hat die ganze Gewalt der Nation hinter sich. Der Offizier gebietet und der Gemeine gehorcht, aber kein Offizier steht so hoch, daß er wagen dürfte, gegen einen Arbeiter der niedrigsten Klasse Überhebung zu zeigen. Wollte irgend ein Angestellter in seiner Beziehung zum Publikum sich grob oder roh benehmen, so könnte er gewiß sein, prompte Bestrafung zu finden. Unsere Richter erzwingen nicht nur Gerechtigkeit, sondern auch Höflichkeit in allen Verhältnissen des Lebens. Die Dienstleistung mag noch so wertvoll sein, sie wird nicht als Ersatz für bäurisches und verletzendes Benehmen angenommen.«

Während Dr. Leete sprach, fiel mir ein, daß ich in seinen Reden viel von der Nation, aber nichts von den Regierungen der Staaten gehört hatte. Ich fragte daher: »Hat die Organisation der Nation zu einer industriellen Einheit die Einzelstaaten abgeschafft?«

»Notwendigerweise«, erwiderte er. »Die Regierungen der einzelnen Staaten würden die Kontrolle und Disziplin der industriellen Armee, welche natürlich auf einem Punkt vereinigt und gleichförmig sein müssen, beeinträchtigt haben. Selbst wenn diese Regierungen nicht aus anderen Gründen unbequem geworden wären, so wurdem sie durch die großartige Vereinfachung des ganzen Regierungsorganismus überflüssig. Die Leitung der Industrie des Landes ist fast die alleinige Tätigkeit der Administration. Die meisten Zwecke, denen Regierungen früher dienten, brauchen nicht mehr gefördert zu werden. Wir haben kein Heer, keinc Flotte und uberhaupt keine Militärorganisation. Wir haben keine Staats- oder Finanzabteilungen, keinen Akzise- oder Einnahmedienst, keine Steuern oder Steuereinnehmer. Die einzige eigentliche Regierungsfunktion, welche noch besteht, ist das richterliche und Polizeisystem. Ich habe Ihnen schon erklärt, wie einfach unser richterliches System ist, im Vergleich mit Ihrer plumpen und komplizierten Maschine. Natürlich verringert der Mangel an Verbrechen und an Versuchung dazu, welcher die Pflichten der Richter so vereinfacht, auch die Pflichten und Anzahl der Polizeibeamten.«

»Aber ohne gesetzgebende Körper des Staates, und wenn der Kongreß nur alle fünf Jahre einmal zusammenkommt, wie machen Sie es mit Ihrer Gesetzgebung?«

»Wir haben keine Gesetzgebung«, erwiderte Dr. Leete, – »d.h. so gut wie keine. Selten berät der Kongreß, selbst wenn er zusammenkommt, Gesetze von Wichtigkeit, und dann hat er nur die Gewalt, dieselben dem nächsten Kongreß zu empfehlen, damit nichts übereilt wird. Wenn Sie einen Augenblick nachdenken, Mr. West, werden Sie sehen, daß es nichts gibt, worüber wir Gesetze machen sollten. Die Grundsätze, auf denen unsere Gesellschaft beruht, ordnen für alle Zeit die Streitigkeiten und Mißverständnisse, welche zu Ihrer Zeit Gesetzgebung erforderten.

Neunundneunzig Hundertstel der Gesetze jener Zeit betrafen die Erklärung und den Schutz des Privateigentums und die Beziehungen zwischen Käufer und Verkäufer. Jetzt gibt es weder Privateigentum, außer der persönlichen Habe, noch Kaufen und Verkaufen, und deshalb ist die Veranlassung zu jeder früheren Gesetzgebung geschwunden. Früher war die Gesellschaft eine auf die Spitze gestellte Pyramide. Alle Schwerkraft der menschlichen Natur strebte beständig, sie über den Haufen zu stürzen, und sie konnte nur aufrechterhalten werden vermittels eines künstlichen Systems von immer erneuerungsbedürftigen Stützen und Pfeilern in der Form von Gesetzen. Ein Kongreß im Mittelpunkt und vierzig einzelne Staatslegislaturen veröffentlichten jährlich nahezu 20000 Gesetze, aber konnten doch nicht schnell genug neue Stützen machen anstelle derer, die beständig zusammenbrachen oder durch die schwankende Spannung wirkungslos wurden. Jetzt ruht die Gesellschaft auf ihrer Basis und bedarf so wenig künstlicher Stützen als die ewigen Berge.«

»Aber Sie haben wenigstens städtische Regierungen neben der einen zentralen Autorität?«

»Gewiß, und diese haben wichtige und weitgehende Funktionen, da sie für öffentliche Bequemlichkeit und Erholung, sowie für Verbesserung und Verschönerung von Dörfern und Städten zu sorgen haben.«

»Wie können sie aber etwas vollbringen, da sie keine Verfügung über die Arbeit ihrer Leute und keine Mittel haben, solche zu dingen?«

»Jeder Stadt ist das Recht vorbehalten, für ihre öffentlichen Arbeiten einen verhältnismäßigen Teil der Arbeit, welche ihre Bürger der Nation leisten, zu beanspruchen. Dieser verhältnismäßige Teil wird ihr als Kredit gutgeschrieben und kann nach Wunsch verwendet werden.«

# *Zwanzigstes Kapitel*

An diesem Nachmittage fragte mich Edith beiläufig, ob ich das unterirdische Gemach im Garten, wo man mich gefunden, einmal wieder besucht hätte.

»Noch nicht«, erwiderte ich. »Offen gestanden, ich habe mich bisher gescheut, es zu tun, weil ich fürchtete, der Besuch möchte alte Gedankenverbindungen erneuern und mein geistiges Gleichgewicht stören.«

»O ja«, sagte sie, »ich glaube, Sie haben wohl daran getan. Ich hätte mir das denken sollen.«

»Nein«, sagte ich, »es freut mich, daß Sie davon gesprochen haben. Die Gefahr, wenn es eine solche gab, bestand nur in den ersten paar Tagen. Ihnen danke ich es hauptsächlich, daß ich in dieser neuen Welt so festen Fuß gefaßt habe, daß, wenn Sie mich begleiten und die Geister abwehren wollen, ich gerne heute nachmittag den Ort besuchen würde.«

Edith hatte erst Skrupel, als sie aber sah, daß es mir ernstlich darum zu tun war, willigte sie ein, mich zu begleiten. Man sah vom Haus aus durch die Bäume den Erdwall, welcher bei der Ausgrabung ausgeworfen war, und ein paar Schritte brachten uns zur Stelle. Alles war geblieben, wie es zu der Zeit war, als die Arbeit durch Auffinden des Bewohners des Raumes unterbrochen worden war, nur daß die Türe offen und die Steinplatte vom Dach entfernt war. Wir stiegen die Böschung hinab und traten durch die Türe in das dämmerige Zimmer.

Alles war noch gerade so, wie ich es zuletzt vor 113 Jahren gesehen hatte, als ich die Augen zu dem langen Schlaf schloß. Ich stand eine Zeitlang schweigend und sah mich um. Meine Begleiterin betrachtete mich heimlich mit einem ängstlichen, teilnehmenden Ausdruck. Ich streckte meine Hand aus und sie legte die ihrige hinein, ihre weichen Finger erwiderten mit ruhigem Drucke meinen Griff. Endlich flüsterte sie: »Sollten wir nicht lieber wieder hinausgehen? Sie dürfen sich nicht zuviel zumuten. Wie sonderbar muß es Ihnen sein.«

»Im Gegenteil«, erwiderte ich, »es scheint mir gar nicht sonderbar, und das ist das Auffallendste dabei.«

»Nicht sonderbar?« wiederholte sie.

»Nein, gar nicht«, entgegnete ich. »Ich fühle keine Erregung, die Sie mir zutrauen und die ich bei diesem Besuch zu fühlen erwartete. Ich verstehe alles, was diese Umgebung mir zuruft, aber ohne die erwartete Aufregung. Sie können sich darüber nicht mehr wundern, als ich selbst. Seit jenem schrecklichen Morgen, da Sie mir zu Hilfe kamen, habe ich vermieden, an mein früheres Leben zu denken, sowie ich vermieden habe, hierher zu kommen, aus Furcht vor den aufregenden Folgen. Ich bin fürwahr wie ein Mann, der ein verletztes Glied unter dem Eindruck, daß es äußerst empfindlich sei, bewegungslos hat liegen lassen und beim Versuch, es zu bewegen, findet, daß es gelähmt ist.«

»Meinen Sie, die Erinnerung hat Sie verlassen?«

»Durchaus nicht. Ich erinnere mich auf alles, was mit meinem früheren Leben zusammenhängt, aber ohne alle lebhafte Empfindung. Ich erinnere mich klar, als wenn es gestern gewesen wäre, aber meine Gefühle sind so schwach, als wenn mein Bewußtsein hundert Jahre älter geworden wäre. Vielleicht ist es möglich, auch das zu erklären. Die Wirkung einer Veränderung in unserer Umgebung ist ähnlich der eines zurückgelegten Zeitraums, die Vergangenheit scheint in weiter Ferne zu liegen. Als ich zuerst aus meinem Schlaf erwachte, erschien mir mein früheres Leben wie gestern, aber nun, da ich mit meiner neuen Umgebung bekannt geworden bin und gelernt habe, mir die wunderbaren Veränderungen, welche die Welt umgestaltet haben, klarzumachen, finde ich es nicht mehr schwer, sondern sehr leicht, mir bewußt zu werden, daß ich ein Jahrhundert geschlafen habe. Können Sie sich so etwas denken, in vier Tagen hundert Jahre gelebt zu haben? Es scheint mir wirklich so, als hätte ich das getan, und als ob diese Erfahrung mein früheres Leben so fern und unwirklich erscheinen ließe. Können Sie sich denken, wie das möglich ist?«

»Ich kann es verstehen«, erwiderte Edith gedankenvoll, »und ich denke, wir müssen alle dankbar sein, daß es so ist, denn gewiß wird es Ihnen viele Schmerzen ersparen.«

»Denken Sie sich«, sagte ich in dem Bemühen, mir ebenso wie ihr das Sonderbare meines geistigen Zustandes zu erklären, »denken Sie sich, daß ein Mann viele, viele Jahre, ein halbes Leben vielleicht, nachdem das Ereignis sich zugetragen, von einem Verlust hört. Ich glaube, sein Gefühl wird dem meinen ähneln. Wenn ich an meine Freunde in der vorigen Welt denke und den Schmerz, den sie um mich empfunden, so geschieht es mehr mit einem ernsten Mitleid, als mit scharfem Schmerz, wie an eine Trauer, die lange, lange vorbei ist.«

»Sie haben uns noch nichts von Ihren Freunden erzählt«, sagte Edith. »Hatten Sie viele, die Sie betrauerten?«

»Ich hatte, gottlob, nur sehr wenige Verwandte, keine näheren als Geschwisterkinder«, erwiderte ich. »Aber es gab Eine, keine Verwandte, doch mir teurer als irgend ein Blutsverwandter. Sie hieß wie Sie. Sie sollte bald mein Weib werden.«

»O weh!« seufzte Edith neben mir. »Denken Sie, wie muß ihr das Herz wehgetan haben.«

Das tiefe Gefühl dieses lieblichen Mädchens schlug eine Saite in meinem erstarrten Herzen an. Meine bisher so trockenen Augen flossen von Tränen über, die bis jetzt nicht geflossen waren. Als ich meine Fassung wiedergewann, bemerkte ich, daß auch sie ihren Tränen freien Lauf gelassen hatte.

»Gott segne Ihr weiches Herz«, sagte ich. »Möchten Sie wohl ihr Bild sehen?«

Ein kleines Medaillon mit Edith Bartletts Bild hing an goldener Kette um meinen Hals und hatte während meines langen Schlafes an meinem Herzen gelegen; ich öffnete es und gab es meiner Begleiterin. Sie nahm es mit Ungestüm und sah das süße Gesicht lange an, dann berührte sie es mit ihren Lippen.

»Ich weiß, sie war gut und lieblich und verdient wohl Ihre Tränen«, sagte sie, »aber bedenken Sie, ihr Herzweh ist schon lange vorüber und sie ist schon fast ein Jahrhundert im Himmel.«

Ja, so war es wirklich. Wie groß auch ihr Schmerz einst gewesen, sie hat nun seit fast einem Jahrhundert aufgehört zu weinen, und meine plötzliche Bewegung beruhigte sich und meine Tränen versiegten. Sie war mir sehr teuer gewesen in meinem anderen Leben, aber das war vor hundert Jahren! In diesem Bekenntnis könnte man vielleicht einen Mangel an Gefühl finden, aber ich denke, niemand, der nicht dasselbe erlebt hat als ich, kann darüber urteilen. Als wir das Zimmer verlassen wollten, fiel mein Blick auf den großen feuerfesten Geldschrank, der in einer Ecke stand. Ich machte meine Begleiterin darauf aufmerksam und sagte:

»Dies war nicht nur mein Schlafzimmer, sondern auch meine feste Schatzkammer. In dem Schrank dort liegen mehrere tausend Dollar in Gold und ein großer Betrag in Wertpapieren. Hätte ich, als ich mich in jener Nacht niederlegte, gewußt, wie lange mein Schläfchen dauern würde, so würde ich geglaubt haben, daß das Gold in jedem Lande und jedem Jahrhundert meine Bedürfnisse gedeckt haben würde. Daß je eine Zeit kommen sollte, da es seine Kraft zum Kaufen verlieren würde, hätte ich für die wildeste Phantasie gehalten. Und doch, hier wache ich auf und finde mich unter einem Volke, von dem ich für einen Wagen voll Gold keinen Laib Brot kaufen kann.«

Wie zu erwarten war, machte dies auf Edith durchaus nicht den Eindruck von etwas Ungewöhnlichem. Sie fragte nur: »Warum in aller Welt sollte es anders sein?«

# *Einundzwanzigstes Kapitel*

Dr. Leete hatte vorgeschlagen, daß wir am nächsten Morgen die Schulen und Akademien der Stadt besuchen sollten, wobei er versuchen wollte, mir das Lehrsystem des 20. Jahrhunderts zu erklären.

Als wir nach dem Frühstück aufbrachen, sagte er: »Sie werden viele sehr wichtige Unterschiede zwischen unseren Lehrmethoden und den Ihrigen finden, aber der Hauptunterschied ist der, daß heutzutage alle Personen gleichmäßig Gelegenheit zu höherer Bildung haben, welche zu Ihrer Zeit nur ein verschwindend kleiner Teil der Bevölkerung genoß. Wir würden denken, was wir gewonnen, sei nicht der Rede wert, wenn wir nur die Gleichheit des *materiellen* Komforts angestrebt hätten, ohne diese Gleichheit der Bildung.«

»Es muß ein sehr großer Kostenaufwand sein«, sagte ich.

»Wenn es das halbe Einkommen der Nation kostete, würde es niemand bedauern«, entgegnete Dr. Leete, »selbst wenn es das ganze kostete und nur eine Kleinigkeit übrigbliebe. Aber in der Tat ist der Aufwand für die Bildung von zehntausend jungen Leuten nicht zehn-, selbst nicht fünfmal so groß als von eintausend. Der Grundsatz, welcher alle Unternehmungen in großem Maßstabe verhältnismäßig billiger macht, als die im kleinen, gilt auch bei der Bildung.«

»Zu meiner Zeit war die Bildung auf Hochschulen ungeheuer kostspielig«, sagte ich.

»Wenn mich unsere Geschichtsschreiber nicht falsch berichtet haben«, antwortete Dr. Leete, »so war es nicht die Bildung, sondern die Verschwendung auf den hohen Schulen, die soviel kostete. Der wirkliche Aufwand Ihrer hohen Schulen scheint sehr gering gewesen zu sein, und wäre bei stärkerem Besuch noch geringer gewesen. Die höhere Bildung ist heutzutage so billig als die niedere, da alle Grade der Lehrer denselben Lebensunterhalt bekommen, als alle anderen Arbeiter. Wir haben nur zu dem gewöhnlichen Schulsystem mit Schulzwang, wie es vor hundert Jahren in Massachusetts üblich war, ein halbes Dutzend höherer Grade beigefügt, welche die Schüler bis zum einundzwanzigsten Jahre bringen und ihnen die Bildung eines Gentleman geben, anstatt sie mit 14 oder 15 Jahren freizulassen ohne eine bessere geistige Ausrüstung als Lesen, Schreiben und das Einmaleins.«

»Hätten wir auch die Kosten für diesen Zuwachs an Bildungsjahren nicht berücksichtigen wollen«, erwiderte ich, »so hätten wir doch nicht geglaubt, daß wir den Zeitverlust an industriellen Geschäften erlauben könnten. Die Knaben der ärmeren Klassen gingen mit sechzehn Jahren oder jünger an die Arbeit, und konnten ihr Gewerbe mit zwanzig.«

»Bei diesem Plane würden wir Ihnen nicht einmal in materieller Beziehung einen Vorteil einräumen«, erwiderte Dr. Leete. »Die größere Fähigkeit, welche Bildung für jede Art von Arbeit, außer der allerniedrigsten, gewährt, entschädigt in kurzer Zeit für den Zeitverlust bei Erwerbung derselben.«

»Wir würden auch befürchtet haben«, sagte ich, »daß eine höhere Bildung zwar die Menschen für höhere Berufe tüchtig machte, aber von jeder Art Handarbeit ablenkte.«

»Das war allerdings, wie ich gelesen habe, die Wirkung Ihrer höheren Bildung«, erwiderte Dr. Leete; »und das war nicht zu verwundern, denn Handarbeit hieß Gemeinschaft mit einer rohen, groben und ungebildeten Volksklasse. Jetzt gibt es keine solche Klasse. So ein Gefühl war damals unvermeidlich, aus dem weiteren Grunde, daß man glaubte, alle Leute von höherer Bildung seien für gelehrte Berufe, oder zur Muße des Reichtums berufen, und eine solche Bildung an jemand, der weder reich noch in einem gelehrten Berufe war, galt als Beweis für mißlungenes Streben, für fehlgeschlagene Hoffnung, eher als Zeichen von Untüchtigkeit, als von Tüchtigkeit. Heutzutage freilich, wenn die höchste Bildung für nötig erachtet wird, um einen Menschen zum Leben geschickt zu machen, ohne Rücksicht auf die Art von Arbeit, die er tun wird, bringt ihr Besitz keine solchen Folgerungen mit sich.«

»Immerhin«, bemerkte ich, »kann noch soviel Bildung die natürliche Stumpfheit nicht aufheben, oder die geistige Schwäche heben. Wenn nicht die durchschnittliche geistige Begabung der Menschen weit über dem Durchschnittsniveau meiner Zeit steht, so muß eine hohe Bildung an einem großen Teile der Bevölkerung verschwendet sein. Wir waren der Überzeugung, daß eine gewisse Empfänglichkeit für Bildung erforderlich sei, wenn es der Mühe wert sein sollte, einen Geist zu bilden, geradeso wie im Boden eine gewisse natürliche Fruchtbarkeit vorhanden sein muß, wenn es sich lohnen soll, ihn zu bebauen.«

»Es freut mich«, sagte Dr. Leete, »daß Sie sich dieses Bildes bedienten, denn ich wollte es eben wählen, um die moderne Ansicht von Bildung daran zu entwickeln. Sie behaupten, Land das so schlecht sei, daß das Erzeugnis desselben die Mühe des Ackerns nicht lohne, werde nicht bebaut. Nichtsdestoweniger wurde viel Land, das die Arbeit nicht lohnte, zu Ihrer Zeit und wird auch gegenwärtig bebaut. Ich verweise auf die Gärten, Parke, Wiesengründe und im allgemeinen auf solche Stücke Land, die, wären sie den Dornen und dem Unkraute überlassen, allen ein Ärgernis und ein Dorn im Auge sein würden. Deshalb werden sie gepflügt, und obgleich ihr Ertrag nur klein ist, so gibt es doch kein Land im weiteren Sinne, das die Bebauung besser lohnt. So ist es mit Männern und Frauen unserer Umgebung in der Gesellschaft, deren

Stimme wir stets hören, deren Benehmen in der verschiedensten Weise auf unser Vergnügen einwirkt, – die in der Tat so sehr Lebensbedingung für uns sind, als die Luft, die wir atmen, oder irgend ein anderes physisches Element, von dem wir abhängig sind. Wenn wir es wirklich nicht erschwingen könnten, alle zu bilden, so würden wir lieber die von Natur Rohesten und Stumpfesten, als die Begabtesten aussuchen, um ihnen die Bildung zuteil werden zu lassen, die wir geben können. Die natürlich Veredelten und Begabten können leichter der Hilfe zu ihrer Bildung entraten, als die von der Natur weniger Begünstigten. Wir würden das Leben nicht des Lebens wert achten, wenn wir von einer unwissenden, bäuerischen, rohen, völlig ungebildeten Bevölkerung umgeben sein sollten, wie es der Fluch der wenigen Gebildeten Ihrer Zeit war. Genügt es einem Menschen, mit einer übelriechenden Menge zu verkehren, wenn er nur parfümiert ist? Würde er nicht nur eine sehr beschränkte Befriedigung in einem fürstlichen Zimmer genießen, wenn die Fenster an allen Seiten auf Höfe mit Ställen gingen? Und doch, das war in Ihren Tagen die Lage derer, die wegen ihrer Bildung und Verfeinerung so glücklich gepriesen wurden. Ich weiß, daß damals der Arme und Ungebildete den Reichen und Gebildeten beneidete; aber uns scheint der letztere, von Unsauberkeit und Roheit umgeben, wie es der Fall war, um wenig besser daran gewesen zu sein, als der erstere. Der gebildete Mann Ihrer Zeit glich einem, der bis zum Hals in einem schlechtriechenden Pfuhle steckte und sich mit einem Riechfläschchen tröstete. Sie sehen vielleicht jetzt, wie wir diese Frage von allgemeiner hoher Bildung ansehen. Nichts ist so wichtig für jedermann, als gebildete, umgängliche Personen zu Nachbarn zu haben. Deshalb kann die Nation nichts Besseres für ihn tun, was sein Glück so erhöhen kann, als seine Nachbarn zu bilden. Wenn das nicht geschieht, so erscheint ihm der Wert seiner eigenen Bildung um die Hälfte vermindert, und viele Geschmacksrichtungen, die er gepflegt hat, werden positive Quellen der Pein.

Einige zum höchsten Grad der Bildung zu erheben und die Masse ungebildet zu lassen, wie Sie taten, machte den Abstand zwischen ihnen fast so groß wie zwischen den verschiedenen Spezies in der Natur, die kein Verkehrsmittel haben. Was konnte unmenschlicher sein, denn diese Folge eines teilweisen Genusses der Bildung? Ihr universaler und gleichheitlicher Genuß läßt allerdings die Unterschiede zwischen den Menschen bezüglich ihrer natürlichen Begabung ebenso entschieden zutage treten, wie im Naturzustande, aber die niedrigen werden ungeheuer gehoben. Rohheit ist ausgerottet. Alle hegen ein Verlangen nach den schönen Wissenschaften, Freude an geistigen Dingen und bewundern die höhere Bildung, woran sie zu kurz gekommen sind. Sie sind befähigt worden, die Freuden und Anregungen eines gebildeten sozialen Lebens nicht nur einigermaßen zu genießen, sondern zu verbreiten. Worin bestand denn die gebildete Gesellschaft des 19. Jahrhunderts, als hie und da in ein paar kleinen Oasen in einer Wüste? Das Verhältnis derjenigen, welche einer Liebe zu geistigen Dingen oder eines gebildeten Umgangs fähig waren, zu der Masse ihrer Zeitgenossen, war so verschwindend klein, daß es im großen und ganzen kaum der Erwähnung wert ist. Eine Generation umfaßt heute einen größeren Umfang geistigen Lebens als fünf Jahrhunderte früher.

Noch einen Punkt will ich erwähnen bei Aufzählung der Grundlagen, auf welchen die Gesamtheit der Bildung jetzt beruhen muß«, fuhr Dr. Leete fort, »und dies ist der Gewinn, den die heranwachsende Generation davon hat, daß ihre Eltern gebildet sind. Um alles kurz zusammenzufassen, so sind es namentlich drei Grundlagen, auf denen unser Bildungssystem beruht: erstens, das Recht jedes Menschen auf die vollständigste Bildung, welche die Nation gewähren kann, und welche seiner selbst wegen zur eigenen Freude so notwendig ist; zweitens, das Recht seiner Mitbürger auf seine Bildung, damit sie sich seines Umganges erfreuen können; drittens, das Recht der noch Ungeborenen auf verständige und gebildete Eltern.«

Was ich an diesem Tage in den Schulen gesehen habe, will ich nicht im einzelnen beschreiben. Da ich in meinem früheren Leben nur geringes Interesse am Schulwesen genommen, so könnte ich nur wenige Vergleichungspunkte angeben. Abgesehen von der umfassenden höheren und niederen Bildung, fiel mir am meisten auf, daß soviel Gewicht auf körperliche Ausbildung gelegt, und es den Schülern hoch angerechnet wurde, wenn sie sich nicht nur in den Lehrgegenständen, sondern auch bei athletischen Übungen und den Spielen hervortaten.

»Die Lehrer«, erklärte Dr. Leete, »sind ebenso verantwortlich für die ihnen anvertrauten Körper, als für die Geister. In einen Lehrgang, der vom sechsten bis zum einundzwanzigsten Jahre dauert, ist die größtmögliche physische wie geistige Entwicklung der doppelte Zweck.«

Die vortreffliche Gesundheit der jungen Leute in den Schulen machte einen sehr günstigen Eindruck auf mich. Meine schon vorher gemachte Beobachtung nicht nur der auffallenden persönlichen Eigenschaften der Familie meines Wirtes, sondern auch der Leute, die ich auf meinen Gängen außer dem Hause gesehen hatte, hatte mich schon vermuten lassen, daß eine allgemeine Hebung des physischen Zustandes der Menschen seit meiner Zeit müsse stattgefunden haben; und nun, als ich diese kernigen, jungen Männer und frischen, kräftigen Mädchen mit dem jungen Volke verglich, die ich in den Schulen des 19. Jahrhunderts gesehen hatte, konnte ich nicht unterlassen, dies Dr. Leete mitzuteilen, der mir mit großem Interesse zuhörte.

»Ihre Aussage über diesen Punkt«, erklärte er, »ist sehr

wertvoll. Wir glauben auch, daß so eine Besserung, wie Sie sagen, stattgefunden hat, aber bei uns kann das natürlich nur Theorie sein. Es ist eine Folge Ihrer Ausnahmestellung, daß Sie allein in dieser Welt über diesen Punkt als Autorität sprechen können. Wenn Sie Ihre Ansicht öffentlich aussprechen, werden Sie Aufsehen damit machen. Übrigens müßte es auffallen, wenn das Menschengeschlecht nicht eine Besserung zeigte. In Ihrer Zeit schwächte der Reichtum die eine Klasse durch Trägheit des Geistes und des Körpers ausschweifend, und Armut saugte die Lebenskraft aus den Massen durch Überarbeitung, schlechte Nahrung und verpestete Wohnung. Die Arbeit, die von Kindern gefordert, die Lasten, die auf die Schultern der Frauen gewälzt wurden, schwächten die eigentlichen Lebensquellen. Anstatt dieser bösartigen Einflüsse erfreut sich die Gesamtheit jetzt der günstigsten Lebensbedingungen; die Jugend wird sorgsam genährt und gepflegt; die von allen verlangte Arbeit wird auf die Periode der höchsten Lebenskraft beschränkt und niemals übertrieben; Sorge für sich selbst und seine Familie, Bangigkeit um den Lebensunterhalt, Anstrengung in einem endlosen Kampf ums Leben – alle diese Einflüsse, welche einst soviel dazu beitrugen, Geist und Körper zugrunde zu richten, kennen wir nicht mehr. Solch einem Wechsel muß natürlich ein Aufschwung des Menschengeschlechts folgen. In mancher spezifischen Richtung sind wir uns auch eines solchen Aufschwunges bewußt. Geisteskrankheit zum Beispiel, welche im neunzehnten Jahrhundert eine so furchtbar häufige Folge Ihrer wahnsinnigen Lebensweise war, ist mit ihrem Begleiter, dem Selbstmord, fast gänzlich verschwunden.«

# *Zweiundzwanzigstes Kapitel*

Wir hatten verabredet, die Damen zum Mittagessen im Speisehaus zu treffen; nachher verließen sie uns und wir blieben am Tische sitzen, wo wir bei einem Glase Wein und einer Zigarre über eine Menge Dinge sprachen.

»Herr Doktor«, sagte ich im Laufe der Unterhaltung, »ich müßte unvernünftig sein, wenn ich Ihr soziales System, im Vergleich mit irgendeinem früher geltenden und hauptsächlich mit dem meines eigenen, höchst unglücklichen Jahrhunderts, nicht bewundern wollte. Wenn ich heute nacht wieder in einen ebenso langen mesmerischen Schlaf fallen und die Zeit rückwärts, anstatt vorwärts laufen, und ich wieder im neunzehnten Jahrhundert aufwachen sollte, und wenn ich dann meinen Freunden erzählte, was ich gesehen habe, sie würden alle zugestehen, daß Ihre Welt ein Paradies in Ordnung, Gerechtigkeit und Glückseligkeit sei. Aber meine Zeitgenossen waren sehr praktische Leute und, nachdem sie ihre Anerkennung Ihres Systems ausgesprochen, würden sie sogleich rechnen und fragen, woher Sie das Geld genommen hätten, jedermann so glücklich zu machen; denn, um die ganze Nation mit solchem Komfort und sogar Luxus auszustatten, wie ich ringsumher sehe, muß viel größeren Reichtum erfordern, als die Nation damals hatte. Wenn ich ihnen nun auch alle Einzelheiten Ihres Systems ziemlich gut erklären könnte, würde mir doch diese Frage zu beantworten nicht gelingen, und dann würden sie mir sagen – denn sie waren genaue Rechenmeister – ich hätte geträumt, und würden mir nie wieder etwas glauben. Ich weiß, daß zu meiner Zeit das ganze jährliche Einkommen der Nation, wenn es ganz gleichmäßig verteilt worden wäre, nicht größer war, als daß drei- bis vierhundert Dollar auf den Kopf gekommen wären, nicht viel mehr als genug, um damit das Nötigste fürs Leben, mit sehr wenig oder keinem Komfort zu bestreiten. Wie kommt es, daß Sie jetzt so viel haben?«

»Das ist eine sehr berechtigte Frage, Mr. West«, erwiderte Dr. Leete, »und ich würde es in einem solchen Falle Ihren Freunden nicht verdenken, wenn sie Ihre Erzählung für leeres Gerede erklärten. Ich kann diese Frage nicht erschöpfend hier in dieser Sitzung beantworten und muß Sie bezüglich der Statistik, welche meine allgemeinen Angaben bekräftigen müssen, auf einige Bücher in meiner Bibliothek verweisen, aber es wäre wirklich schade, wenn Sie aus Mangel an einigen Grundlagen bei Ihren alten Freunden in Verlegenheit kämen, wenn der Fall, von welchem Sie sprachen, eintreten sollte.

Wir wollen mit einer Anzahl kleiner Posten anfangen, worin wir im Vergleich mit Ihnen reiche Ersparnisse machen. Wir haben keine nationalen, Staats-, County- oder Gemeindeschulden und dafür nichts zu bezahlen. Wir haben keinerlei militärische oder Flottenausgaben für die Leute oder das Material, haben weder Heer, noch Flotte, noch Miliz. Wir haben keine Zoll- und Steuerbeamten. Was unser Gerichtswesen, unsere Polizei, Sheriffs und Gefangenenwärter betrifft, so genügen die Leute, die Massachusetts allein zu Ihrer Zeit unterhielt, jetzt für die ganze Nation. Wir haben keine Verbrecher, wie Sie, die den Reichtum der Gesellschaft raubten. Die Zahl der Personen, die mehr oder weniger durch körperliche Unfähigkeit der Arbeit verlorengingen, die Lahmen, Kranken und Schwachen, welche damals eine solche Last für die Gesunden waren, ist gegenwärtig, da alle in Gesundheit und Behaglichkeit leben, auf kaum wahrnehmbare Verhältnisse herabgesunken, und verschwindet mit jeder Generation mehr.

Ein anderer Posten, an dem wir sparen, ist das Geld, das wir außer Gebrauch gesetzt haben, und die Tausende von Beschäftigungen, die mit finanziellen Operationen verbunden waren, wodurch früher ein Heer von Männern von nützlicher Tätigkeit abgezogen wurde. Bedenken Sie auch, daß die Verschwendung der Reichen jener Zeit durch ausschweifenden persönlichen Luxus aufgehört hat, obgleich dies leicht überschätzt werden könnte. Bedenken Sie ferner, daß es gegenwärtig keine Faulen, reiche oder arme, – keine Drohnen gibt. Eine sehr wesentliche Ursache der früheren Armut lag in der ungeheuren Verwüstung von Arbeitskraft und Material, welche in der Hausarbeit, Waschen und Kochen lag, und in der getrennten Verrichtung unzähliger anderer Arbeiten, wo wir das Assoziationssystem anwenden.

Eine größere Ersparnis als diese alle, ja als alle zusammen, besteht in der Organisation unseres Verteilungssystems, wodurch die Arbeit, welche einst von Kaufleuten, Händlern, mit ihren verschiedenen Maklern, Groß- und Kleinhändlern, Agenten, Reisenden und tausenderlei Unterhändlern mit übertriebenem Aufwand an Kraft, bei unnötigem Transport und unendlicher Handhabung getan wurde, von einem Zehntel der Arbeitskräfte und ohne eine unnötige Drehung eines Rades verrichtet wird. Dieses System haben Sie kennengelernt. Unsere Statistiker haben ausgerechnet, daß der achtzigste Teil unserer Arbeiter genüge für alle Verrichtungen bei der Verteilung, welche zu Ihrer Zeit den achten Teil der ganzen Bevölkerung erforderten, soviel Kraft wurde der produktiven Arbeit entzogen.«

»Ich beginne einzusehen«, sagte ich, »woher Sie Ihren größeren Reichtum haben.«

»Entschuldigen Sie«, erwiderte Dr. Leete, »aber das können Sie kaum schon. Die von mir erwähnten Ersparnisse zusammengenommen, konnten möglicherweise den Wert Ihres jährlichen Erwerbs um die Hälfte übersteigen. Diese Posten sind jedoch kaum der Erwähnung wert im Vergleich mit anderen erstaunlichen, jetzt ersparten Aufwänden, welche die unvermeidliche Folge davon waren, daß Sie die Industrie der Nation in Privathänden ließen. Wie große Ersparnisse auch Ihre Zeitgenossen im Verbrauch von Produkten gemacht haben mögen, und wie wunderbar der Fortschritt in mechanischen Erfindungen war, sie würden sich niemals aus dem Sumpf der Armut haben retten können, solange sie an diesem System festhielten.

Es hätte keine verschwenderischere Art der Verwendung menschlicher Arbeitskraft erdacht werden können, und zur Ehre des menschlichen Geistes sei es gesagt, daß das System nicht erdacht worden, sondern ein Überbleibsel aus rohen Jahrhunderten ist, da der Mangel einer sozialen Organisation jede Art von Assoziation unmöglich machte.«

»Ich will gerne zugeben«, sagte ich, »daß unser System vom ethischen Standpunkte aus herzlich schlecht war, aber zum Geldmachen, abgesehen von der Moral, schien es uns bewundernswürdig.«

»Wie gesagt«, antwortete der Doktor, »der Gegenstand ist zu umfassend, um ihn jetzt eingehend zu besprechen, aber wenn es Sie wirklich interessiert, die hauptsächlichsten Ausstellungen zu hören, die wir Modernen an Ihrem System, im Vergleich mit dem unsrigen, zu machen haben, so will ich kurz einige davon berühren.

Es sind namentlich vier Punkte, in denen Sie durch Überlassung der Leitung Ihrer Industrie an unverantwortliche Individuen, die vollständig ohne gegenseitiges Einverständnis arbeiteten, am meisten verschwendeten: Erstens, der Verlust durch falsche Unternehmungen; zweitens, der Verlust durch die Konkurrenz und gegenseitige Feindschaft der Industriellen; drittens, der Verlust durch die periodischen Stockungen und Krisen mit den darauf folgenden Unterbrechungen; viertens, der Verlust durch untätiges Kapital und Arbeitskraft zu allen Zeiten. Einer dieser vier Gründe allein, ohne die anderen, würde genügen, für die Nation einen Unterschied zwischen Reichtum und Armut zu machen.

Beginnen wir mit dem Verlust durch falsche Unternehmungen. Da zu Ihrer Zeit die Produktion und Verteilung von Waren ohne Einmütigkeit und Organisation erfolgte, konnte man den Umfang des Bedarfs irgendeines Produktes oder den Betrag des Vorrates nicht kennen. Deshalb war jedes Unternehmen eines Privatkapitalisten ein zweifelhaftes Experiment. Da der Unternehmer keinen allgemeinen Überblick über das Feld der Produktion und des Konsums hatte, wie unsere Regierung ihn hat, konnte er weder sicher sein, was das Publikum wünscht, noch was für Vorkehrungen andere Kapitalisten getroffen hatten, das Gewünschte zu liefern. Mit Rücksicht hierauf können wir uns nicht wundern, daß die Wahrscheinlichkeit für das Mißlingen irgend eines Unternehmens groß war, und daß es für Personen, die endlich einen Schlag machten, gewöhnlich war, erst verschiedene Male Bankrott gemacht zu haben. Wenn ein Schuhmacher bei jedem Paar Schuhe, das er macht, erst das Leder für vier oder fünf Paare verschneidet und die darauf verwendete Zeit noch obendrein verliert, so würde er dieselbe Gelegenheit haben, reich zu werden, wie Ihre Zeitgenossen mit ihrem System der Privatunternehmungen, und den durchschnittlich vier bis fünf Bankrotten auf einen Treffer.

Der nächste große Verlust war der der Konkurrenz. Das Feld der Industrie war ein Kampfplatz, so groß wie die Welt, auf dem die Arbeiter in ihrem Ringen gegeneinander Kräfte verschwendeten, welche, in Gemeinschaft verwendet, wie sie es heutzutage sind, alle reich gemacht hätten. In diesem Kampfe wurde absolut kein Pardon gegeben. Mit Überlegung ein Geschäftsfeld betreten und die Unternehmungen derer zerstören, welche es vorher innegehabt, um auf ihrem Ruin das eigene Unternehmen aufzubauen, war eine Tat, welche nie verfehlte, die allgemeine Bewunderung zu erregen. Auch geht man nicht zu weit, diese Art von Kampf mit einem wirklichen Krieg zu vergleichen, was die Seelenangst und das körperliche Leiden betrifft, die den Kampf begleiteten und das Elend; welches den Besiegten und die von ihm Abhängigen niederschmetterte. Auf den ersten Blick ist in Ihrem Zeitalter für einen Mann der neueren Zeit nichts erstaunlicher, als daß die in derselben Industrie beschäftigten Menschen einander als Rivalen und Feinde betrachteten, die niedergeworfen und erwürgt werden müßten, anstatt mit ihnen zu fraternisieren als Kameraden und Mitarbeiter für ein gemeinsames Ziel. Dies scheint wahrhaftig der reinste Wahnsinn, eine Handlung des Tollhauses würdig. Aber bei näherer Betrachtung scheint es nicht so. Ihre Zeitgenossen, mit ihrem gegenseitigen Halsabschneiden, wußten sehr wohl, was sie wollten. Die Produzenten des neunzehnten Jahrhunderts arbeiteten nicht, wie die unsrigen, für die Erhaltung der Allgemeinheit, sondern für ihre eigene Erhaltung auf Kosten der Allgemeinheit. Wenn bei solcher Arbeit der allgemeine Reichtum wächst, so ist das zufällig. Es war geradeso möglich, und gewöhnlich, durch dem allgemeinen Wohle nachteilige Handlungen den eigenen Schatz zu mehren. Seine schlimmsten Feinde waren notwendig die in seiner eigenen Branche, denn bei Ihrem System, Privatgewinn zum Beweggrund der Produktion zu machen, war ein Mangel in dem Artikel, den er produzierte, der Wunsch jedes einzelnen Produzenten. Es lag in seinem Interesse, daß nicht mehr davon produziert werden sollte, als er selbst produzieren konnte. Sein beständiges Bemühen war, dies soweit als möglich durch Entmutigung und Unterdrückung der in seinem Fache Arbeitenden ins Werk zu setzen. Wenn er so viele als möglich unterdrückt hatte, so war sein Bestreben, sich mit denen, welchen er nichts anhaben konnte, zu verbinden und einen Krieg gegen die große Menge zu führen durch Sperrung des Marktes und durch Hinauftreiben des Preises, den das Publikum lieber bezahlte, als die Ware ganz entbehrte. Tag und Nacht träumte der Produzent des neunzehnten Jahrhunderts davon, unbeschränkte Kontrolle über die Lieferung eines Lebensbedürfnisses zu erlangen, so daß er das Publikum am Rand des Verhungerns halten und immer Teuerungspreise für sein Produkt fordern konnte. Dies nannte man im neunzehnten Jahrhundert ein System der Produktion. Ich will es Ihnen überlassen, Mr. West, ob dies nicht vielmehr ein System war, die Produktion zu verhindern. Wenn wir einmal recht viel Zeit haben, werde ich Sie bitten, mir zu erklären, was ich, trotz fleißigem Studium, nie verstehen konnte, wie solche Schlauköpfe, wie Ihre Zeitgenossen gewesen zu sein scheinen, je dazu gekommen sind, das Geschäft, die Gesamtheit zu versorgen, einer Klasse anzuvertrauen, die darauf ausging, dieselbe für ihren Nutzen auszuhungern. Wir wundern uns in der Tat nicht darüber, daß die Welt unter einem solchen System nicht reich wurde, sondern darüber, daß sie nicht aus Mangel zugrunde ging. Und diese Verwunderung nimmt noch zu, wenn wir noch einige andere Beispiele von Verschwendung, welche Ihr Jahrhundert kennzeichnen, erwägen.

Abgesehen von der Arbitskraft- und Kapitalverwüstung durch schlecht geleitete Industrie und die durch das beständige Blutabzapfen durch den industriellen Krieg, erfuhr Ihr System leicht periodische Erschütterungen, die den Weisen wie den Unweisen, den erfolgreichen Halsabschneider wie sein Opfer stürzten. Ich meine die Geschäftskrisen in Zwischenräumen von fünf bis zehn Jahren, welche die Geschäfte der Nation zugrunde richteten, alle schwachen Unternehmungen niederwarfen und die stärksten lähmten, und denen lange, oft jahrelange Perioden von sogenannten schlechten Zeiten folgten, während welcher die Kapitalisten langsam ihre verlorenen Kräfte wieder sammelten und die Arbeiter hungerten und strikten. Dann kam wieder eine kurze Zeit des Wohlstandes, der abermals eine Krisis und Jahre der Erschöpfung folgten. Als der Handel sich ausbreitete und die Nationen gegenseitig voneinander abhängig machte, erstreckten sich diese Krisen über die ganze Welt und die Hartnäckigkeit dieses Zustandes nahm mit dem von der Erschütterung berührten Areal und dem daraus folgenden Mangel an Sammelpunkten zu. Als nun die Weltindustrie wuchs und kompliziert wurde, und die Größe des beteiligten Kapitals zunahm, wurden diese Geschäftskalamitäten häufiger, bis im letzten Teil des neunzehnten Jahrhunderts zwei schlechte Jahre auf ein gutes kamen, und das Industriesystem, das nie zuvor so ausgedehnt und imposant gewesen war, in Gefahr schien, unter seiner eigenen Last zusammenzustürzen. Nach endlosen Verhandlungen scheinen Ihre Nationalökonomen sich dahin geeinigt zu haben, daß es ebensowenig möglich sei, diese Krisen zu verhüten oder zu beschränken, als trockene Zeiten oder Stürme. Sie mußten als notwendige Übel getragen werden und es blieb nichts übrig, als, wenn sie vorüber waren, das erschütterte Gebäude der Industrie wieder aufzubauen, gerade wie die Bewohner von Erdbebengegenden ihre Städte wieder auf demselben Platz errichten.

In Beurteilung der Gründe für diese ihrem System anhängenden Schwierigkeiten hatten Ihre Zeitgenossen jedenfalls recht. Sie lagen in seiner Grundlage und mußten notwendig mit der Zeit noch bösartiger werden, da der Geschäftsbau an Umfang und Verworrenheit wuchs. Eine dieser Ursachen war der Mangel an gemeinsamer Kontrolle der verschiedenen Industriezweige und die daraus folgende Unmöglichkeit ihrer regelmäßigen Entwicklung. Infolgedessen war es auch unvermeidlich, daß sie untereinander nicht Schritt und nicht Fühlung mit dem Bedarf hielten.

Für den letzteren gab es keinen Maßstab, wie wir ihn in der organisierten Verteilung haben, und das erste Zeichen dafür, daß der Bedarf in irgendeiner Branche überschritten worden ist, war ein Sinken der Preise, Bankrott der Produzenten, Hemmung der Produktion, Herabsetzung der Löhne oder Entlassung von Arbeitern. Dieser Prozeß fand beständig in vielen Industriezweigen statt, sogar in sogenannten guten Zeiten, aber eine Krisis trat nur ein, wenn diese Gebiete ausgedehnt waren. Die Märkte waren dann mit Waren überfüllt, von welchen niemand mehr haben wollte, als er brauchte. Da der Lohn und der Nutzen derer, welche diese Waren fertigten, herabgesetzt wurde oder völlig stillestand, so kauften dieselben auch keine anderen Waren, die es nicht im Überfluß gab, und in Folge davon wurden solche, die eigentlich nicht im Übermaß vorhanden, auf künstliche Weise überzählig, bis ihre Preise auch sanken und die Fabrikanten außer Arbeit kamen und ihr Einkommen verloren. So kam die Krisis heran und nichts konnte sie aufhalten, bis das Gut der Nation verschwendet war.

Eine Ihrem System anhängende Ursache, welche die Krisen oft herbeiführte und sie erschwerte, war die Manipulation mit Bargeld und Kredit. Solange die Produktion in vielen Privathänden sich befand und Kaufen und Verkaufen zum Erwerb dessen, was man brauchte, notwendig war, war auch das Geld unentbehrlich. Man konnte jedoch das offenbar gegründete Bedenken dagegen hegen, daß es als übliches stellvertretendes Symbol für Lebensmittel, Kleidung und anderes dienen sollte. Die Verwechslung von Waren und ihrem Symbol führte zu dem Kreditsystem und seinen ungeheuren Illusionen. Das Publikum, schon daran gewöhnt, Geld für Waren anzunehmen, begnügte sich zunächst mit Versprechungen von Geld und suchte hinter dem Ersatz nicht mehr das Ding, das ersetzt wird. Geld war ein Zeichen für wirkliche Waren, aber Kredit war nur ein Zeichen für ein Zeichen. Es gab eine natürliche Grenze für Gold und Silber, d.h. für das eigentliche Geld, aber keine für den Kredit, und das hatte zur Folge, daß der Umfang des Kredits, d.h. der Geldversprechungen alle bestimmbare Proportion zum vorhandenen Geld und noch mehr zu den Waren verlor. Unter einem solchen System mußten häufig periodische Krisen nach demselben Gesetze eintreten, nach welchem auch Gebäude einstürzen, die sich über ihren Schwerpunkt neigen. Es war eine Fiktion von Ihnen, daß die Regierung und die von ihr dazu ermächtigten Banken Werte emittieren, während jedermann, der für einen Dollar Kredit gab, emittierte Geld zu diesem Betrag, das so gut wie jedes andere war und die Zirkulation bis zur nächsten Krisis vermehrte. Die große Ausdehnung des Kreditsystems war bezeichnend für den letzten Teil des 19. Jahrhunderts und erklärt die beinahe unaufhörlichen Krisen in dieser Periode. So gefährlich der Kredit auch war, so konnten Sie ihn doch nicht entbehren, denn, da Sie keine nationale oder öffentliche Organisation des Kapitals hatten, war es das einzige Mittel, um letzteres auf industrielle Unternehmungen zu konzentrieren. So vergrößerte er auf das Wirksamste die Hauptgefahr des Systems von Privatunternehmungen, indem er es abgesonderten Industriezweigen möglich machte, unverhältnismäßige Beträge des disponiblen Kapitals zu absorbieren und so Mißgeschick vorzubereiten. Geschäftsunternehmungen waren stets tief in Schulden für Kreditvorschüsse, bald untereinander, bald Banken und Kapitalisten gegenüber, und die schleunige Zurückziehung dieses Kredits beim ersten Anzeichen einer Krisis wirkte gewöhnlich beschleunigend für letztere.

Es war ein Unglück für Ihre Zeitgenossen, daß sie ihren Geschäftsbau mit einem Material zusammenflicken mußten, das jeden Augenblick sich in einen Sprengstoff verwandeln konnte. Es ging ihnen wie einem Manne, der beim Bau seines Hauses statt Mörtel Dynamit verwendet, denn der Kredit ist mit nichts anderem zu vergleichen.

Wenn Sie einsehen, wie unnötig diese Erschütterungen des Geschäfts waren, von denen ich gesprochen habe und wie sie lediglich daher kamen, daß man die Industrie Privathänden überließ und nicht organisierte, würden Sie unserem System Gerechtigkeit widerfahren lassen. Überproduktion in einzelnen Zweigen, die das große Schreckgespenst Ihrer Tage war, ist gegenwärtig unmöglich, denn bei der Verbindung von Verteilung und Produktion ist der Vorrat abhängig von der Nachfrage, wie die Schnelligkeit einer Dampfmaschine von dem Regulator. Wir wollen aber annehmen, durch einen Irrtum in der Beurteilung sei ein Gegenstand im Übermaß produziert worden, so würde durch eine Verlangsamung oder Einstellung der Fabrikation niemand außer Arbeit oder außer Stellung kommen. Für die suspendierten Arbeiter wird sofort in verschiedenen anderen Abteilungen der großen Werkstätte Beschäftigung gefunden und sie verlieren nur die Zeit, die der Wechsel erfordert, und was die Warenanhäufung betrifft, so ist das Geschäft der Nation groß genug, um eine noch so große Menge von überproduzierten Waren aufspeichern zu können, bis die Nachfrage sie erschöpft. In einem solchen Falle von Überproduktion kommt bei uns nicht, wie bei Ihnen, ein komplizierter Mechanismus in Unordnung, wodurch der ursprüngliche Fehler noch um das Tausendfache vergrößert wurde. Natürlich, da wir nicht einmal Geld haben, so haben wir noch weniger Kredit. Alle Schätzungen beziehen sich direkt auf wirkliche Dinge, wie Mehl, Eisen, Holz, Wolle und Arbeit, wofür Sie in Geld und Kredit nur trügerischen Ersatz hatten. In unserer Kostenberechnung kann kein Irrtum vorkommen. Der notwendige Betrag für den Unterhalt des Volkes wird aus den jährlichen Produkten gewonnen, und für die erforderliche Arbeit zur Beschaffung des Bedarfs für nächstes

Jahr gesorgt. Der Überschuß an Material und Arbeit stellt dar, was ohne Nachteil auf Verbesserungen verwendet werden kann. Fällt eine Ernte schlecht aus, so ist der Überschuß für das Jahr geringer als gewöhnlich, das ist alles. Außer diesen geringen Folgen solcher natürlichen Ursachen gibt es keine Schwankungen im Geschäft; das materielle Wohlergehen der Nation fließt ununterbrochen von Generation zu Generation, wie ein immer breiter und tiefer werdender Strom.

Ihre Geschäftskrisen, Mr. West«, fuhr der Doktor fort, »sowie jede einzelne der anderen von mir erwähnten Verschwendungsarten genügten schon allein, Ihnen für immer auf den Nerven zu liegen; aber ich muß von noch einer anderen triftigen Ursache Ihrer Armut sprechen, nämlich davon, daß ein großer Teil Ihres Kapitals und Ihrer Arbeitskraft brach lag. Bei uns ist es Sache der Verwaltungen, den geringsten Teil nutzbringenden Kapitals und der Arbeitskraft im Lande in steter Tätigkeit zu erhalten. Bei Ihnen dagegen gab es weder für das Kapital, noch für die Arbeit eine allgemeine Kontrolle, und ein großer Teil von beiden blieb unbenutzt. Sie pflegten zu sagen, »das Kapital sei von Natur ängstlich«, und es wäre in der Tat eine Verwegenheit gewesen, wenn es in einer Zeit, wo die Wahrscheinlichkeit vorherrschte, daß jedes besondere Geschäftswagnis fehlschlagen würde, nicht ängstlich gewesen wäre. Es gab keine Zeit, wo nicht das in produktiver Industrie angelegte Kapital, bei nötiger Sicherheit, bedeutend hätte vermehrt werden können. So war es beständig ungewöhnlichen Schwankungen ausgesetzt, je nachdem die industrielle Lage mehr oder weniger als fest galt, so daß der Ertrag der nationalen Industrie in verschiedenen Jahren bedeutend wechselte. Aber aus demselben Grunde, daß der Betrag des arbeitenden Kapitals in besonders unsicheren Zeiten viel kleiner war als in sichereren, wurde ein großer Teil gar nicht angelegt, weil die Gefahr im Geschäfte selbst in den besten Zeiten immer noch groß war.

Es muß auch bedacht werden, daß das große Kapital, das Anlage mit erträglicher Sicherheit suchte, die Konkurrenz unter den Kapitalisten bei einer günstigen Aussicht bedeutend anregte. Das Brachliegen von Kapital, die Folge seiner Ängstlichkeit, bedeutete natürlich eine entsprechende Untätigkeit von Arbeitskraft. Überdies machte jeder Wechsel in der Geschäftseinrichtung, die geringste Änderung in den Handels- und Fabrikationsverhältnissen, von den unzähligen Bankrotten, die selbst in den besten Zeiten jährlich stattfanden, gar nicht zu sprechen, eine Menge Arbeiter wochen-, monate-, jahrelang arbeitslos. Eine große Zahl dieser Arbeitsuchenden wanderten beständig im Lande umher und wurden bald Vagabunden von Profession und dann Verbrecher. »Gebt uns Arbeit!« war der Schrei des Heeres von Arbeitslosen, und zu allen Zeiten der Geschäftsflauheit schwoll dieses Heer zu einer so großen und verzweifelten Masse, daß es die Sicherheit der Regierung bedrohte. Kann es einen schlagenderen Beweis geben für die Unfähigkeit des Systems von Privatunternehmen als einer Methode, die Nation reich zu machen, als die Tatsache, daß, in einer Zeit so allgemeiner Armut, die Kapitalisten sich einander erwürgen mußten, um eine sichere Gelegenheit für Anlage ihres Kapitals zu finden, und daß die Arbeiter Aufruhr machten und sengten und brannten, weil sie keine Arbeit fanden?

»Nun, Mr. West«, fuhr Dr. Leete fort, »bitte ich Sie nicht zu vergessen, daß diese Punkte, von denen ich eben sprach, nur negativ die Vorteile unsrer Organisation andeuten, indem sie gewisse verhängnisvolle Mängel und Schwächen Ihres Systems von Privatunternehmen nachweisen. Diese Punkte allein würden schon ziemlich klar dartun, warum die Nation soviel reicher ist als zu Ihrer Zeit. Aber von der größeren Hälfte unsres Vorteils über Sie, von der positiven Seite habe ich kaum noch gesprochen. Angenommen, das System der industriellen Privatunternehmung wäre ohne alle diese erwähnten Mängel; es bestände kein Verlust aus den Fehlern bezüglich der Nachfrage und der Unmöglichkeit, einen allgemeinen Überblick über das Feld der Industrie zu gewinnen; angenommen ferner, die Konkurrenz übe keinen neutralisierenden Einfluß, indem sie die Produktion steigert; angenommen auch, durch die Geschäftskrisen, Bankrotte und langen Unterbrechungen des Geschäfts erwachse kein Verlust, auch nicht durch Brachliegen von Kapital und Arbeitskraft; angenommen, alle diese Übel, welche für die Leitung der Industrie durch Privatkapital wesentlich sind, könnten vermieden, und das System doch beibehalten werden; selbst dann würde das Übergewicht der mittels des modernen Systems der nationalen Kontrolle erreichten Resultate überwältigend sein.

Sie besaßen einige ziemlich große Geschäfte in der Textilmanufaktur, aber nicht vergleichbar mit den unsrigen. Sie haben sicher diese großen Fabriken Ihrer Zeit besucht, welche ein großes Areal bedeckten, Tausende von Händen beschäftigten und unter einem Dache, einer Kontrolle die hunderterlei Prozesse vereinigten, die zwischen einem Ballen roher Baumwolle und einem Ballen glänzenden Kattuns sich abwickeln. Sie haben die ungeheure Ersparnis an Arbeit, an mechanischer Kraft bewundert, die durch das pünktliche Eingreifen jedes Rades und jeder Hand erzielt wurde. Sie haben auch ohne Zweifel daran gedacht, wieviel weniger dieselbe Anzahl Arbeiter fertigbringen würden, wenn sie zerstreut wären und jeder unabhängig arbeitete. Würden Sie es für eine Übertreibung halten, wenn ich sage, daß das Produkt dieser Arbeiter, die abgesondert arbeiten, seien auch ihre gegenseitigen Beziehungen noch so freundschaftliche, nicht nur um einen Prozentsatz, sondern vielfach erhöht werden würde, wenn ihre Arbeit unter einheitlicher Kontrolle organisiert wäre? Nun,

Mr. West, die Organisation der Industrie der Nation unter einheitlicher Kontrolle, so daß alle Prozesse ineinander greifen, hat das Gesamtprodukt über das Höchste erhoben, was unter dem früheren System geleistet werden konnte, selbst wenn wir die vier erwähnten großen Verluste unberücksichtigt lassen, und zwar in demselben Verhältnis als das Produkt dieser Fabrikarbeiter durch ihre Verbindung wuchs. Die Leistungsfähigkeit der Arbeitskraft einer Nation, unter der vielköpfigen Leitung des Privatkapitals, selbst wenn die Leiter sich nicht gegenseitig befeindeten, verglichen mit dem, was sie unter einem Haupt leistet, kann der militärischen Leistungsfähigkeit eines Pöbelhaufens, oder einer Horde von Wilden mit tausend Häuptlingen gegenübergestellt werden, verglichen mit der einer disziplinierten Armee unter einem General – z.B. einer solchen Kriegsmaschine, wie die deutsche Armee zur Zeit von Moltkes war.«

»Nach dem, was Sie mir hier gesagt haben«, erwiderte ich, »staune ich nicht so sehr darüber, daß die Nation jetzt reicher ist, als damals, sondern daß Sie nicht alle Krösusse sind.«

»Nun«, entgegnete Dr. Leete, »wir sind in ganz guten Verhältnissen. Die Art und Weise wie wir leben ist so üppig, wie wir nur wünschen können. Das Streben nach äußerem Scheine, das zu Ihrer Zeit zur Verschwendung führte, die doch kein Behagen gewährte, kann natürlich in einer Gesellschaft von Menschen keinen Raum finden, deren Hilfsquellen absolut gleich sind, und unser Ehrgeiz ist durch unsre Umgebung, die dazu dient, daß wir uns des Lebens freuen können, befriedigt. Wir könnten alle ein größeres Einkommen haben, wenn wir den Überschuß unsrer Produktion verwenden wollten, aber wir geben ihn lieber für öffentliche Zwecke aus und für Vergnügungen, an denen alle teilnehmen, für öffentliche Säle und Gebäude, Kunstgalerien, Brücken, Statuen, Verkehrsmittel und Bequemlichkeiten unserer Städte, große musikalische und theatralische Aufführungen und für Volksvergnügungen im großartigen Maßstabe. Sie haben noch gar keinen rechten Begriff, wie wir hier leben, Mr. West. In unsren Wohnungen haben wir Komfort, aber die Pracht in unsrem sozialen Leben teilen wir mit unsren Mitbürgern. Wenn Sie mehr davon werden gesehen haben, werden Sie begreifen, wohin unser Geld geht, wie Sie zu sagen pflegten, und ich denke, Sie werden zugeben, daß wir wohl daran tun, es in dieser Weise zu verwenden.«

Auf unserm Rückweg vom Speisehaus bemerkte Dr. Leete: »Ich vermute, keine Erwägung würde die Leute Ihres den Reichtum anbetenden Jahrhunderts unangenehmer berührt haben, als die daß sie es nicht verstanden, Geld zu machen. Dessen ungeachtet ist dies das Verdikt der Geschichte über sie. Ihr System der unorganisierten Industrie war wirtschaftlich so töricht, wie es moralisch verabscheuenswert war. Selbstsucht war alles was sie kannten, und bei industrieller Produktion ist Selbstsucht Selbstmord. Konkurrenz, die Wurzel der Selbstsucht, ist nur ein anderer Ausdruck für Kraftvergeudung, während in Verbindung das Geheimnis erfolgreicher Produktion liegt; und erst wenn der Gedanke an Mehrung der persönlichen Schätze dem an Mehrung des Gemeinvermögens weicht, kann die industrielle Verbindung verwirklicht werden, und die Erwerbung von Reichtum eigentlich beginnen. Selbst wenn das Prinzip des Anteilhabens und zwar des gleichheitlichen Anteilhabens aller Menschen, nicht die einzige humane und vernünftige Grundlage der Gesellschaft wäre, würden wir es als wirtschaftliches Auskunftsmittel zwangsweise einführen, wenn wir zu der Einsicht gekommen wären, daß keine echte Einigung der Industrie möglich ist, ehe der zersetzende Einfluß der Selbstsucht ausgerottet ist.«

# *Dreiundzwanzigstes Kapitel*

Als ich an diesem Abend mit Edith im Musikzimmer saß und einige Stücke des Programms, die meine Aufmerksamkeit erregt hatten, anhörte, benutzte ich eine Pause in der Musik und sagte: »Ich habe eine Frage an Sie, die freilich, wie ich fürchte, etwas unbescheiden ist.«

»Das ist sie gewiß nicht«, war ihre ermutigende Erwiderung.

»Ich komme mir wie ein Horcher vor«, fuhr ich fort, »der, da er einen Teil von etwas, das nicht für ihn bestimmt war, aber anscheinend ihn betraf, gehört hat, nun unartig genug ist, zu dem Sprecher zu kommen und nach dem Rest zu fragen.«

»Ein Horcher!« wiederholte sie verlegen.

»Ja«, sagte ich, »aber ich hoffe, Sie werden mir zugeben, daß ich unschuldig bin.«

»Das klingt sehr geheimnisvoll«, entgegnete sie.

»Ja«, sagte ich, »so geheimnisvoll, daß ich oft im Zweifel war, ob ich das, worüber ich Sie fragen will, wirklich gehört oder nur geträumt habe. Ich möchte, daß Sie mir es sagten. Die Sache ist so: Als ich aus dem jahrhundertlangen Schlafe erwachte, war der erste Eindruck, dessen ich mir bewußt wurde, daß ich Stimmen um mich herum hörte, die ich später als die Ihres Vaters, Ihrer Mutter und die Ihrige erkannte. Zuerst, erinnere ich mich, sagte Ihr Vater: ›er wird gleich die Augen aufschlagen; es wäre besser, wenn er zuerst nur eine Person sähe‹. Dann sagten Sie, wenn ich nicht alles geträumt habe: ›versprich mir, daß Du es ihm nicht sagen willst‹. Ihr Vater schien Bedenken zu haben, das Versprechen zu geben, aber Sie bestanden darauf und als sich Ihre Mutter ins Mittel legte, versprach er es endlich und als ich dann die Augen öffnete, sah ich nur ihn.«

Ich war völlig im Ernst als ich sagte, ich sei nicht gewiß, ob ich diese Unterhaltung nicht geträumt hätte, so unbegreiflich war es mir, daß diese Leute etwas von mir, einem Zeitgenossen ihrer Ureltern wissen sollten, was mir selbst unbekannt wäre. Aber als ich sah, welchen Eindruck meine Worte auf Edith machten, wußte ich, daß es kein Traum war, sondern ein ferneres Geheimnis und zwar eines, das mich mehr plagte als irgend eines, das mir vorgekommen war. Denn sobald sie bemerkte, wohin ich mit meiner Frage zielte, kam sie in die größte Verlegenheit. Sie hatte ihre Augen, die stets einen so ehrlichen, offenen Ausdruck hatten, schreckhaft vor meinem Blick niedergeschlagen und errötete vom Hals bis zur Stirne.

»Ich bitte um Verzeihung«, sagte ich, als ich mich von der Verwirrung über den ungewöhnlichen Eindruck meiner Worte auf sie erholt hatte. »Es scheint also, daß ich nicht geträumt habe. Da steckt ein Geheimnis dahinter, etwas über mich, was Sie mir vorenthalten. In der Tat, erscheint es nicht ein bißchen unbillig, daß jemandem in meiner Lage nicht jede mögliche Auskunft über ihn selbst gegeben werden sollte?«

»Es berührt Sie nicht – d.h. nicht direkt. Es ist nicht gerade über Sie«, erwiderte sie kaum hörbar.

»Aber es berührt mich doch etwas«, sagte ich beharrlich. »Es muß etwas sein, das mich interessieren würde.«

»Selbst das weiß ich nicht«, entgegnete sie und wagte einen flüchtigen Blick in mein Gesicht, wurde aber schrecklich rot, und mit einem feinen Lächeln um ihre Lippen, welches trotz der Verlegenheit der Lage eine Neigung zum Humor verriet, – »ich bin nicht einmal sicher, daß es Sie interessieren würde.«

»Ihr Vater würde es mir gesagt haben«, beharrte ich mit vorwurfsvollem Ton. »Sie haben es ihm verboten. Er dachte, ich sollte es erfahren.«

Sie antwortete nicht, war aber so reizend in ihrer Verwirrung, daß ich sowohl durch den Wunsch, die Szene zu verlängern, als auch durch meine Neugier veranlaßt wurde, sie noch mehr zu plagen.

»Soll ich es niemals erfahren? Wollen Sie mir es nicht sagen?« sagte ich.

»Es kommt darauf an«, antwortete sie nach einer Pause.

»Auf was?« drang ich in sie.

»Ach, Sie fragen zuviel«, erwiderte sie. Dann hob sie ihr Gesicht, dessen unergründliche Augen, gerötete Wangen und lächelnde Lippen es ganz bestrickend machten und fügte bei: »Was würden Sie denken, wenn ich sagte, es käme auf – Sie an?«

»Auf mich?« wiederholte ich. »Wie ist das möglich?«

»Mr. West, wir versäumen die reizende Musik«, war ihre einzige Antwort darauf; sie wandte sich gegen das Telefon und mit einem Druck ihres Fingers ertönte ein Adagio. Hierauf gab sie sich Mühe, daß die Musik uns keine Gelegenheit zur Unterhaltung gewähre. Sie drehte ihr Gesicht von mir ab und gab sich den Anschein, als wäre sie ganz in die Melodie verloren, aber daß dies nur ein Vorwand war, verriet der Purpur auf ihren Wangen zur Genüge.

Endlich meinte sie, daß ich wohl für dieses Mal genug Musik gehört hätte; wir standen auf, um das Zimmer zu verlassen, da kam sie gerade auf mich zu und sagte ohne ihre Augen aufzuschlagen, »Mr. West, Sie sagen, ich sei gut gegen Sie gewesen. Ich war zwar nicht so außerordentlich gut, aber wenn Sie es denken, so wollte ich, Sie versprächen mir, daß Sie mich nie wieder veranlassen wollen, Ihnen zu sagen, wonach Sie heute abend gefragt haben, und daß Sie nicht den Versuch machen, es von sonst jemand, meinem Vater oder meiner Mutter zu erfahren.«

Auf eine solche Bitte gab es nur eine Antwort.

»Verzeihen Sie, daß ich Sie betrübt habe. Natürlich verspreche ich es«, sagte ich. »Ich würde Sie niemals gefragt haben, hätte ich geahnt, daß es Sie betrüben könnte. Aber verdenken Sie mir, daß ich neugierig bin?«

»Nicht im mindesten.«

»Und wenn ich Sie nicht plage«, fügte ich bei, »sagen Sie mir es vielleicht einmal aus freien Stücken. Darf ich das nicht hoffen?«

»Vielleicht«, flüsterte sie.

»Nur vielleicht?«

Sie blickte auf und prüfte mit einem tiefen, tiefen Blick mein Gesicht. »Ja«, sagte sie, »ich glaube ich kann es Ihnen einmal sagen«; und hiermit endete unser Gespräch, denn sie gab mir keine Gelegenheit, mehr zu sagen.

In dieser Nacht wäre es sogar dem Dr. Pillsbury nicht gelungen, mich zum Schlafen zu bringen, wenigstens nicht vor dem Morgen. Geheimnisse waren zwar jetzt seit Tagen mein tägliches Brot gewesen, aber keines war so dunkel und so reizvoll an mich herangetreten als dieses, dessen Lösung zu suchen Edith Leete mir verboten hatte. Es war ein doppeltes Geheimnis. Erstens, wie war es zu verstehen, daß sie ein Geheimnis über mich, einen Fremden aus einem fremden Jahrhundert, wissen sollte? Zweitens, selbst wenn sie ein solches Geheimnis kennen sollte, was rechtfertigt die Aufregung, die es ihr zu verursachen scheint? Es gibt so schwere Rätsel, daß man ihre Lösung nicht einmal vermuten kann, und das war ein solches. Ich bin gewöhnlich zu praktisch, um viel Zeit auf solche Possen zu verschwenden; aber die Schwierigkeit eines Rätsels, das in einem schönen jungen Mädchen verkörpert ist, verringert den Reiz nicht. Im allgemeinen darf man annehmen, daß das Erröten eines Mädchens zu allen Zeiten jungen Männern dieselbe Geschichte erzählt, aber den errötenden Wangen Ediths diese Auslegung zu geben, würde bei meiner Stellung und der kurzen Zeit, daß ich sie kannte, und noch mehr, weil das Geheimnis von der Zeit datierte, bevor ich sie überhaupt kannte, eine reine Abgeschmacktheit sein. Und doch, sie war ein Engel und ich hätte nicht ein junger Mann sein müssen, wenn Vernunft und gesunder Sinn imstande gewesen wären, die rosigen Träume dieser Nacht von mir fernzuhalten.

# *Vierundzwanzigstes Kapitel*

Am Morgen ging ich früh hinunter in der Hoffnung, Edith allein zu finden. Hierin hatte ich mich jedoch getäuscht; ich fand sie nicht im Hause, suchte sie daher im Garten, aber sie war nicht da. Bei meinem Umhergehen besuchte ich das unterirdische Gemach, setzte mich nieder und ruhte mich aus. Auf dem Tische lagen mehrere Zeitschriften und Zeitungen, und da ich dachte, daß es Dr. Leete interessieren möchte, eine Bostoner Zeitung von 1887 zu sehen, nahm ich eine mit ins Haus.

Beim Frühstück traf ich Edith. Sie errötete, als sie mich grüßte, beherrschte sich aber vollständig. Als wir bei Tisch saßen, belustigte sich Dr. Leete damit, die Zeitung, die ich gebracht hatte, durchzusehen. Wie in allen Zeitungen jener Zeit stand viel über die Arbeiterunruhen, Streiks, Boykotte, Programme der Arbeiterparteien, und über die wilden Drohungen der Anarchisten darin.

Als der Doktor uns einige Stellen laut vorlas, sagte ich: »Was für eine Rolle haben die Nachfolger der roten Fahne bei der Gründung der neuen Ordnunge gespielt? Das Letzte, was ich gehört habe, war, daß sie tüchtigen Lärm machten.«

»Sie hatten nichts damit zu tun, außer daß sie sich widersetzten«, erwiderte Dr. Leete. »Sie taten dies mit gutem Erfolg, denn ihr Geschwätz mißfiel den Leuten so, daß die besten Vorschläge für die soziale Reform überhört wurden. Diese Burschen mit Hilfsgeldern zu versehen, war der schlaueste Zug der Reformgegner.«

»Mit Hilfsgeldern zu versehen!« rief ich erstaunt.

»Gewiß«, erwiderte Dr. Leete. »Es zweifelt heute keine historische Autorität mehr daran, daß sie von den großen Gesellschaften bezahlt wurden, die rote Fahne fliegen zu lassen, von Niederbrennen, Plündern und in die Luft

Sprengen zu sprechen, um die Furchtsamen zu erschrekken und Reformen zu verhindern. Am meisten wundert es mich, daß Sie so arglos in die Falle gingen.

»Welche Gründe haben Sie dafür, zu glauben, daß die Partei der roten Fahne bezahlt gewesen sei?« fragte ich.

»Nun, ganz einfach, weil sie gesehen haben müssen, daß ihr Vorgehen ihrer Sache tausend Feinde für einen Freund machte. Man müßte sie für schrecklich töricht halten, wollte man nicht annehmen, daß sie zu ihrer Arbeit gedungen gewesen seien. Keine Partei in den Vereinigten Staaten konnte vernünftigerweise erwarten, ihr Programm durchzusetzen, ohne erst eine Mehrheit der Nation für ihre Grundsätze zu gewinnen, wie die nationale Partei in der Folge tat.«

»Die nationale Partei!« rief ich. »Die muß sich erst nach meiner Zeit gebildet haben. Wahrscheinlich war sie eine der Arbeiterparteien.«

»O, nein!« entgegnete der Doktor. »Die Arbeiterparteien, als solche, konnten niemals etwas in einem großen Maßstabe ausführen, das Bestand hatte. Ihre Basis, als Organisation einer Klasse, war für nationale Zwecke zu beschränkt. Nicht eher, als bis eine neue Ordnung des industriellen und sozialen Systems auf höherer ethischer Grundlage und zum Zwecke einer wirksameren Erzeugung von Reichtum, als das Interesse nicht nur für eine Klasse anerkannt war, sondern gleichmäßig für alle Klassen, reich und arm, gebildet und ungebildet, alt und jung, schwach und stark, Männer und Frauen, war Aussicht vorhanden, daß sie erreicht werden konnte. Da erstand die nationale Partei, es auf dem Wege der Politik durchzuführen. Sie nahm vermutlich diesen Namen an, weil ihr Ziel war, die Funktionen der Produktion und der Verteilung zu nationalisieren. Und sie hätte wirklich keinen anderen Namen haben können, denn es war ihr Zweck, die Idee der Nation in nie zuvor geahnter Großartigkeit und Vollständigkeit zu verwirklichen, nicht nur als eine Verbindung von Männern zu gewisser, rein politischer Tätigkeit, welche ihr Glück nur entfernt und oberflächlich berührte, sondern als eine Familie, eine lebendige Einigung, ein gemeinsames Leben, ein mächtiger, zum Himmel anstrebender Baum, dessen Blätter ihr Volk ist, das aus seinen Adern seine Nahrung zieht, und ihn dafür wieder nährt. Sie war die Partei mit dem höchsten Patriotismus, suchte ihn von einem bloßen natürlichen Gefühl zu einer vernünftigen Hingebung zu erheben, indem sie das Geburtsland zu einem wirklichen Vaterland machte, das Land eines Vaters, der das Volk lebendig erhielt und nicht ein bloßer Götze wurde, für den es zu sterben bereit war.

# *Fünfundzwanzigstes Kapitel*

Edith Leete hatte von Anfang an, als ich auf so sonderbare Weise ein Mitbewohner ihres väterlichen Hauses geworden, einen tiefen Eindruck auf mich gemacht, und es war zu erwarten, daß, nachdem was den Abend vorher geschehen war, meine Gedanken sich mehr denn je mit ihr beschäftigen würden. Mir war schon immer die heitere Offenheit und Klarheit aufgefallen, welche sie charakterisierte, die ich mehr bei edlen, unschuldigen Knaben gefunden hatte als bei Mädchen. Ich hätte gern gewußt, inwiefern diese Eigenschaft ihr eigentümlich, oder vielleicht das Resultat der Änderungen in der sozialen Stellung der Frauen wäre, welche seit meiner Zeit stattgefunden haben. Da ich den selbigen Tag Dr. Leete allein traf, lenkte ich die Unterhaltung auf diesen Punkt.

»Ich vermute«, sagte ich, »daß die Frauen heutzutage, seit sie von der Bürde des Haushaltes befreit sind, sich mit nichts beschäftigen, als mit ihrer äußeren Erscheinung.«

»Was uns Männer betrifft«, erwiderte Dr. Leete, »so würden wir sie vollständig dazu berechtigt halten, sich dieser Beschäftigung ausschließlich zu widmen, aber Sie können sicher sein, daß sie zu stolz sind, bloße Pfründnerinnen der Gesellschaft zu sein, als Lohn dafür, daß sie dieselbe schmücken. Sie haben in der Tat ihre Befreiung von der Hausarbeit mit Freuden begrüßt, weil diese nicht nur überaus ermüdend war, sondern auch eine außerordentliche Verschwendung von Kraft im Vergleich mit dem neuen System; aber sie nahmen die Befreiung von jener Arbeit nur an, um in anderer, sowohl wirksameren als auch angenehmeren Weise dem allgemeinen Wohle zu dienen. Unsere Frauen sind, wie die Männer, Glieder der industriellen Armee und verlassen dieselbe nur, wenn Mutterpflichten es erheischen. Das Resultat ist, daß die meisten Frauen zu einer oder der anderen Zeit ihres Lebens fünf bis zehn Jahre industriell tätig waren, während solche, die keine Kinder haben, den vollen Termin einhalten.«

»Eine Frau gibt also notwendigerweise nicht bei ihrer Verheiratung den industriellen Dienst auf?« fragte ich.

»Sowenig wie ein Mann«, erwiderte der Doktor. »Warum sollte sie denn auch? Die verheirateten Frauen haben jetzt keine Verantwortung für den Haushalt, wie Sie wissen, und ein Ehemann ist kein Kind, für den gesorgt werden müßte.«

»Wir hielten es für einen recht drückenden Umstand unserer Zivilisation, daß wir soviel Arbeit von den Frauen forderten«, sagte ich; »aber es scheint mir, daß Sie mehr von ihnen haben, als wir von ihnen hatten.«

Dr. Leete lachte. »Gewiß, ebensoviel wie von unseren Männern. Dennoch sind die Frauen dieses Jahrhunderts sehr glücklich, und die des neunzehnten Jahrhunderts waren, wenn unsere Quellen richtig sind, sehr unglücklich. Der Grund, daß die Frauen heutzutage soviel mehr zu Mitarbeitern der Männer geeignet, und zugleich doch so glücklich sind, liegt darin, daß wir in betreff ihrer Arbeit als auch der der Männer dem Grundsatze folgen, jeden mit der Art von Beschäftigung zu versehen, für welche er oder sie am besten geeignet ist.

Da die Frauen den Männern an Kraft nachstehen und zu gewissen industriellen Arbeiten unfähig sind, so wird die Art der Beschäftigungen und die Bedingungen, unter denen sie dieselben verrichten, diesen Umständen angepaßt. Die schwerere Arbeit wird immer den Männern zugewiesen, die leichteren Beschäftigungen den Frauen. Unter keinen Umständen wird es einer Frau erlaubt, eine Stellung anzunehmen, die weder bezüglich der Art noch der Schwere der Arbeit ihrem Geschlecht angemessen ist. Überdies ist die Arbeitszeit für die Frauen beträchtlich kürzer als die der Männer, auch werden ihnen öfters Ferien bewilligt und überhaupt für Erholung gesorgt, wenn solche nötig ist. Die Männer von heute sind sich wohl bewußt, daß sie der Schönheit und Grazie der Frauen den erhöhten Genuß des Lebens und den Hauptantrieb zur Arbeit verdanken, daß sie ihnen nur zu arbeiten erlauben, weil man annimmt, daß eine gewisse regelmäßige Tätigkeit, die ihren Kräften angemessen, in der Zeit ihrer höchsten physischen Kraft dem Körper und Geiste wohltätig ist. Wir glauben, daß der Grund dafür, daß unsere Frauen sich einer besseren Gesundheit erfreuen als diejenigen zu Ihrer Zeit, welche kränklich gewesen sein sollen, hauptsächlich darin liegt, daß sie sich jetzt gesund und anregend beschäftigen.«

»Ich verstehe«, sagte ich, »daß die weiblichen Arbeiter zu der industriellen Armee gehören; aber wie können sie nach demselben System wie die Männer geschult und befördert werden, wenn die Anforderungen der Arbeit doch so verschieden sind?«

»Sie sind unter ganz verschiedener Disziplin«, erwiderte Dr. Leete, »und bilden mehr eine vereinte Kraft, als den ergänzenden Teil der Armee von Männern. Sie haben einen weiblichen General und sind unter ausschließlichem Frauenregiment. Dieser General, wie auch die höheren Offiziere, wird von den Frauen gewählt, die ihre Dienstzeit schon beschlossen haben, in derselben Weise, wie die Häupter der männlichen Armee und der Präsident der Nation erwählt werden. Der General von der Frauen-Armee sitzt im Kabinett des Präsidenten und hat ein Veto über das den Frauen zuerteilte Maß von Arbeit. Als ich vom Gerichtswesen sprach, hätte ich erwähnen sollen, daß wir auch Frauen als Richter haben, die vom General der Frauen gewählt werden, ebenso wie die Männer. Solche Fälle, wo beide Teile Frauen sind, werden durch Frauenrichter entschieden, wo aber ein Mann und eine Frau die

Parteien bilden, muß ein Richter jeden Geschlechtes dem Ausspruch beistimmen.«

»Der Frauenstand scheint nach Ihrem System wie ein *imperium in imperio* organisiert zu sein«, sagte ich.

»In gewisser Beziehung«, erwiderte Dr. Leete, »aber das innere *imperium*, werden Sie zugestehen, bringt der Nation nicht viel Gefahr. Daß man die Individualität der Geschlechter nicht anerkannte, war einer der vielen Mängel Ihrer Gesellschaft. Die zwischen Mann und Frau bestehende geschlechtliche Anziehungskraft hat zu oft die Einsicht von dem großen Unterschied verhindert, welcher in vielen Dingen ein Geschlecht dem andern entfremdet und es nur mit dem eigenen sympathisieren läßt. Indem man die Eigentümlichkeiten der Geschlechter zur vollen Geltung kommen läßt und sie nicht zu verwischen sucht, wie es offenbar einige Reformatoren Ihrer Zeit gewollt haben, erhöht man die Freude am Sichausleben und den Reiz, welches jedes für das andere hat. Zu Ihrer Zeit gab es keinen Beruf für die Frauen, wenn sie nicht mit den Männern rivalisierten. Wir haben ihnen eine eigene Welt mit Wetteifer, Ehrgeiz und Beruf gegeben und ich versichere Sie, sie fühlen sich sehr glücklich darin. Nach unserer Anschauung waren die Frauen mehr als irgend eine Klasse die Opfer Ihrer Zivilisation. Selbst nach dieser langen Zeit füllt uns das Schauspiel ihres gelangweilten unentwickelten Lebens, verkümmert durch Heirat, ihr physisch durch die vier Wände ihres Heims und moralisch durch den engen Kreis persönlicher Interessen begrenzter Horizont mit tiefem Mitleid. Ich spreche jetzt nicht von den ärmeren Klassen, die sich zu Tode arbeiteten, sondern auch von den Wohlhabenden und Reichen. Von den großen, sowie den kleinen Sorgen des Lebens hatten sie keine Zuflucht in die luftige Außenwelt, noch andere Interessen als die der Familie. Solch eine Existenz würde die Männer wahnsinnig gemacht haben. Das ist nun heute alles anders. Keine

Frau wünscht heutzutage ein Mann zu sein, keine Eltern ersehnen Söhne statt Töchter. Unsere Mädchen sind so ehrgeizig in ihrem Beruf, wie unsere Knaben. Die Ehe, wenn es dazu kommt, bedeutet für sie nicht Einkerkerung und schließt sie in keiner Weise von den Interessen der Gesellschaft, dem geräuschvollen Leben der Welt aus. Nur wenn Mutterpflichten den Geist der Frau mit neuen Interessen erfüllen, zieht sie sich eine Zeitlang von der Welt zurück. Nachher kann sie jederzeit in den Kreis ihrer Genossen zurückkehren und braucht überhaupt nie Fühlung mit ihnen zu verlieren. Die Frauen sind heutzutage, im Vergleich mit dem, was sie jemals in der Weltgeschichte gewesen sind, sehr glücklich und ihre Befähigung, die Männer glücklich zu machen, hat im Verhältnis auch zugenommen.«

»Ich sollte denken«, sagte ich, »daß das Interesse, welches die Mädchen für ihren Beruf als Glieder der industriellen Armee und als Kandidaten für Auszeichnung haben, sie vom Heiraten abhalten würde.«

Dr. Leete lächelte. »Haben Sie keine Angst davor, Mr. West«, erwiderte er. »Der Schöpfer hat dafür gesorgt, daß, wie sich auch die Beziehungen der Männer und Frauen mit der Zeit gestalten mögen, die gegenseitige Anziehungskraft doch fortbesteht. Die bloße Tatsache, daß in einem Zeitalter wie dem Ihren auch geheiratet wurde, als der Kampf um die Existenz den Menschen wenig Zeit für andere Gedanken gelassen haben muß, und die Zukunft so ungewiß war, daß, elterliche Verantwortlichkeit auf sich zu nehmen, oft wie ein strafbares Wagnis erschien, sollte über diese Frage entscheidend sein. Einer unserer Schriftsteller sagt bezüglich der Liebe, daß im Leben der Männer und Frauen durch ihre Befreiung von Nahrungssorgen eine Leere entstanden sei, welche durch zarte Gefühle ausgefüllt werde. Das ist aber etwas übertrieben. Übrigens beeinträchtigt die Ehe den Beruf der Frau so wenig, daß die höheren Stellen in der weiblichen Industriearmee nur solchen gegeben werden, die verheiratet und Mütter sind, da sie allein ihr Geschlecht vollständig vertreten.«

»Werden den Frauen ebenso wie den Männern Kreditkarten ausgestellt?«

»Gewiß.«

»Der Kredit der Frauen umfaßt vermutlich einen geringeren Betrag, da sie wegen Familienpflichten ihre Arbeit oft unterbrechen müssen.«

»Einen geringeren?« rief Dr. Leete, »o nein! Der Unterhalt für alle unsere Arbeiter ist gleich. Das ist eine Regel ohne Ausnahme, aber wenn ein Unterschied wegen der Unterbrechung, von der Sie sprechen, gemacht werden sollte, würde der Kredit der Frau größer und nicht kleiner sein müssen. Können Sie sich einen Dienst denken, der mehr Anspruch an die Dankbarkeit der Nation hätte, als die Kinder der Nation zu gebären und großzuziehen? Nach unserer Ansicht verdient niemand soviel Anerkennung, als gute Eltern. Keine Aufgabe ist so selbstlos, so ohne jeden Gegendienst, obwohl das Herz belohnt wird, als das Aufziehen von Kindern, die, wenn wir tot sein werden, sich gegenseitig die Welt sind.«

»Es scheint hieraus zu folgen, daß die Frauen bezüglich ihres Unterhalts in keiner Weise von ihren Männern abhängig sind.«

»Natürlich sind sie das nicht«, erwiderte Dr. Leete, »so wenig wie die Kinder von ihren Eltern, d.h. nur was ihre Erhaltung betrifft, denn selbstverständlich können sie sich der Pflichten der kindlichen Liebe nicht entschlagen. Wenn das Kind aufwächst, vermehrt seine Arbeit das öffentliche Vermögen, nicht das seiner Eltern, und deshalb wird es, wie billig, aus dem öffentlichen Vermögen aufgezogen.

Die Berechnung jeder Person, Mann, Frau und Kind,

geschieht immer direkt mit der Nation und niemals durch einen Vermittler, außer natürlich, daß Eltern bis zu einem gewissen Punkt als Vormünder für ihre Kinder handeln. Sie sehen, die Berechtigung zum Unterhalt beruht auf dem Verhältnis der einzelnen zur Nation, deren Mitglieder sie sind, und dieses Recht steht in keiner Verbindung mit, oder ist beeinflußt durch ihre Beziehungen zu anderen Individuen, welche auch Mitglieder der Nation sind. Es würde das moralische Gefühl verletzen und durch keine vernünftige soziale Theorie zu rechtfertigen sein, wenn eine Person wegen ihres Unterhalts von einer anderen abhängig wäre. Was würde bei einer solchen Einrichtung aus persönlicher Freiheit und Würde werden? Ich weiß, Sie haben sich im neunzehnten Jahrhundert frei genannt. Damals konnte die Bedeutung des Wortes nicht dieselbe gewesen sein als gegenwärtig, sonst würden Sie es gewiß nicht bei einer Gesellschaft angewendet haben, deren Mitglieder fast sämtlich in einer bitteren persönlichen Abhängigkeit von anderen bezüglich ihres Lebensunterhalts standen, die Armen von den Reichen, die Arbeiter von den Arbeitgebern, die Frauen von den Männern, die Kinder von den Eltern. Anstatt die Einnahme der Nation direkt unter ihre Mitglieder zu verteilen, was die natürlichste und einleuchtendste Weise sein würde, scheint es, als ob Sie sich besonders Mühe gegeben hätten, einen Plan zu finden, die Verteilung von Hand zu Hand vorzunehmen, was die höchste persönliche Demütigung für alle Klassen der Empfänger in sich begriff.

Bei einer Liebesheirat mag den Frauen die materielle Abhängigkeit von den Männern noch erträglich gewesen sein, aber den geistreichen Frauen, sollte ich denken, muß sie immer eine Demütigung geblieben sein. Was aber in den unzähligen Fällen, wo die Frauen mit oder ohne Heiratsform sich den Männern verkaufen mußten, um ihren Lebensunterhalt zu haben? Sogar Ihre Zeitgenossen, so unempfindlich sie auch für die empörenden Zustände ihrer Gesellschaft waren, scheinen eine Idee davon gehabt zu haben, daß dies nicht so war, wie es sein sollte; aber sie hatten doch nichts als Mitleid für das bedauernswerte Los der Frauen. Es fiel ihnen nicht ein, daß es sowohl ein Diebstahl als eine Grausamkeit war, wenn die Männer den ganzen Ertrag der Erde für sich nahmen und die Frauen um ihren Anteil betteln ließen. Doch – was rede ich da, Mr. West, als ob es nicht länger als ein Jahrhundert her wäre, daß jene armen Frauen Sorge und Schande zu erleiden hatten, oder als ob Sie verantwortlich wären für das, was Sie ohne Zweifel ebensosehr beklagen, wie ich!«

»Ich muß meinen Anteil an der Verantwortlichkeit für die Welt, wie sie damals war, sicher tragen«, erwiderte ich. »Alles, was ich zur Beschönigung sagen kann, ist, daß, bevor die Nation für das jetzige System der Verteilung der Produkte organisiert wurde, auch keine wirkliche Verbesserung in der Lage der Frau möglich war. Ihre Unfähigkeit wurzelte in ihrer persönlichen Abhängigkeit von dem Manne bezüglich ihres Lebensbedarfs und ich kann mir keine andere Weise von gesellschaftlicher Organisation denken, als die, welche Sie angenommen haben, welche der Frau dem Manne gegenüber und den Männern unter sich Freiheit gibt. Ich denke nämlich, daß eine so gänzliche Änderung in der Stellung der Frauen nicht stattgefunden haben kann, ohne in bemerkbarer Weise auf die gesellschaftlichen Beziehungen der Geschlechter einzuwirken. Das wird ein sehr interessantes Studium für mich werden.«

»Die Veränderung, die Ihnen auffällt«, sagte Dr. Leete, »wird, denke ich, hauptsächlich die Offenheit und Zwanglosigkeit sein, welche diese Beziehungen jetzt charakterisiert, im Vergleich mit der Unnatürlichkeit, welche sie zu Ihrer Zeit kennzeichnete. Beide Geschlechter verkehren jetzt wie Gleichgestellte, und nur dann als Bewerber, wo es sich um Liebe handelt. Zu Ihrer Zeit machte die Tatsache, daß die Frauen von den Männern bezüglich des Unterhalts abhängig waren, die Frau durch die Heirat zur Meistbegünstigten. Dieser Tatbestand scheint, soweit wir durch die Geschichte wissen, in den unteren Klassen wenig anerkannt worden zu sein, während er in den höheren Klassen durch konventionelles System bemäntelt wurde, welches bewirkte, daß der Mann als hauptsächlich begünstigt galt. Um diese Konvention aufrechtzuerhalten, war es wesentlich, daß er immer der Bewerber sein sollte. Nichts verletzte daher den Anstand mehr, als daß eine Frau ihre Neigung zu einem Manne verraten sollte, bevor er ihr den Wunsch kundgegeben hatte, sie zu heiraten. Ja, wir haben sogar in unseren Bibliotheken Bücher von Schriftstellern aus Ihrer Zeit, die zu keinem anderen Zweck geschrieben waren, als die Frage zu besprechen, ob unter irgend erdenklichen Umständen eine Frau, ohne ihr Geschlecht zu entehren, eine unbegehrte Liebe offenbaren dürfe. Das scheint uns äußerst abgeschmackt und doch wissen wir, daß in Ihren Verhältnissen das Problem kein leichtes war. Wenn das Liebesgeständnis einer Frau dem Manne gegenüber die Bedeutung in sich schloß, daß er die Bürde des Lebens für sie auf sich nehmen müsse, so ist es leicht begreiflich, daß Stolz und Zartgefühl sich dagegen wehrten. Wenn Sie in unsere Gesellschaft gehen, Mr. West, so müssen Sie vorbereitet sein, daß Sie von unserer Jugend oft über diesen Punkt gefragt werden, denn sie interessiert sich natürlich ungemein über diese altmodische Art und Weise den Hof zu machen«.

»Also so sprechen die Mädchen des zwanzigsten Jahrhunderts von ihrer Liebe?«

»Wenn sie wollen, ja«, erwiderte Dr. Leete. »Sie suchen ebensowenig ihre Gefühle zu verbergen als ihre Verehrer. Koketterie würde ebenso verächtlich an einem Mädchen sein, wie an einem Manne. Erkünstelte Kälte, die zu Ihrer

Zeit selten einen Liebhaber täuschte, würde ihn jetzt gänzlich täuschen, denn niemand denkt an solche Künste.«

»Ein Resultat, das aus der Unabhängigkeit der Frau erwachsen muß, kann ich mir denken«, sagte ich. »Jetzt kann es nur noch Liebesheiraten geben.«

»Das ist natürlich«, erwiderte Dr. Leete.

»Welcher Gedanke! Eine Welt, in der nur Heiraten aus Liebe geschlossen werden! Ach, Dr. Leete, Sie können unmöglich verstehen, welch erstaunliche Erscheinung eine solche Welt für einen Mann aus dem neunzehnten Jahrhundert ist!«

»Ich kann es mir doch einigermaßen denken«, entgegnete der Doktor. »Aber die von Ihnen gerühmte Tatsache, daß es nur Liebesheiraten gibt, bedeutet vielleicht sogar mehr, als Sie sich wahrscheinlich vorstellen. Es heißt, daß zum ersten Male in der Geschichte der Menschheit das Prinzip der Geschlechtswahl mit dem Streben, die besseren Typen der Rasse zu erhalten und fortzupflanzen, ungehindert zur Wirkung kommen.

Die Frauen werden nicht mehr durch das Bedürfnis nach einem eigenen Heim dazu getrieben, Männer als Väter ihrer Kinder anzunehmen, die sie weder lieben noch achten können. Reichtum und Rang stellen nicht mehr persönliche Eigenschaften in den Hintergrund. Die Begabung einer Person, Geist, Sinnesart, Schönheit, Witz, Beredtsamkeit, Güte, Großmut, Genialität und Mut werden sicher auf die Nachwelt übertragen. Jede Generation wird durch ein feineres Sieb gesichtet als die vorhergehende. Die Eigenschaften, welche die menschliche Natur bewundert, werden bewahrt, aber die, welche sie abstößt, müssen untergehen. Es gibt natürlich viele Frauen, die Liebe mit Bewunderung verbinden und sich gut zu verheiraten suchen, aber diese gehorchen demselben Gesetze, denn gut zu heiraten heißt nicht mehr Männer mit Vermögen oder

Titel heiraten, sondern die, welche durch Gründlichkeit oder hervorragende Geisteseigenschaften in dem Dienste der Menschheit sich unter ihren Mitbrüdern ausgezeichnet haben. Diese bilden heutzutage die einzige Aristokratie, mit welcher sich zu verbinden eine Ehre ist.

Sie sprachen vor einigen Tagen von der physischen Überlegenheit unseres Geschlechts im Vergleich mit Ihren Zeitgenossen. Vielleicht wichtiger als irgend eine der Ursachen, die ich erwähnte, welche eine Reinigung der Rasse erzielen, ist eine freie Geschlechtswahl, welche die Beschaffenheit von zwei oder drei darauffolgenden Generationen erhöht hat. Ich glaube, wenn Sie unser Volk besser kennen, werden Sie in ihm nicht nur eine physische, sondern auch eine geistige und moralische Besserung finden. Es würde befremden, wenn es nicht so wäre, denn eines der größten Naturgesetze, welches das Heil der Rasse befördert, wird durch ein tief moralisches Gefühl unterstützt. Der Individualismus, der zu Ihrer Zeit die belebende Idee der Gesellschaft war, mußte nicht nur jedem Gefühl von Brüderlichkeit und allgemeinem Interesse unter lebenden Menschen gefährlich werden, sondern auch jeder Verwirklichung der Verantwortlichkeit der Lebenden für die folgende Generation. Heute ist dies Gefühl der Verantwortlichkeit, das praktisch in unserer Vorzeit unanerkannt blieb, eine der großen ethischen Ideen der Rasse geworden, mit einem starken Bewußtsein der Pflicht den natürlichen Trieb verstärkend, nur das beste und edelste Wesen des anderen Geschlechts zu freien. Das Resultat ist, daß keine Ermutigung und Anregung, die wir gegeben haben, um Fleiß, Talent, Geist, Vortrefflichkeit irgendeiner Art zu entwickeln, eine solche Wirkung auf unsere jungen Männer hat, wie die Tatsache, daß unsere Frauen über die Rasse zu Gericht sitzen und sich selbst den Siegern zum Lohn reservieren. All die Peitschen und Sporen und Preise sind nichts im Vergleich mit dem Gedanken an die strahlenden Gesichter, die sich von den Schwächlingen abwenden werden.

Ehelos sind jetzt fast nur solche Männer, die verfehlt haben, sich ihrer Lebensaufgabe mit Ehren zu entledigen. Die Frau muß Mut, eine falsche Art von Mut haben, die aus Mitleid für diese Unglücklichen sich verleiten ließe, dem Urteile ihrer Generation zu trotzen – denn frei ist sie – und einen solchen Mann als Gatten zu nehmen. Vor allem würde sie das Gefühl ihres eigenen Geschlechts damit beleidigen. Unsere Frauen haben einen hohen Begriff von ihrer Verantwortung als die Wächter für die kommende Menschheit, denen die Schlüssel der Zukunft anvertraut worden sind. Ihr Pflichtgefühl in dieser Beziehung kommt einer religiösen Weihe gleich. Es ist ein Kultus, in dem sie ihre Töchter von Kindheit an erziehen.«

Nachdem ich jenen Abend in mein Zimmer gegangen war, blieb ich noch lange auf, um einen Roman von Berrian zu lesen, den mir Dr. Leete gegeben hatte, dessen Plan auf Verhältnissen beruhte, wie sie seine letzten Worte angedeutet, die moderne Anschauung von elterlicher Verantwortung. Ein ähnliches Verhältnis würde von einem Romanschreiber des 19. Jahrhunderts gewiß so behandelt worden sein, daß es die krankhafte Sympathie des Lesers mit der sentimentalen Selbstsucht der Liebenden und seinen Groll gegen das ungeschriebene Gesetz erregt hätte, das sie beleidigten. Ich brauche nicht zu beschreiben – denn wer hat nicht »Ruth Elton« gelesen? – wie verschieden behandelt es Berrian und mit welch furchtbarer Wirkung schärft er das Prinzip ein: »Den Ungeborenen gegenüber ist unsere Macht eine göttliche, und unsere Verantwortung dieselbe wie die Gottes gegen uns. Wie wir uns ihrer entledigen, so möge Gott mit uns verfahren.«

# *Sechsundzwanzigstes Kapitel*

Wenn es für jemand entschuldbar ist, sich in den Tagen der Woche zu irren, so müßten die Umstände mich entschuldigen. In der Tat, wenn man mir gesagt hätte, daß die Methode, die Zeit zu rechnen, eine gänzlich andere sei und daß eine Woche jetzt aus fünf, zehn oder fünfzehn Tagen anstatt sieben bestände, würde ich keineswegs erstaunt gewesen sein nach allem, was ich vom 20. Jahrhundert gesehen und gehört hatte. Das erste Mal, daß ich an die Tage der Woche erinnert wurde, war der Morgen, welcher der im letzten Kapitel erwähnten Unterhaltung folgte. Beim Frühstück fragte mich Dr. Leete, ob ich eine Predigt hören möchte.

»Ist denn heute Sonntag?« rief ich aus.

»Ja«, erwiderte er. »Es war am Freitag in letzter Woche, daß wir die glückliche Entdeckung von dem verschütteten Zimmer machten, der wir Ihre Gesellschaft diesen Morgen verdanken. Sonnabendmorgen bald nach Mitternacht wachten Sie zum ersten Male auf und Sonntagnachmittag erwachten Sie ein zweites Mal mit völlig wiedererlangten Kräften.«

»Sie haben also noch Sonntage und Predigten«, sagte ich. »Uns war prophezeit worden, daß wir lange vor dieser Zeit beides aufgegeben haben würden. Ich bin sehr neugierig, wie die Kirchenverhältnisse sich zu den übrigen sozialen Verhältnissen verhalten. Ich vermute, Sie haben eine Art nationale Kirche mit angestellten Geistlichen.«

Dr. Leete lachte und Frau Leete und Edith schienen belustigt.

»Aber, Mr. West«, sagte Edith, »für was für sonderbare Leute müssen Sie uns halten. Sie hatten schon im 19. Jahrhundert mit national-religiösen Einrichtungen abgetan und können doch glauben, daß wir darauf zurückgekommen wären?«

»Aber wie können sich eine freie Kirche und eine unoffizielle kirchliche Profession mit dem nationalen Eigentumsrecht aller Gebäude und dem industriellen Dienst, der von allen Menschen gefordert wird, vertragen?« fragte ich dagegen.

»Die religiösen Gebräuche des Volkes haben sich in einem Jahrhundert natürlich sehr geändert«, entgegnete Dr. Leete; »aber angenommen, sie wären unverändert, so würde sich unser soziales System ihnen vollständig anpassen. Die Nation versieht jede Person oder jede Anzahl von Personen mit Gebäuden gegen Garantie des Zinses und sie bleiben Mieter solange sie zahlen. Wenn eine Anzahl von Personen zu einem besonderen Privatzwecke außer dem allgemeinen Dienste der Nation die Dienste eines Individuums wünscht, können sie sich dessen versichern, natürlich mit der Einwilligung des Individuums, ebenso wie wir uns des Dienstes unserer Redakteure versichern, indem wir der Nation einen Schadenersatz beisteuern für den Verlust seiner Dienste in der allgemeinen Industrie. Dieser Schadenersatz entspricht dem Gehalt, der zu Ihrer Zeit dem Individuum selbst gezahlt wurde; und die verschiedenen Anwendungen dieses Grundsatzes lassen der Privatinitiative freies Spiel in allen Einzelheiten, bei denen nationale Kontrolle nicht anwendbar ist. Nun, was die heutige Predigt betrifft, wenn Sie wünschen, können Sie entweder zur Kirche gehen oder zu Hause eine hören.«

»Wie kann ich predigen hören, wenn ich zu Hause bleibe?«

»Einfach, indem Sie uns zur richtigen Stunde zu dem Musikzimmer begleiten und sich einen bequemen Lehnstuhl nehmen. Manche ziehen immer noch Predigten in der Kirche vor, aber die meisten unserer Predigten, sowie unsere musikalischen Aufführungen werden nicht öffentlich, sondern in akustisch eingerichteten Räumen gehalten, die durch Draht mit den Häusern der Abonnenten verbunden sind. Wenn Sie lieber zur Kirche gehen, will ich Sie gern dahin begleiten; aber ich glaube nicht, daß Sie irgendwo eine bessere Rede hören als hier zu Hause. Ich sehe aus der Zeitung, daß Mr. Barton heute morgen predigen wird, und er predigt nur durch das Telefon und oft zu einer Gemeinde von 150000 Personen.«

»Die Neuheit der Erfahrung, eine Predigt unter solchen Umständen zu hören, würde mich reizen, ein Zuhörer von Mr. Barton zu werden, selbst wenn kein anderer Grund vorläge«, sagte ich.

Eine oder zwei Stunden später, da ich in der Bibliothek saß und las, holte mich Edith ab und ich folgte ihr nach dem Musikzimmer, wo Dr. und Mrs. Leete warteten. Wir hatten uns eben bequem gesetzt, als die Glocke tönte, und einige Augenblicke später hörten wir die Stimme eines Mannes nicht lauter als bei gewöhnlicher Unterhaltung, was den Eindruck machte, als käme sie von einer unsichtbaren Person im Zimmer. Die Simme sprach folgendes:

## *Mr. Bartons Predigt*

»Wir haben seit letzter Woche einen lebenden Repräsentanten des 19. Jahrhunderts, der Zeit unserer Urgroßeltern, unter uns. Es wäre sonderbar, wenn ein so ungewöhnlicher Umstand nicht unsere Gedanken ungemein beschäftigte. Die meisten von uns sind vielleicht angeregt worden, sich die Gesellschaft des vorigen Jahrhunderts zu vergegenwärtigen und sich vorzustellen, was es gewesen sein muß, damals zu leben. Wenn ich euch einlade, jetzt mit mir einige Betrachtungen über diesen Gegenstand anzustellen, wie sie sich mir aufgedrängt haben, so vermute ich, werde ich eurem eigenen Gedankengang eher folgen als ihn ablenken.«

Hier flüsterte Edith ihrem Vater etwas zu, worauf er zustimmend nickte und sich zu mir wendete.

»Mr. West«, sagte er, »Edith denkt, daß es Sie vielleicht in Verlegenheit bringen könnte, einen Vortrag über die von Mr. Barton dargelegten Grundzüge anzuhören, und wenn das so ist, sollten Sie lieber eine andere Predigt hören. Sie will uns mit Herrn Sweetsers Sprechzimmer verbinden, wenn Sie es wünschen, und ich kann Ihnen einen sehr guten Vortrag in Aussicht stellen.«

»Nein, nein«, sagte ich, »ich versichere Sie, ich möchte viel lieber hören, was Mr. Barton zu sagen hat.«

»Wie Sie wollen«, antwortete mein Wirt.

Als ihr Vater mit mir sprach, hatte Edith eine Schraube berührt und die Stimme des Mr. Barton war plötzlich verstummt. Jetzt bei einer zweiten Berührung wurde das Zimmer wieder von der ernsten, sympathischen Stimme erfüllt, die schon einen so günstigen Eindruck auf mich gemacht hatte.

»Ich darf wohl annehmen, daß dieser Rückblick auf uns alle eine gemeinsame Wirkung gehabt hat und zwar die, daß wir mehr als je über die großartige Veränderung erstaunt sind, die ein kurzes Jahrhundert auf die materiellen und moralischen Verhältnisse der Menschheit hervorgebracht hat.

Doch, was den Kontrast zwischen der Armut der Nation und der Welt im 19. Jahrhundert mit deren jetzigen Reichtum betrifft, so ist er nicht größer als er schon früher in der menschlichen Geschichte dagewesen ist, vielleicht nicht größer z.B. als der zwischen der Armut dieses Landes während der frühesten Periode der Kolonisation im 17. Jahrhundert und dem verhältnismäßig großen Reichtum, den es zu Ende des 19. Jahrhunderts hatte, oder zwischen England unter Wilhelm dem Eroberer, und dem unter Victoria. Obwohl das angehäufte Vermögen einer Nation damals nicht erlaubte, sich ein genaues Urteil über die Beschaffenheit der Volksmassen zu bilden, so lassen sich doch durch solche Beispiele teilweise Parallelen ziehen für die bloße materielle Seite des Kontrastes zwischen dem 19. und dem 20. Jahrhundert. Betrachten wir die moralische Seite des Kontrastes, so befinden wir uns einem Phänomen gegenüber, für welches die Geschichte kein Beispiel bietet, so weit wir auch zurückblicken mögen. Man könnte den entschuldigen, der ausrufen würde: ›Das ist sicher ein Wunder!‹ Trotzdem, wenn wir das scheinbare Wunder genauer untersuchen, finden wir, daß es nichts weniger als ein solches ist. Es ist nicht nötig, eine moralische Neugeburt der Menschheit vorauszusetzen, oder eine totale Vernichtung der Bösen und ein Überleben der Guten, um die vor uns liegende Tatsache zu erklären. Sie findet ihre einfache und natürliche Erklärung in der Rückwirkung einer veränderten Umgebung auf die menschliche Natur. Sie will nur sagen, daß eine Form der Gesellschaft, welche fälschlich auf Selbstsucht begründet war, und sich nur auf die antisoziale und brutale Seite der menschlichen Natur stützte, jetzt auf der wahren, vernünftigen Selbstlosigkeit beruht und sich auf den sozialen und edelmütigen Instinkt der Menschen stützt.

Meine Freunde, wenn ihr wieder Menschen sehen möchtet, die im 19. Jahrhundert wie wilde Tiere zu sein schienen, braucht ihr nur das alte soziale und industrielle System wieder einzuführen, welche sie lehrte, in ihren Nebenmenschen ihre natürliche Beute zu suchen und ihren Gewinn im Verluste anderer zu finden. Gewiß scheint es euch, daß keine Not, auch nicht die schrecklichste, euch versucht haben könnte, eure höhere Kenntnis oder Kraft zu gebrauchen, um anderen etwas zu entwenden, was ihnen ebenso nötig war. Aber nehmen wir an, daß ihr nicht nur für euer eigenes Leben verantwortlich wäret. Ich weiß wohl, daß mancher unter unseren Vorvätern gewesen sein muß, der, wenn nur sein Leben in Frage gekommen wäre, es lieber aufgegeben hätte, als es von dem Brot zu erhalten, das er anderen entziehen mußte. Aber das zu tun war ihm nicht erlaubt. Er hatte manch teures Leben, das von ihm abhängig war. Männer liebten Frauen zu jener Zeit wie jetzt. Gott weiß, wie sie wagen konnten, Väter zu werden, aber sie hatten Kinder, die ihnen ganz gewiß ebenso teuer waren, als uns die unsrigen, die sie nähren, kleiden und erziehen mußten. Die zahmsten Geschöpfe werden wild, wenn sie Junge zu versorgen haben, und in jener wölfischen Gesellschaft erregten die zartesten Gefühle den bittersten Kampf ums Brot. Um derer willen, die von ihm abhingen, hatte ein Mann keine Wahl, er mußte sich in den nichtswürdigen Kampf stürzen, – betrügen, verdrängen, übervorteilen, unter dem Werte kaufen und darüber verkaufen, das Geschäft zugrunde richten, mit welchem sein Nachbar seine Kinder ernährte, Menschen verführen etwas zu kaufen, was sie nicht brauchten und zu verkaufen, was sie nicht sollten, seine Arbeiter schinden, seinen Schuldnern warm machen, seine Gläubiger hintergehen. Obwohl ein Mann eifrig, unter Tränen einen Weg suchte, auf dem er seinen Lebensunterhalt verdienen und für seine Familie sorgen konnte, so war es doch schwer einen zu finden, ohne daß er einen schwächeren Nebenbuhler verdrängte und ihm das Brot vom Munde wegnahm. Von dieser grausamen Not waren selbst die Diener der Religion nicht ausgenommen. Sie warnten ihre Gemeinden vor der Liebe zum Geld, aber Rücksicht auf ihre Familien zwang sie, ein scharfes Auge auf die pekuniären Vorteile ihres Berufes zu haben. Arme Teufel, sie hatten wahrlich ein schweres Geschäft, sie mußten vor Menschen eine Großmut und Selbstlosigkeit predigen, welche, wie sie und jedermann wußte, bei dem Zustande der Welt diejenigen in Armut stürzen würden, die sie ausübten, mußten Gesetze niederlegen, welche zu brechen das Gesetz der Selbsterhaltung den Menschen zwang. Bei einem Blick auf die Unmenschlichkeit der Gesellschaft beklagten diese würdigen Männer bitter die Verderbtheit der menschlichen Natur; als ob ein Engel in solch teuflischer Schule nicht verführt werden könnte! O, meine Freunde, glaubt mir, nicht erst jetzt in diesem glücklichen Jahrhundert beweist die Menschheit ihre angeborene Göttlichkeit, vielmehr schon in jenen traurigen Tagen konnte selbst der Kampf ums Leben, das Ringen um die Existenz, wobei Gnade Torheit war, Großmut und Güte nicht ganz von der Erde verbannen. Die Verzweiflung, mit welcher Männer und Frauen rangen, die unter anderen Bedingungen voll Güte und Wahrheitsliebe gewesen sein würden, und die miteinander um Gold stritten, ist leicht zu begreifen, wenn wir bedenken, was es bedeutete es zu vermissen und was in jener Zeit Armut war. Für den Körper war sie Hunger und Durst, Qual in Hitze und Kälte, in Krankheit Vernachlässigung, unbarmherzige Arbeit in gesunden Tagen; für die moralische Natur bedeutete sie Unterdrükkung, Verachtung und geduldiges Ertragen von Schande, rohe Gesellschaft von Kindheit an, den Verlust aller kindlichen Unschuld, der Frauenanmut und der Männerwürde; für den Geist bedeutete sie die Nacht der Unwissenheit und Ersticken aller der Eigenschaften, welche uns vom Tiere unterscheiden, die Verwandlung des Lebens in einen Kreislauf von körperlichen Arbeiten.

O, meine Freunde, wenn ihr und eure Kinder die Wahl hättet, zwischen solch einem Geschick und der Anhäufung von Schätzen, wie lange denkt ihr, daß es dauern würde, bis ihr auf den moralischen Standpunkt eurer Vorfahren herabsinken würdet?

Vor etwa zwei oder drei Jahrhunderten wurde in Indien

ein Akt von Barbarei begangen, welcher, obwohl ihm nur ein paar Dutzend Menschenleben zum Opfer fielen, von so außerordentlichen Greueln begleitet war, daß sein Andenken wohl ewig dauern wird. Eine Anzahl englischer Gefangener wurde in einen Raum eingeschlossen, der kaum Luft genug für ein Zehntel ihrer Zahl enthielt. Die Unglücklichen waren tapfere Männer, treue Kameraden im Dienst, aber, als sie von der Angst des Erstickens befallen wurden, vergaßen sie alles andere und gerieten in einen furchtbaren Kampf, jeder für sich selbst und gegen alle anderen, sich einen Weg zu den kleinen Öffnungen zu bahnen, wo es allein möglich war, etwas frische Luft zu bekommen. Es war ein Kampf, in dem Menschen wie Tiere wurden, und was die wenigen Überlebenden von seinen Schrecken erzählten, erschütterte unsere Voreltern so, daß man noch ein Jahrhundert später den Vorfall in der Literatur als ein typisches Beispiel dafür anführte, was der Mensch in der äußersten Not zu tun fähig ist. Sie konnten schwerlich voraussehen, daß uns das »schwarze Loch von Kalkutta« mit dem Gedränge rasender Menschen, die sich in dem Ringen nach einem Platz an den Luftlöchern einander zerrissen und zertraten, als ein wohlgetroffenes Bild von der Gesellschaft ihres Jahrhunderts erscheinen würde. Um es zu einem vollkommenen Bild zu machen, fehlte jedoch etwas daran, denn in dem »schwarzen Loch« waren keine zarten Frauen, keine kleinen Kinder und keine alten Männer und keine Krüppel. Die Leidenden waren alle Männer, die stark sind im Ertragen.

Wenn wir bedenken, daß der alte Zustand, von dem wir sprechen, bis zum Ende des 19. Jahrhunderts aufrechterhalten wurde, währenddem uns die Neuerung schon alt erscheint, da selbst unsere Eltern nichts anderes erkannt haben, so müssen wir doch staunen, wie ein so plötzlicher Übergang bewirkt werden konnte. Bei einiger Beobachtung der Beschaffenheit der menschlichen Gemüter während des letzten Viertels des 19. Jahrhunderts wird dieses Erstaunen sich bedeutend vermindern. Obwohl nicht gesagt werden kann, daß allgemeine Bildung im modernen Sinn in irgendeiner Gesellschaft jener Zeit bestand, so war doch im Vergleich mit früheren Generationen die damalige sicher intelligent. Die unvermeidliche Folge von dieser vergleichenden Intelligenz war das Verständnis für die Mängel der Gesellschaft, das mehr als je hervortrat. Es ist wahr, daß diese Übelstände in früheren Jahren schlimmer gewesen sind, ja noch viel schlimmer. Es war die größere Intelligenz der Massen, die den Unterschied machte, wie das Licht die Unsauberkeit der Umgebung bemerkbar macht, die in der Dunkelheit erträglich scheinen mochte. Der Grundton der Literatur der Periode war voll Mitleid für die Armen und Unglücklichen, ein unwilliger Klageruf über die Ohnmacht der sozialen Maschine, das Elend der Menschen zu verbessern. Es geht aus diesen Klagen deutlich hervor, daß die moralische Gräßlichkeit des Schauspiels um sie herum, wenigstens vorübergehend von den besten der Menschen jener Zeit erkannt wurde, und daß dieses Bewußtsein das Leben mancher feinfühlenden und großherzigen Menschen fast unerträglich machte.

Obschon die Idee von der wesentlichen Einheit der menschlichen Familie und der Verwirklichung der menschlichen Brüderschaft durchaus nicht als moralischer Grundsatz verstanden wurde, so irren wir doch, wenn wir ihnen dementsprechende Gefühle absprechen wollten. Ich könnte ihnen sehr schöne Stellen von einigen der damaligen Schriftsteller vorlesen, die davon Zeugnis ablegen, daß die Idee von einigen klar und von vielen aber auch nur unbestimmt erfaßt wurde. Überdies dürfen wir nicht vergessen, daß das 19. Jahrhundert dem Namen nach christlich war, und der Umstand, daß die ganze kaufmännische und industrielle Verfassung der Gesellschaft die Verkörperung des antichristlichen Geistes an sich trug, muß denen, die sich nach Jesus Christus nannten, einigen Halt gegeben haben, obwohl es wenig genug gewesen sein mag.

Wenn wir fragen, warum es so wenig war, warum, nachdem eine große Majorität von Menschen die Schmach der bestehenden sozialen Einrichtung erduldet hatte, auch sie weiter duldeten, oder mit kleinen darauf bezüglichen Verbesserungen sich zufrieden stellten, so führt uns dieses zu einer bemerkenswerten Tatsache. Es war der aufrichtige Glaube der besten Menschen jener Zeit, daß die einzigen dauernden Elemente in der menschlichen Natur, auf welche ein soziales System sicher gegründet werden könnte, seine schlimmsten Neigungen wären. Sie waren gelehrt worden und glaubten, daß Gier und Selbstsucht alles sei, was die Menschen zusammenhalte, und daß alle menschlichen Gesellschaften zerfallen müßten, wenn irgend etwas geschähe, diesen Grundsätzen die Spitze abzubrechen oder ihre Wirkung zu beschränken. Mit einem Wort, sie glaubten – sogar die, welche sich sehnten anders zu glauben – gerade das Gegenteil von dem, was uns sonnenklar erscheint; sie glaubten, daß die antisozialen Eigenschaften der Menschen und nicht ihre sozialen Eigenschaften geeignet seien, zur Kohäsionskraft der Gesellschaft beizutragen. Es schien ihnen vernünftig, daß die Menschen nur in der Absicht zusammenlebten, sich gegenseitig zu übervorteilen und zu unterdrücken, und daß, während eine Gesellschaft, die diesen Bestrebungen vollen Spielraum gab, bestehen konnte, wenig Aussicht für eine solche vorhanden sein würde, die auf der Idee der Kooperation zum allgemeinen Wohl gegründet war. Es scheint absurd, zu erwarten, daß irgendjemand glauben sollte, solche Überzeugung sei je ernstlich von den Menschen gehegt worden; aber daß sie nicht nur von unseren Urgroßvätern gehegt wurde, sondern daß sie auch für den langen Verzug verantwortlich war, mit dem alten System zu brechen, nachdem man allgemein von den unerträglichen Mißbräuchen überzeugt war, ist eine in der Geschichte anerkannte Tatsache. Gerade hierin könnt ihr die Erklärung für den eingewurzelten Pessimismus der Literatur im letzten Viertel des 19. Jahrhunderts finden, für den Ton der Melancholie in der Poesie und den Spott im Humor.

Indem man wohl empfand, daß die Lage des Menschengeschlechts unerträglich wurde, hatte man doch keine Hoffnung auf Besserung. Man glaubte, daß die Entwicklung der Menschheit in ein *cul de sac* geraten sei, wo es keinen Ausweg gab. Der Zustand der menschlichen Gemüter zu jener Zeit ist in Abhandlungen ergreifend geschildert, die noch jetzt in unseren Bibliotheken eingesehen werden können, und in denen mühsam Argumente aufgesucht wurden, zu beweisen, daß trotz des üblen Zustandes der Menschen, nach allseitigen Erwägungen es doch wert sei, ein Leben auszuleben anstatt es hinzugeben. Indem sie sich selbst verachteten, verachteten sie ihren Schöpfer. Es war eine allgemeine Abnahme des religiösen Glaubens. Blasse und wässerige Strahlen, dicht von Zweifel und Furcht umschleiert, erleuchteten nur noch das Chaos der Erde. Daß die Menschen Ihn bezweifeln konnten, dessen Atem sie belebte, oder daß sie die Hand fürchteten, die sie gemodelt hat, scheint uns in der Tat ein bemitleidenswerter Wahnsinn; aber wir müssen bedenken, daß Kinder, die bei Tage mutig sind, oft bei Nacht dumme Furcht haben. Seitdem ist der Tag angebrochen. Es ist sehr leicht, im 20. Jahrhundert an die Vaterschaft Gottes zu glauben.

Nur kurz, wie es in einem Vortrag von diesem Charakter möglich ist, habe ich auf einige der Ursachen hingewiesen, welche die Gemüter der Menschen auf die Veränderung von dem alten zu dem neuen System vorbereitet hatte, ebenso auch auf die Ursachen für den Konservatismus der Verzweiflung, der sie eine Weile zurückhielt, nachdem die Zeit dafür reif war. Wundert man sich über die

Schnelligkeit, mit welcher die Umänderung vor sich ging, nachdem die Möglichkeit davon zuerst erwogen wurde, so darf man nicht vergessen, welchen Eindruck der Hoffnungstaumel auf die Gemüter machen mußte, die bis dahin fast verzweifelt waren. Der Sonnenstrahl nach einer so langen und dunklen Nacht muß von blendender Wirkung gewesen sein. Von dem Augenblick an, wo die Menschen sich erlaubten zu glauben, daß die Entwicklung der Menschheit unbeschränkt und unbegrenzt fortschreiten könne und werde, muß die Reaktion ganz überwältigend gewesen sein. Gewiß kam nichts dem Enthusiasmus gleich, den der neue Glaube einflößte.

Man muß bei diesem Vorgange gefühlt haben, daß die größten historischen Ereignisse keinen Vergleich damit aushalten konnten. Hier waren keine Opfer nötig, obgleich es Millionen von Opfern wert gewesen wäre. Der Wechsel von einer Dynastie in einem kleinen Königreich der alten Welt kostete oft mehr Leben, als die Revolution forderte, die den Fuß des Menschengeschlechts endlich auf den rechten Weg führte.

Einem, dem in unserer glänzenden Zeit das Leben gegeben worden ist, steht es übel an, sein Los anders zu wünschen, und doch habe ich oft gedacht, daß ich gern mein Teil an diesem heiteren goldnen Tag gegen einen Platz in jener stürmischen Übergangsperiode vertauschen möchte, wo Helden die festen Tore der Zukunft erbrachen und dem brennenden Blick eines hoffnungslosen Geschlechts anstatt einer Mauer, die den Pfad verschlossen hatte, eine Aussicht auf Fortschritt enthüllte, der uns mit seinen glänzenden Strahlen noch blendet. O, meine Freunde, wer will sagen, daß er, hätte er damals gelebt, wo der geringste Einfluß ein Hebel war, bei dessen Berührung Jahrhunderte zitterten, nicht würdig gewesen wäre eine Anteils an dieser Freudenära.

Ihr kennt die Geschichte von der letzten, größten und

blutlosesten der Revolutionen. In der Zeit einer Generation legten die Menschen die alten sozialen Sitten und ihre barbarischen Gewohnheiten ab und führten eine vernünftige, menschlichen Wesen würdige soziale Ordnung ein. Sie gaben ihre räuberischen Gewohnheiten auf und fanden in gemeinsamer Arbeit und in Brüderlichkeit auf einmal die Kunst, reich und glücklich zu werden.

Was soll ich essen und trinken und womit soll ich mich kleiden? Dies war die angstvolle und unaufhörliche Frage, die mit dem Selbst begann und endete. Nachdem sie nun einmal nicht mehr vom individuellen, sondern vom brüderlichen Standpunkt aus verstanden wurde, – verschwanden alle Schwierigkeiten.

Indem man versuchte, das Problem des Lebensunterhalts vom individuellen Standpunkt aus zu lösen, war für die Masse der Menschheit Armut und Knechtschaft die Folge, aber kaum war die Nation der einzige Kapitalist und Brotherr geworden, so trat nicht nur Wohlstand für Armut ein, sondern es verschwand auch die letzte Spur von Unterdrückung von der Erde. Die Sklaverei, so oft beschränkt, war endlich unmöglich gemacht. Die Mittel zum Leben wurden nicht mehr durch die Männer den Frauen zuerteilt, von dem Prinzipal an die Untergebenen, von den Reichen an die Armen, sondern aus allgemeinen Fonds wie unter die Kinder am Tische des Vaters verteilt. Es war für einen Mann unmöglich, ferner seine Mitmenschen als Werkzeuge für seinen eigenen Vorteil zu gebrauchen. Seine Achtung war der einzige Gewinn, den er nunmehr von ihm ziehen konnte. Es gab keine Anmaßung und Unterwerfung mehr in den Beziehungen menschlicher Wesen zueinander. Zum erstenmal seit der Schöpfung stand jeder Mensch aufrecht vor Gott. Nachdem allen Fülle zugesichert, wurden die Furcht vor Mangel und die Lust zum Gewinn abgetane Motive, und übermäßige Besitzungen zu erlangen war unmöglich gemacht. Es gab weder Bettler, noch Hilfsbedürftige. Gleichheit beraubte die Wohltätigkeit ihrer Beschäftigung. Die zehn Gebote wurden beinahe unnötig in einer Welt, wo keine Versuchung zum Diebstahl war, keine Gelegenheit aus Furcht oder aus Sucht nach Gunst zu lügen, kein Raum für Neid, wo alles gleich und wenig Veranlassung zu Gewalttaten war, da die Menschen alle Macht verloren hatten sich gegenseitig zu schaden. Der Menschheit alter Traum von Freiheit, Gleichheit, Brüderlichkeit, viele Zeitalter hindurch verspottet, hatte sich endlich verwirklicht.

Wie in der alten Gesellschaft der Großmütige, der Gerechte, der Feinfühlende durch den Besitz dieser Eigenschaften im Nachteil war, so fanden sich in der neuen der Hartherzige, der Habgierige und Selbstsüchtige außer Verbindung mit der Welt. Jetzt, da die Lebensbedingungen zum erstenmal als Triebkraft aufhörten, die brutalen Eigenschaften der menschlichen Natur zu entwickeln, und die Prämie, welche bisher Selbstsucht ermutigt hatte, nicht nur aufgehoben, sondern auf Selbstlosigkeit gesetzt war, konnte man zum erstenmal sehen, was eigentlich die unverderbte Menschennatur war. Die verderbten Neigungen, welche früher die besseren in so hohem Grade überwuchert und verdunkelt hatten, welkten jetzt dahin wie Kellerschwämme in der freien Luft, und die besseren Eigenschaften zeigten eine plötzliche Üppigkeit, welche Spötter in Lobredner umwandelte, und zum erstenmal in der Geschichte der Menschheit die Menschen versuchte, sich selbst zu vergöttern. Bald war nun auch vollständig enthüllt, was die Gottesgelehrten und Philosophen der alten Welt niemals geglaubt hätten, daß die Menschennatur in ihren wesentlichen Eigenschaften gut, nicht schlecht ist, daß die Menschen von Natur großmütig, nicht selbstsüchtig, weichherzig, nicht grausam, teilnehmend, nicht stolz, gottähnlich in ihren Bestrebungen, mit den höchsten Trieben für Milde und Opferwilligkeit, Ebenbilder Gottes sind, nicht Zerrbilder von ihm, wie sie geschienen hatten. Der beständige Druck, welchen zahllose Generationen hindurch die Lebensbedingungen ausgeübt hatten, und welcher Engel hätte verführen können, was nicht imstande gewesen, den natürlichen Adel des Geschlechts wesentlich zu ändern, und als diese Bedingungen einmal entfernt waren, sprang es wie ein gebogener Baum in seine normale aufrechte Stellung zurück.

Um das Ganze in den engen Rahmen eines Gleichnisses zu bringen, will ich die Menschheit der alten Zeit mit einem Rosenstock vergleichen, der in einem Sumpf steht, mit schwarzem Morastwasser genährt, bei Tag Pestluft atmend und bei Nacht unter giftigem Tau erschauernd. Unzählige Generationen von Gärtnern haben sich die größte Mühe gegeben, ihn zur Blüte zu bringen, aber weiter als zu einer halboffenen Knospe mit einem Wurm im Herzen konnten sie es nicht bringen. Viele behaupteten zwar, der Strauch sei gar kein Rosenstrauch, sondern ein Unkraut, nur gut herausgerissen und verbrannt zu werden; die meisten Gärtner jedoch blieben dabei, der Strauch gehöre zur Familie der Rosen, leide aber an einer unheilbaren Krankheit, welche die Knospen nicht herauskommen lasse und ihm ein so krankhaftes Aussehen gebe. Einige allerdings behaupteten auch, der Stock wäre schon gut, die ganze Schuld liege an dem Morast und unter günstigeren Verhältnissen würde die Pflanze auch besser werden. Aber das waren keine gelernten Gärtner und da sie von diesen für Spekulanten und Träumer ausgeschrien wurden, so hielt sie das Volk auch dafür. Ferner betonte ein berühmter Moralphilosoph, indem er zugab, der Stock könnte anderswo besser gedeihen, daß es für die Knospen eine wertvollere Zucht sei, wenn sie in einem Sumpf zu blühen lernten, als unter günstigeren Bedingungen. Die Knospen, welche zur Blüte kämen, könnten zwar möglicherweise nur selten, blaß und geruchlos sein, aber sie bewiesen weit mehr moralische Kraft, als wenn sie ohne Mühe in einem Garten blühten.

Den gelernten Gärtnern und Moralphilosophen geschah ihr Wille. Der Rosenstock blieb im Morast stehen und die alte Behandlung wurde fortgesetzt. Immer wurden neue treibende Mittel an der Wurzel angewendet, und unzählige als die besten und wirksamsten gepriesene Rezepte gebraucht, um das Ungeziefer zu töten und den Schimmel zu entfernen. So ging es lange fort. Gelegentlich wollte einmal jemand eine gelinde Besserung im Aussehen des Stockes wahrnehmen, aber es gab auch wieder andere, welche erklärten, er sähe nicht so gut aus wie früher. Im ganzen konnte man nicht von einer großen Änderung sprechen. Endlich, während man allgemein des Strauches wegen sehr besorgt war, wurde wiederholt der Vorschlag gemacht, ihn zu versetzen und auch durchgeführt. »Wir wollen's versuchen«, war die allgemeine Stimme; »vielleicht gedeiht er anderswo besser, und ihn länger hier zu pflegen, dürfte von zweifelhaftem Erfolg sein.« So wurde der Rosenstrauch der Menschheit verpflanzt und in frischen, warmen, trockenen Boden gesetzt, wo die Sonne ihn badete, die Sterne ihn anlächelten und der Südwind ihn liebkoste. Dann wurde es klar, daß es wirklich ein Rosenstrauch war. Das Ungeziefer und der Schimmel verschwanden, und der Strauch war mit den schönsten roten Rosen überschüttet, deren Wohlgeruch die Welt erfüllte.

Der Schöpfer hat einen Maßstab für unsere Taten in unser Herz gelegt, nach welchem das, was wir in der Vergangenheit vollbracht haben, immer unbedeutend und das Ziel niemals nähergerückt erscheint. Hätten unsere Ureltern eine Gesellschaft gegründet, in welcher die Menschen wie Brüder mit einander in Einigkeit, ohne Streit und Neid, ohne Gewalt und Habsucht gelebt hätten und wo sie in ihren gewählten Berufen nicht mehr zu arbeiten brauchten, als ihre Gesundheit erforderte und von Sorge für das

Morgen frei wären, auch sich nicht mehr um ihren Unterhalt bekümmern müßten, als die Bäume, die von unerschöpflichen Quellen genährt werden, – hätten sie, sage ich, einen solchen Zustand geschaffen, würde er ihnen als nichts Geringeres denn als ein Paradies vorgekommen sein. Sie würden ihn mit ihrem Begriff vom Himmel verwechselt und nicht geträumt haben, daß jenseits noch etwas liegen könne, was wünschens- und erstrebenswert wäre.

Aber wie ist es mit uns, die wir auf der Höhe stehen, zu welcher jene emporschauten? Wir haben beinahe schon vergessen, außer wenn wir durch eine besondere Gelegenheit, wie die gegenwärtige, daran erinnert werden, daß es mit den Menschen nicht immer so war, wie es jetzt ist. Wir müssen unserer Einbildung Gewalt antun, wenn wir die sozialen Einrichtungen unserer Voreltern begreifen wollen. Wir finden sie unnatürlich. Die Lösung des Problems des leiblichen Unterhalts, nämlich Sorge und Verbrechen zu verbannen, erscheint uns nicht als Schlußstein des Erreichten, sondern als Vorstufe zu einem wirklichen Fortschritt der Menschheit. Wir haben uns nur von einer törichten, unnötigen Plage befreit, welche unsere Vorfahren an Erreichung des wahren Zwecks des Daseins verhinderte. Wir sind lediglich vorbereitet für den Wettlauf, weiter nichts. Wir gleichen einem Kinde, das eben gelernt hat, aufrecht zu stehen und zu gehen. Es ist ein großes Ding für ein Kind, wenn es zum ersten Male geht. Vielleicht denkt es, wenn es das erreicht hat, gibt es nichts weiter zu tun, aber ein Jahr später hat es vergessen, daß es nicht immer gehen konnte. Sein Horizont erweiterte sich, als es aufstand, und noch mehr, als es sich vom Platz bewegte. In der Tat, ein großes Ereignis war sein ersten Schritt, aber nur als ein Anfang, nicht als das Ende. Sein eigentlicher Lebenslauf war erst begonnen. Die Befreiung der Menschheit im letzten Jahrhundert von geistiger und leiblicher

Aufreibung durch Arbeit und Entwürfe für die leiblichen Bedürfnisse, kann als eine Art zweiter Geburt angesehen werden, ohne welche ihre erste Geburt in ein Dasein, das nur eine Bürde war, für immer ungerechtfertigt geblieben sein würde, aber wodurch sie jetzt reichlich gerechtfertigt ist. Seitdem ist die Menschheit in eine neue Phase geistiger Entwicklung eingetreten, einer Entwicklung höherer Fähigkeiten, deren Existenz unsere Voreltern kaum ahnten. An die Stelle der traurigen Hoffnungslosigkeit des 19. Jahrhunderts und seines schwarzen Pessimismus bezüglich der Zukunft der Menschheit ist die belebende Idee des gegenwärtigen Zeitalters eine begeisternde Auffassung von dem, was unser Erdendasein bietet und was die Menschennatur vermag. Die Läuterung der Menschennatur von Generation zu Generation, physisch, geistig und moralisch ist als das große, jeder Anstrengung und jeden Opfers würdige Ziel anerkannt. Wir glauben, das Menschengeschlecht hat zum ersten Mal die Verwirklichung des göttlichen Ideals erfaßt und jede Generation muß jetzt ein Schritt vorwärts sein.

Fragen wir, was wir erwarten, wenn unzählige Generationen dahingegangen sein werden, so antworte ich, der Weg erstreckt sich weit vor uns her und sein Ende verliert sich im Licht. Denn die Rückkehr des Menschen zu Gott, »der unsere Heimat ist«, ist eine doppelte, die Rückkehr des Individuums durch den Tod und die Rückkehr des Menschengeschlechts durch das Ende der Entwicklung, da das göttliche Geheimnis, im Keim verborgen, sich vollkommen entfalten wird. Mit einer Träne für die dunkle Vergangenheit wenden wir uns zu der glänzenden Zukunft und drängen mit verschleierten Augen vorwärts. Der lange traurige Winter ist vorbei; der Sommer ist gekommen, die Menschheit hat ihre Puppe gesprengt. Der Himmel ist in Aussicht.«

## *Siebenundzwanzigstes Kapitel*

In meinem alten Leben war ich immer am Sonntagnachmittag, ich kann nicht sagen warum? besonders schwermütig, die Farben schienen zu bleichen und alles war höchst uninteressant. Die Stunden, die mich gewöhnlich leicht auf ihren Schwingen dahintrugen, verloren ihre Flugkraft und schleppten sich gegen Tagesende nur so dahin. Vielleicht machte es die Gedankenverbindung, daß ich, trotz meiner gänzlich veränderten Umstände, am Nachmittag meines ersten Sonntags im 20. Jahrhundert im höchsten Grade deprimiert war.

Diese Niedergeschlagenheit war jedoch nicht ohne Grund, nicht die vage Schwermut, von der ich gesprochen, sondern ein gewisses gerechtfertigtes Gefühl, das durch meine Lage veranlaßt war. Die Predigt von Mr. Barton mit der beständigen Anspielung auf die große moralische Kluft zwischen dem Jahrhundert, dem ich angehörte und dem, in dem ich mich befand, hatte mein Gefühl der Vereinsamung stark angeregt. Er hatte wohlüberlegt und philosophisch gesprochen, aber seine Worte konnten nicht verfehlen, mir den Eindruck zu machen, daß Mitleid gemischt mit Neugierde und Abneigung gegen mich, den Repräsentanten einer verabschcuten Zeit, meine ganze Umgebung erfüllen mußte.

Die ungewöhnliche Freundlichkeit, mit welcher mich Dr. Leete und seine Familie behandelten, und namentlich die Güte Ediths hatten bisher verhindert, daß ich ihr wirkliches Gefühl gegen mich, welches dasselbe sein mußte, als das der ganzen Generation, welcher sie angehörten, völlig empfinden konnte. Diese Erkenntnis hätte ich, was Dr. Leete und seine liebenswürdige Frau betraf, wie peinvoll sie auch immer war, ertragen können, aber die Überzeugung, daß Edith diese Gefühle teilen würde, war mehr, als ich ertragen konnte.

Die niederschmetternde Wirkung, welche diese verspätete Einsicht einer offenbaren Tatsache auf mich hatte, öffnete mir die Augen für einen Umstand, den die Leser vielleicht schon erraten haben, – ich liebte Edith.

War das befremdend? Die Gelegenheit, bei welcher unsere Vertraulichkeit begonnen hatte, als ihre Hände mich aus dem Strudel des Wahnsinns gezogen hatten; die Tatsache, daß ihre Teilnahme der Lebensatem war, der mich in diesem neuen Leben aufrechterhielt und mir ermöglichte, es zu tragen; meine Gewohnheit, auf sie als die Vermittlerin zwischen mir und der Welt um mich herum zu blicken – dies waren Umstände, welche ein Resultat vorherbestimmt hatten, welches ihre bewunderswerte persönliche Liebenswürdigkeit allein gerechtfertigt haben würde. Es war ganz unvermeidlich, daß sie mir ganz anders erschien, als es gewöhnlich bei Liebhabern der Fall, als die einzige Frau in der Welt. Jetzt, da mir plötzlich die Torheit der Hoffnungen, die ich zu hegen begann, bewußt wurde, litt ich nicht allein, was ein anderer Liebhaber leiden konnte, sondern es kam eine öde Einsamkeit, eine vollständige Hilflosigkeit, wie sie kein anderer, noch so unglücklicher Liebhaber gefühlt haben würde, über mich.

Meine Wirte sahen offenbar, daß ich niedergeschlagen war und taten ihr Bestes, mich zu zerstreuen. Edith besonders, wie ich sehen konnte, war betrübt um meinetwillen; aber wie die Liebhaber einmal verkehrt sind, lag für mich, der einmal so töricht gewesen war zu träumen, etwas mehr von ihr zu erhalten, in ihrer Freundlichkeit, die ich nur als Mitleid erkannte, keine Tugend mehr.

Gegen Abend, nachdem ich mich den größten Teil des Nachmittags in mein Zimmer zurückgezogen hatte, erging ich mich in dem Garten. Der Himmel war bedeckt und ein herbstlicher Hauch in der warmen, ruhigen Luft. Als ich mich in der Nähe des unterirdischen Gemachs befand, betrat ich dasselbe und setzte mich nieder. »Dies«, sagte ich zu mir, »ist das einzige Heim, das ich habe. Ich will hier bleiben und es nicht wieder verlassen.« Ich suchte Hilfe bei der mir vertrauten Umgebung und versuchte einen traurigen Trost darin zu finden, die Vergangenheit in mir aufleben zu lassen und die Gestalten und Gesichter zurückzurufen, die in meinem früheren Leben um mich gewesen waren. Es war vergebens. Es war kein Leben mehr darin. Die Sterne hatten schon fast hundert Jahre lang auf das Grab von Edith Bartlett und die Gräber der ganzen Nation geblickt.

Die Vergangenheit war tot, zermalmt unter der Last eines Jahrhunderts und von der Gegenwart war ich ausgeschlossen. Nirgends war ein Platz für mich. Ich war weder tot noch eigentlich lebendig.

»Entschuldigen Sie, daß ich Ihnen gefolgt bin.«

Ich blickte auf. Edith stand in der Tür des unterirdischen Raumes und blickte mich lächelnd an, aber mit Augen voll teilnehmenden Schmerzes.

»Schicken Sie mich weg, wenn ich Ihnen lästig bin«, sagte sie; »aber wir sahen, daß Sie verstimmt waren, und Sie wissen, Sie haben mir versprochen, es mir zu sagen, wenn dem so wäre. Sie haben Ihr Wort nicht gehalten.«

Ich stand auf und ging zur Tür; ich versuchte zu lächeln, aber ich glaube, das mißglückte mir völlig, denn der Anblick ihrer Lieblichkeit rief mir die Ursache meines Elends noch empfindlicher ins Gedächtnis.

»Ich fühle mich etwas einsam, das ist alles«, sagte ich, »ist Ihnen niemals der Gedanke gekommen, daß meine Lage noch viel hilfloser ist als die irgend eines menschlichen Wesens je zuvor und daß es wirklich eines neuen Wortes bedarf, um sie zu beschreiben?«

»O, Sie müssen nicht so sprechen – Sie müssen nicht so fühlen – Sie dürfen nicht!« rief sie mit feuchten Augen.

»Sind wir nicht Ihre Freunde? Sie sind selbst daran schuld wenn Sie es uns nicht sein lassen wollen. Sie brauchen sich nicht allein zu fühlen.«

»Sie sind gut gegen mich, mehr als ich verstehen kann«, sagte ich, »aber glauben Sie nicht, daß ich weiß, es ist nur Mitleid, süßes Mitleid, aber immer nur Mitleid. Ich müßte ein Tor sein, wenn ich nicht wüßte, daß ich Ihnen nicht wie andere Männer Ihrer Nation erscheinen kann, sondern wie ein fremdes Ungeheuer, ein schiffbrüchige Kreatur aus einem unbekannten Meer, dessen Hilflosigkeit trotz ihrer Seltsamkeit Ihr Mitleid erregt. Da Sie so freundlich waren, bin ich so töricht gewesen, fast zu vergessen, daß dies so sein müßte und mir einzubilden, ich könnte mit der Zeit in diesem Jahrhundert naturalisiert werden, so daß ich wie eines von Ihnen fühlen und Ihnen wie ein anderer Mann in Ihrer Umgebung erscheinen könnte. Aber Mr. Bartons Predigt lehrte mich, wie eitel ein solcher Gedanke ist, wie groß Ihnen der Abgrund zwischen uns erscheinen muß.«

»O diese abscheuliche Predigt«, rief sie, und weinte laut in ihrer Teilnahme, »ich wollte nicht, daß Sie sie hören sollten. Was weiß er von Ihnen? Er hat in alten staubigen Büchern über Ihre Zeit gelesen, das ist alles, was kümmern Sie sich um ihn, um sich durch das, was er sagte, beunruhigen zu lassen? Ist denn das nichts für Sie, daß wir, die wir Sie kennen, anders denken? Ist Ihnen nicht mehr daran gelegen, was wir von Ihnen denken, als was er denkt, der Sie niemals gesehen hat? O, Mr. West, Sie wissen nicht, Sie können sich nicht denken, wie ich fühle, daß ich Sie so elend sehe. Ich kann das nicht ertragen. Was kann ich Ihnen sagen? Wie kann ich Sie davon überzeugen, daß wir so anders für Sie fühlen als Sie denken?«

Wie damals, als sie in der anderen Krisis meines Geschickes zu mir kam, streckte sie mir mit einer Gebärde, als wollte sie mir helfen, ihre beiden Hände entgegen; und wie damals ergriff ich sie; ihr Busen wogte in heftiger

Erregung und das Zittern ihrer Finger in meinen Händen bewiesen ihr tiefes Gefühl. In ihrem Gesicht kämpfte Mitleid, wie göttlicher Zorn gegen die Hindernisse, die es zur Ohnmacht verdammten. Weibliche Teilnahme trug nie ein lieblicheres Gewand.

Solche Schönheit und solche Güte machten mich weich, und die einzige passende Antwort schien mir zu sein, daß ich ihr die Wahrheit sagte. Ich hatte zwar nicht die geringste Hoffnung, aber ich fürchtete auch nicht, daß sie böse werden würde. Dazu war sie zu mitleidsvoll. So sagte ich denn: »Es ist sehr undankbar von mir, daß ich mit der Güte, die Sie mir schon gezeigt haben und jetzt wieder zeigen, nicht zufrieden bin. Aber sollten Sie so blind sein, nicht zu sehen, daß dies zu meinem Glücke nicht genügt? Sehen Sie nicht, daß es so ist, weil ich wahnsinnig genug bin, Sie zu lieben?«

Bei meinen letzten Worten errötete sie tief und schlug die Augen nieder, machte aber keinen Versuch, ihre Hände aus den meinigen zu befreien. Sie stand einige Augenblicke so und atmete tief. Dann errötete sie noch mehr als zuvor und schlug die Augen mit bezauberndem Lächeln auf.

»Wissen Sie gewiß, daß *Sie* nicht blind sind?« sagte sie. Das war alles, aber es war genug, denn es sagte mir, so unerklärlich und unglaublich es sein mag, daß diese strahlende Tochter eines goldenen Jahrhunderts mir nicht nur ihr Mitgefühl, sondern auch ihre Liebe geschenkt habe. Ich dachte, es müßte eine wonnige Sinnestäuschung sein, selbst noch, als ich sie in meine Arme schloß. »Wenn ich von Sinnen bin«, rief ich, »so lassen Sie mich so bleiben.«

»Ich bin es, die Sie von Sinnen halten müssen«, hauchte sie, und entzog sich meinen Armen, als ich eben die Süßigkeit ihrer Lippen gekostet hatte. »O, o, was müssen Sie von mir denken, daß ich mich beinahe einem Manne an den Hals werfe, den ich erst seit einer Woche kenne. Es war nicht meine Absicht, daß Sie es so bald erraten sollten, aber Sie taten mir so leid, so daß ich nicht wußte, was ich sagte. Nein, nein, Sie dürfen mich nicht wieder berühren, bevor Sie wissen wer ich bin. Dann, mein Herr, sollen Sie mich sehr demütig um Verzeihung bitten, daß Sie denken – und ich weiß Sie tun es, – daß ich Ihnen so schnell meine Liebe gezeigt habe. Wenn Sie wissen wer ich bin, werden Sie gestehen müssen, daß es nur Pflicht und Schuldigkeit war, Sie auf den ersten Blick zu lieben, und daß kein Mädchen von richtigem Gefühl an meiner Stelle anders konnte.«

Wie man voraussetzen kann, wäre ich ganz zufrieden gewesen, auf Erläuterungen zu verzichten, aber Edith war entschlossen, daß nicht mehr geküßt werden sollte, bis sie von allem Verdacht der Übereilung in dem Geschenk ihrer Liebe gerechtfertigt sein würde, und ich folgte gerne dem lieblichen Rätsel in das Haus. Als wir zu ihrer Mutter kamen, flüsterte sie ihr errötend etwas ins Ohr und lief davon.

Jetzt sollte ich von allem Sonderbaren, das ich erlebt hatte, das Allersonderbarste erfahren. Von Mrs. Leete erfuhr ich, daß Edith die Urenkelin von niemand anderem als meiner verlorenen Braut, Edith Bartlett, war.

Nachdem sie mich vierzehn Jahre betrauert hatte, schloß sie eine Ehe aus Achtung und hinterließ einen Sohn, der Mrs. Leetes Vater war. Mrs. Leete hatte ihre Großmutter nie gesehen, aber viel von ihr gehört, und als ihre Tochter geboren wurde, gab sie ihr den Namen Edith. Dieser Umstand mag dahin geführt haben, das Interesse zu vermehren, welches das Mädchen, als es heranwuchs, an allem nahm, was ihre Urgroßmutter betraf und namentlich an der tragischen Geschichte von dem vermeintlichen Tode ihres Bräutigams bei dem Brande seines Hauses. Diese Geschichte war darnach angetan, die Teilnahme eines romantischen Mädchens zu erregen, und der Umstand, daß das Blut der unglücklichen Heldin in ihren eigenen Adern floß, erhöhte natürlich Ediths Interesse daran. Ein Portrait von Edith Bartlett und einige ihrer Papiere, worunter ein Paket mit meinen eigenen Briefen, gehörte zu den Familienerbstücken. Das Bild stellt ein sehr schönes junges Mädchen dar, von der man sich leicht allerlei Zartes und Romantisches denken konnte. Meine Briefe gaben Edith Stoff, sich ein deutliches Bild von meiner Persönlichkeit zu machen und beides zusammen genügte, die traurige, alte Geschichte in ihr aufleben zu lassen. Sie pflegte ihren Eltern halb scherzend zu sagen, sie würde niemals heiraten, bis sie einen Liebhaber wie Julian West gefunden hätte, und einen solchen gäbe es heutzutage nicht.

Dies alles war natürlich eine Schwärmerei eines Mädchens, das niemals mit einer eigenen Liebesgeschichte beschäftigt war, und würde keine ernsten Folgen gehabt haben, wenn nicht an jenem Morgen in ihres Vaters Garten das verschüttete Gewölbe entdeckt und die Identität seines Bewohners enthüllt worden wäre, denn, als die anscheinend leblose Gestalt in das Haus getragen worden war, wurde das Gesicht in dem Medaillon, das auf der Brust gefunden wurde, augenblicklich als das von Edith Bartlett erkannt, und hierdurch in Verbindung mit den anderen Umständen erfuhren sie, daß ich kein anderer war als Julian West. Selbst wenn kein Gedanke an meine Wiederbelebung gewesen wäre, sagte Mrs. Leete, glaube sie, daß dieses Ereignis entscheidend auf das Leben ihrer Tochter gewirkt haben würde. Die Vermutung, daß eine Anordnung des Schicksals vorliege, welches ihr Los mit dem meinen verband, würde fast für jede Frau einen unwiderstehlichen Reiz gehabt haben.

Ob sie nun, als ich nach einigen Stunden ins Leben zurück kam und von Anfang an mich mit besonderem Vertrauen an sie zu wenden und einen besonderen Trost in ihrer Gesellschaft zu finden schien, zu schnell gewesen wäre, mir auf mein erstes Zeichen ihre Liebe zu schenken, könnte ich nun selbst beurteilen. Wenn ich so dächte, müsse ich bedenken, daß dies das 20. und nicht das 19. Jahrhundert wäre, und Liebe jetzt schneller erblühe und sich offener äußere als damals.

Von Mrs. Leete ging ich zu Edith. Als ich sie fand, nahm ich zuerst ihre beiden Hände in die meinigen und war lange in die Betrachtung ihres Gesichts verloren. Bei diesem Blicke lebte die Erinnerung an jene andere Edith, von welcher ich durch ein so schreckliches Erlebnis getrennt worden war, wieder auf, und mein Herz war voll zärtlicher, mitleidiger aber auch wonniger Gefühle. Denn sie, die mir meinen Verlust so fühlbar machte, wollte mich dafür entschädigen. Es war mir, als ob aus ihren Augen Edith Barlett auf mich sähe und mir Trost zulächelte. Mein Los war nicht nur das seltsamste, sondern auch das glücklichste, das je einem Manne zugefallen war. Ein doppeltes Wunder war für mich vollbracht worden. Ich war nicht allein und freundlos in dieser fremden Welt. Meine Liebe, die ich für verloren gehalten hatte, war zu meinem Trost wieder verkörpert. Als ich endlich das liebliche Mädchen im Entzücken von Dankbarkeit und Zärtlichkeit in meine Arme schloß, waren die beiden Ediths in meinen Gedanken vereinigt und konnten von nun an nicht mehr deutlich unterschieden werden. Bald fand ich, daß Edith ebenso verwirrt war. Eine seltsamere Unterhaltung, als die unsere an diesem Nachmittage, ist gewiß nie zwischen Neuverlobten geführt worden. Sie wünschte, daß ich mehr von Edith Bartlett und wie ich sie geliebt hätte, spräche, als davon, wie ich sie selbst liebe, und belohnte meine zärtlichen Worte über eine andre mit Tränen und Lächeln und Händedrücken.

»Sie dürfen mich nicht zu sehr um meiner selbst willen lieben«, sagte sie. »Ich werde an ihrer Stelle sehr eifersüchtig sein und nicht dulden, daß Sie sie vergessen. Ich will

Ihnen etwas Sonderbares sagen. Glauben Sie nicht, daß Geister manchmal auf die Erde zurückkehren, ein Werk zu vollbringen, das ihnen am Herzen gelegen hatte? Wenn ich Ihnen nun sagte, daß ich manchmal gedacht, ihr Geist lebe in mir, – daß mein wahrer Name Edith Bartlett, nicht Edith Leete sei, was würden Sie dazu sagen? Ich kann es nicht wissen, niemand von uns kann ja eigentlich sagen, wer wir sind; aber ich kann es fühlen. Wundern Sie sich darüber, wenn Sie sehen, wie mein Leben durch sie beeinflußt worden ist? So, sehen Sie, brauchen Sie sich gar keine Mühe zu geben, mich überhaupt zu lieben, wenn Sie nur ihr treu bleiben. Ich werde nicht so leicht eifersüchtig werden.«

Dr. Leete war ausgegangen und ich sah ihn erst später. Er war allem Anscheine nach auf die Nachricht, die ich ihm brachte, vorbereitet und schüttelte mir herzlich die Hand.

»Unter gewöhnlichen Umständen, Mr. West, würde ich sagen, daß diese Verlobung nach etwas kurzer Bekanntschaft eingegangen worden ist; aber das sind entschieden keine gewöhnlichen Umstände. Um offen zu sein, sollte ich Ihnen sagen«, fügte er lachend bei, »daß Sie, obwohl ich mit Freuden in die Verlobung willige, mir nicht zu danken brauchen, denn meine Einwilligung ist eine reine Förmlichkeit. Sobald das Geheimnis mit dem Medaillon heraus war, glaube ich, mußte es so kommen. Du lieber Gott, glauben Sie, wenn Edith nicht dagewesen wäre, das Gelübde ihrer Urgroßmutter einzulösen, fürchte ich, die Treue meiner Frau würde einen harten Kampf zu kämpfen gehabt haben.«

Am Abend war der Garten in Mondschein gebadet und Edith und ich wanderten dort bis Mitternacht auf und ab und versuchten uns mit unserem Glück vertraut zu machen.

»Was hätte ich nur tun sollen, wenn Sie mich nicht geliebt hätten?« rief sie. »Ich fürchtete, Sie würden es nicht. Was hätte ich denn tun sollen, und ich fühlte doch, daß ich Ihnen geweiht war? Sobald Sie zum Leben kamen, war ich sicher, als ob sie es mir gesagt hätte, daß ich die Ihrige sein mußte, weil jene es nicht sein konnte, aber das konnte nur sein, wenn Sie wollten. O, wie gerne hätte ich Ihnen an jenem Morgen, da Sie sich so fremd unter uns fühlten, gesagt, wer ich bin, aber ich wagte nicht den Mund zu öffnen und wollte nicht, daß Vater oder Mutter –«

»Das muß es gewesen sein, was Sie Ihren Vater mir nicht sagen lassen wollten!« rief ich, indem ich mich des Gesprächs erinnerte, das ich belauscht hatte, als ich aus meiner Betäubung erwachte.

»Freilich war es das«, lachte Edith. »Haben Sie das erraten? Vater war ja nur ein Mann und dachte, Sie würden sich leichter heimisch fühlen, wenn er Ihnen sagte, wer wir wären. Er dachte durchaus nicht an mich. Aber Mutter wußte, was ich meinte und so ging mein Wille durch. Ich hätte Ihnen niemals ins Gesicht sehen können, wenn Sie gewußt hätten, wer ich bin. Es hätte mir geschienen, als dränge ich mich Ihnen auf. Ich fürchte, Sie denken, daß ich es heute tat. Das war gewiß nicht meine Absicht, denn ich weiß, daß man in Ihrer Zeit von den Mädchen erwartete, daß sie ihre Gefühle verbargen, und ich fürchtete sehr, bei Ihnen anzustoßen. O, wie schwer es für sie gewesen sein muß, immer ihre Liebe verbergen zu müssen wie eine Sünde. Warum hielten sie es für eine Schande, jemanden zu lieben, bevor sie Erlaubnis dazu hatten? Es ist so drollig, daß man auf die Erlaubnis warten soll, lieben zu dürfen. Sind etwa zu jener Zeit die Männer ärgerlich gewesen, wenn Mädchen sie liebten? So würden Frauen jetzt nicht denken und Männer auch nicht. Ich verstehe das ganz und gar nicht. Das wird eines von den sonderbaren Dingen sein, die Sie mir erklären müssen. Ich glaube nicht, daß Edith Bartlett so töricht war wie die anderen.«

Nach verschiedenen erfolglosen Versuchen uns zu trennen, bestand sie endlich darauf, daß wir uns »Gute Nacht« sagten. Ich wollte eben auf ihre Lippen den positiv letzten Kuß drücken, als sie mit unbeschreiblicher Schelmerei sagte: »ein Ding beunruhigt mich. Werden Sie auch sicher Edith Bartlett verzeihen, daß sie jemand anderes geheiratet hat? Nach den Büchern jener Zeit waren die Liebhaber damals mehr eifersüchtig als zärtlich, und deshalb frage ich. Es würde mir ein großer Stein vom Herzen sein, wenn ich sicher wäre, daß Sie auf meinen Urgroßvater nicht eifersüchtig wären, weil er Ihre Geliebte geheiratet hat. Darf ich, wenn ich in mein Zimmer gehe, dem Bild meiner Urgroßmutter sagen, daß Sie ihr ihre Treulosigkeit vergeben?«

Wird es der Leser glauben, diese mutwillige Äußerung, mochte nun die Sprecherin eine Idee davon haben oder nicht, berührte tatsächlich, und heilte zugleich mit der Berührung, einen widersinnigen Schmerz von etwas wie Eifersucht, deren ich mir dunkel bewußt gewesen bin, seitdem Mrs. Leete von Edith Bartletts Verheiratung gesprochen hatte. Selbst während ich Edith Bartletts Urenkelin in meinen Armen gehalten hatte, hatte ich vor diesem Augenblick nicht daran gedacht, daß ich es nicht hätte tun können, wenn diese Heirat nicht gewesen wäre. Die schelmische Frage Ediths verscheuchte den Nebel von meiner albernen Stimmung. Ich lachte und küßte sie.

»Sie können sie meiner vollständigen Verzeihung versichern«, sagte ich. »Doch, wenn sie einen anderen Mann als Ihren Urgroßvater geheiratet hätte, wäre das etwas ganz anderes gewesen.«

Als ich in meine Schlafstube kam, öffnete ich nicht das musikalische Telefon, um mich von süßen Melodien einschläfern zu lassen, wie ich mich gewöhnt hatte. Denn meine Gedanken machten bessere Musik als sogar ein

Orchester des 20. Jahrhunderts, und sie umschwebte mich, bis ich gegen Morgen einschlief.

# *Achtundzwanzigstes Kapitel*

»Es ist ein bißchen später, als Sie mir sagten, daß ich Sie wecken sollte. Sie kamen nicht so leicht zu sich, als gewöhnlich, Mr. West.«

Dies war die Stimme meines Dieners Sawyer. Ich richtete mich kerzengrade im Bette auf und sah mich verwundert um. Ich befand mich in meinem unterirdischen Zimmer. Das sanfte Licht der Lampe, welche stets im Zimmer brannte, wenn ich darinnen war, fiel auf die mir vertrauten Wände und Möbel. Sawyer stand an meinem Bette mit einem Glase Sherry in der Hand, das mir Dr. Pillsbury jedesmal beim Erwachen aus dem mesmerischen Schlafe zur Anregung der trägen physischen Funktionen verordnet hatte.

»Sie nehmen dies lieber gleich«, sagte er, als ich ihn bestürzt anstarrte. »Sie sehen etwas angegriffen aus, es wird Ihnen guttun.«

Ich stieß das Glas von mir und begann zu denken, was sich mit mir zugetragen hatte. Das war natürlich sehr klar. Die ganze Geschichte mit dem 20. Jahrhundert war ein Traum gewesen. Ich hatte von den erleuchteten und sorgenfreien Menschen, ihren geistreichen, einfachen Einrichtungen, von dem glorreichen neuen Boston mit seinen Kuppeln und Zinnen, seinen Gärten und Fontänen, und der allgemein herrschenden Behäbigkeit nur geträumt. Die liebenswürdige Freundlichkeit, mit der ich so vertraut geworden war, mein geistreicher Wirt und Mentor, Dr. Leete, seine Frau und Tochter, die zweite und schönere Edith, meine Braut, waren auch nur Phantasiegebilde gewesen.

Ich blieb lange in meiner angenommenen Stellung, saß auf dem Bette und blickte ins Leere, damit beschäftigt, die Ereignisse meiner phantastischen Erscheinung vor mir

Revue passieren zu lassen. Sawyer war erschrocken bei meinem Anblick und fragte besorgt, was mir fehle. Durch seine Zudringlichkeit kam ich endlich zur Erkenntnis meiner Umgebung, ich sammelte mich mit Gewalt und versicherte dem treuen Burschen, daß mir nichts fehle. »Ich hatte einen außerordentlichen Traum, Sawyer, das ist alles«, sagte ich, »einen sehr außer–or–dentlichen Traum.«

Ich zog mich mechanisch an und fühlte mich dumm und meiner selbst nicht sicher, ich nahm mein Frühstück, das mir Sawyer gewöhnlich besorgte, ehe ich das Haus verließ. Die Morgenzeitung lag auf meinem Teller, ich nahm sie und las das Datum, 31. Mai 1887. Von dem Augenblicke, da ich die Augen geöffnet hatte, wußte ich, daß mein langes, umständliches Erlebnis in einem anderen Jahrhundert ein Traum gewesen, und doch war der so überzeugende Beweis überraschend, daß die Welt, seitdem ich eingeschlafen war, nur ein paar Stunden älter sein sollte.

Als mein Blick auf das Inhaltsverzeichnis des Zeitungsblattes fiel, welches die Morgennachrichten angab, las ich folgende Übersicht:

»*Ausländische Angelegenheiten.* – Der zwischen Frankreich und Deutschland drohende Krieg. Die französischen Kammern verlangen einen neuen Militärkredit, um Deutschlands Vermehrung seiner Armee zu begegnen. Möglichkeit, daß ganz Europa in den Krieg verwickelt wird. – Große Not unter den Arbeitslosen in London. Sie verlangen Arbeit. Monstre-Demonstration. Die Behörden sind besorgt. – Große Streiks in Belgien. Die Regierung bereitet sich vor, Ausbrüche zu unterdrücken. Empörende Tatsachen bez. Frauenarbeit in den belgischen Kohlenbergwerken.

*Heimische Angelegenheiten.* Die Seuche des Betrugs dauert fort. Unterschlagung von einer halben Million in New York. – Mißverwaltung von Vormundschaftsgeldern.

Die Waisen verarmt. – Geschickter Diebstahl durch einen Bankbeamten; 50000 Dollar verschwunden. – Die Kohlenbarone beschließen eine Preiserhöhung der Kohlen und Verringerung der Produktion. – Große Bankrotte von Geschäftshäusern. Besorgnis einer Krisis – Prof. Browns Rede über die moralische Größe der Zivilisation des 19. Jahrhunderts usw. usw. – – – – – – – – – – – – – – – – – – –

Es war also wirklich das 19. Jahrhundert, zu dem ich erwacht war; darüber konnte kein Zweifel herrschen. Nach diesem verurteilenden Ausspruch über das Jahrhundert, der in dieser Chronik von weitverbreitetem Blutvergießen, Habsucht und Tyrannei lag, erschien diese letzte Rede ein des Mephistopheles würdiger Zynismus, und doch war ich von allen, die es gelesen hatten, vielleicht der einzige, der diesen Zynismus verstand, und würde gestern ihn sowenig verstanden haben als die anderen. Dieser sonderbare Traum machte den ganzen Unterschied, denn ich weiß nicht, auf wie lange ich nachher meine Umgebung vergaß und mich wieder in der Phantasie in jener lebendigen Traumwelt bewegte, in jener herrlichen Stadt mit ihren behaglichen Wohnungen und ihren großartigen öffentlichen Palästen. Mich umgaben wieder Gesichter, unverzerrt durch Anmaßung und Kriecherei, durch Neid oder Habsucht, durch ängstliche Sorge oder fieberischen Ehrgeiz, mich umgaben stattliche Gestalten von Männern und Frauen, die niemals Furcht vor Mitmenschen gekannt, oder sich auf ihre Kunst verlassen hatten, sondern immer, um mit der Predigt zu reden, die mir noch in den Ohren klang, »aufrecht vor Gott standen«.

Mit einem tiefen Seufzer und dem Gefühl eines unersetzlichen Verlusts, nicht weniger schmerzlich, weil es ein Verlust von nichts Wirklichem war, riß ich mich endlich aus meiner Träumerei und verließ das Haus.

Zwischen meiner Tür und Washington-Straße mußte ich

wohl ein dutzendmal stehenbleiben und mich sammeln, solche Gewalt lag in jener Vision von dem Boston der Zukunft, die mir das wirkliche Boston fremd erscheinen ließ. Von dem Augenblick, da ich auf der Straße stand, fiel mir der Schmutz und der schlechte Geruch in der Stadt auf, die ich früher nie bemerkt hattte. Gestern noch erschien es mir ganz natürlich, daß einige meiner Mitbürger Seide, andere Lumpen trügen, daß einige wohlgenährt und andere verhungert aussähen. Jetzt dagegen ärgerte mich die offenbare Ungleichheit in der Kleidung und im Aussehen der Männer und Frauen, die in der Straße einander begegneten, und noch mehr die völlige Gleichgültigkeit, welche die Glücklichen gegen die Unglücklichen zeigten. Waren das menschliche Wesen, welche das Elend ihrer Mitmenschen ansehen konnte, ohne eine Miene zu verziehen? Und doch war ich mir immer bewußt, daß *ich* es war, der sich geändert hatte und nicht meine Zeitgenossen. Ich hatte von einer Stadt geträumt, deren Bewohner alle gleich waren wie Kinder einer Familie, und wo einer in allen Dingen der Hüter des anderen war.

Ein anderer Zug des wirklichen Boston, welcher mir zeigte, wie fremdartig wohlbekannte Dinge in einem fremden Licht aussehen, waren die vorherrschenden öffentlichen Anzeigen. In dem Boston des 20. Jahrhunderts hatte es keine persönlichen Anzeigen gegeben, weil sie nicht nötig waren, aber hier waren die Wände aller Gebäude, die Fenster, ganze Seiten von Zeitungen in aller Händen, selbst das Pflaster und alles, was man sehen konnte, mit Ausnahme des Himmels, mit Aufforderungen solcher bedeckt, die unter unzähligen Vorwänden die Beiträge anderer zu ihrer Hilfe zu erzielen suchten. So verschieden die Fassung, der Inhalt aller dieser Anrufe war derselbe:

»Helft John Jones. Kümmert euch nicht um die anderen, sie sind Betrüger. Ich John Jones bin der rechte

Mann. Kauft von mir. Besucht mich. Hört mich, John Jones. Seht mich an. Macht kein Versehen, John Jones ist der Mann und kein anderer. Lasset die Übrigen verhungern, aber um Himmels willen denkt an John Jones!«

Ich weiß nicht, ob die leidenschaftliche Sprache oder das moralisch Abstoßende den tiefsten Eindruck auf mich machte, der ich so plötzlich ein Fremder in meiner Heimat geworden war. Elende Menschen, hätte ich rufen mögen, die Ihr verdammt seid voneinander zu betteln, vom Niedrigsten bis zum Höchsten, weil Ihr nicht lernen wollt, einander zu helfen! Dies schauderhafte Babel schamlosen Selbstlobes und gegenseitiger Herabsetzung, dieses betäubende Geschrei von Prahlerei und Anpreisung, dieses erstaunliche System unverschämter Bettelei, was war es anderes als das Bedürfnis einer Gesellschaft, in welcher die Gelegenheit erkämpft werden mußte, der Welt nach Kräften zu nützen, anstatt für jedermann das Hauptziel sozialer Organisation zu sein!

Ich trat in die Washington-Straße an ihrem lebhaftesten Geschäftsplatz, und da stand ich und lachte laut auf zum Skandal der Vorübergehenden. Ich konnte nicht anders und wenn es mein Leben gekostet hätte, eine so wahnsinnige Heiterkeit hatte mich ergriffen bei dem Anblick der unendlichen Reihen von Läden auf beiden Seiten, die Straße auf- und abwärts, so weit ich sehen konnte, waren Dutzende, und um das Schauspiel noch alberner zu machen, waren überall Läden, die dieselbe Art Waren verkauften, so nahe beisammen, Läden, Läden und immer wieder Läden, um die Waren zu vertreiben, die diese eine Stadt brauchte, die in meinem Traume mit allen Bedürfnissen von einem einzigen Warenhause versehen worden war, die wieder in einem großen Laden in jedem Bezirk bestellt wurden, wo der Käufer ohne Zeitverlust und Mühe unter einem Dache alles fand, was er wünschte. Dort trug die Arbeit der Verteilung nur einen kleinen

Bruchteil zu den Kosten der Waren bei. Die Produktionskosten waren in Wirklichkeit alles, was der Käufer bezahlte. Aber hier fügte die Verteilung, die Handhabung der Waren ein Viertel, ein Drittel, die Hälfte und mehr zu den Kosten hinzu. Alle diese unzähligen Plätze müssen bezahlt werden, die Miete, das Beaufsichtigungspersonal, die Legionen von Verkäufern, die Tausende von Buchführern, Zwischenhändlern und Dienern, mit allem, was für Anzeigen und Kriegführung gegeneinander ausgegeben wird, muß der Konsument bezahlen. Was für eine großartige Einrichtung, um die Nation an den Bettelstab zu bringen!

Waren das ernste Männer, die ich hier sah, welche ihre Geschäfte in solcher Weise betrieben, oder Kinder? Konnten es denkende Wesen sein, welche die Torheit nicht einsahen, daß, wenn das Produkt fertig ist und gebraucht werden kann, so viel verschwendet wird, um es an den Mann zu bringen? Wenn man mit einem Löffel ißt, der ausläuft und seinen Inhalt auf dem Weg vom Teller zum Munde halb verliert, wird man nicht hungrig vom Tische aufstehen?

Früher war ich wohl tausend Mal durch die Washington-Straße gegangen und hatte die Gewohnheiten der Kaufleute beobachtet, aber meine Neugierde war so angeregt, als hätte ich sie nie zuvor gesehen. Ich wunderte mich über die Schaufenster und die Läden, gefüllt mit Stoffen, die mit großer Mühe und Kunst geordnet waren, um das Auge anzuziehen. Ich sah eine Menge Damen davor stehenbleiben und die Ladenbesitzer eifrig den Erfolg des Köders beobachten. Ich ging hinein und bemerkte, wie der Aufseher mit Falkenaugen das Geschäft bewachte, die Kommis beaufsichtigte, sie zu ihrer Pflicht anhielt, die Kunden zum Kaufen zu bewegen, zum Kaufen für Geld, wenn sie welches hatten, wenn sie keines hatten, auf Kredit, zum Kaufen von dem, was sie nicht brauchten, oder mehr als sie brauchten, oder was sie nicht erschwingen konnten. Manchmal verlor ich für den Augenblick den Faden und wurde verwirrt. Warum diese Mühe, Leute zum Kaufen zu bewegen? Das hatte gewiß nichts mit dem eigentlichen Geschäft zu tun, Waren an die, welche sie brauchten, zu verkaufen. Es war die reinste Verschwendung, Leuten etwas aufzudringen, was sie nicht brauchten, was aber anderen von Nutzen sein könnte. Die Nation hatte offenbar Verlust dabei. Was dachten nur diese Gehilfen? Dann erinnerte ich mich, daß ihre Tätigkeit keineswegs derjenigen der Verteiler in dem Geschäft im Traum-Boston gleichkam. Sie dienten nicht dem öffentlichen, sondern ihrem persönlichen Interesse und kümmerten sich nichts um das schließliche Resultat ihrer Handlung für die allgemeine Wohlfahrt, wenn sie nur ihren eigenen Schatz vermehrten, denn diese Waren waren ihr Eigentum und je mehr sie verkauften und je mehr sie dafür bekamen, desto größer war ihr Gewinn. Je verschwenderischer die Leute waren, je mehr Gegenstände sie zu kaufen veranlaßt wurden, ohne sie zu brauchen, desto besser für diese Verkäufer. Das eigentliche Ziel der 10000 Läden in Boston war, Verschwendung zu befördern.

Diese Ladenbesitzer und Gehilfen waren aber kein bißchen schlimmer als die anderen Leute in Boston. Sie mußten ihren Lebensunterhalt verdienen und ihre Familien erhalten, und wie sollten sie ein Geschäft finden, das sie nicht zwang, ihr eigenes Interesse dem anderer vorzuziehen? Man konnte nicht von ihnen erwarten, daß sie hungern sollten, solange sie auf eine Ordnung der Dinge warteten, wie ich sie im Traum gesehen hatte, bei welcher das Interesse des einzelnen und das aller identisch war. Aber lieber Gott, war es ein Wunder, unter einem solchen System wie dieses, war es ein Wunder, daß die Stadt so erbärmlich und die Leute so schlecht gekleidet waren und so viele von ihnen in Lumpen und hungrig!

Bald darauf ging ich hinüber nach Süd-Boston, in den Fabrikteil der Stadt. Früher war ich in diesem Teile so oft gewesen wie in Washington-Straße, aber hier wie dort bemerkte ich erst jetzt die wahre Bedeutung dessen, was ich sah. Früher war ich stolz darauf gewesen, daß Boston etwa 4000 unabhängige Fabriken hatte, aber gerade in dieser Menge und der Unabhängigkeit erkannte ich jetzt das Geheimnis von dem unbedeutenden Totalprodukt ihrer Industrie. Wenn die Washington-Straße mir wie ein Tollhaus erschienen war, so war dieser Anblick noch trauriger, da Produktion eine wichtigere Funktion ist als die Verteilung. Denn nicht nur arbeiteten diese 4000 Fabriken nicht in Übereinstimmung und deshalb mit ungeheurem Nachteil, sondern, als ob dieser Verlust nicht schon groß genug wäre, suchten sie mit der größten Geschicklichkeit sich einander ihre Bemühungen zu vereiteln, indem sie bei Nacht gegenseitig um den Untergang der Geschäfte des Nachbars beteten und bei Tag darauf hinarbeiteten.

Der Lärm und das Gerassel der Räder und Hämmer an allen Seiten war nicht das Summen einer friedlichen Industrie, sondern das Geklirr von Schwertern, von Feinden geschwungen. Diese Werkstätten waren Forts, jedes unter eigener Fahne, seine Kanonen auf die Werkstätte des Nachbars gerichtet und sein Geniekorps geschäftig, sie zu unterwühlen.

In diesen Forts wurde auf die strengste Ordnung der Industrie gehalten; die einzelnen Haufen arbeiteten unter einer einzigen Zentral-Autorität.

Warum will man nun nicht die Notwendigkeit anerkennen, dasselbe Prinzip bei der Organisation der nationalen Industrie, als einem Ganzen anzuwenden; wenn Mangel einer solchen Organisation die Arbeit in einer Werkstätte beeinträchtigen kann, wieviel mehr muß dies bei den verschiedenen Industriezweigen der Nation als Ganzer der Fall sein.

Man würde schnell genug bei der Hand sein, sich über eine Armee lustig zu machen, bei welcher es weder Kompanien, noch Bataillone, Regimenter, Brigaden, Divisionen oder Armeekorps – keine organisierte Einheit gäbe, größer als die Truppe eines Korporals, mit keinem höheren Offizier als einem Korporal und alle Korporale mit gleicher Autorität. Und solch eine Armee bilden die Fabriken Bostons im 19. Jahrhundert, eine Armee von viertausend einzelnen Truppen, angeführt von viertausend voneinander unabhängigen Korporalen, jeder mit einem verschiedenen Feldzugsplan.

Hie und da konnte man Haufen untätiger Männer sehen, einige untätig, weil sie um keinen Preis Arbeit finden konnten, andere, weil sie den Preis nicht erhalten konnten, den sie für angemessen hielten. Ich sprach mit einigen der letzteren und sie teilten mir ihre Beschwerden mit. Ich konnte ihnen nur wenig Trost geben und sagte: »Ihr tut mir leid; ihr erhaltet gewiß wenig genug, und doch wundere ich mich nicht, daß Fabriken, die wie diese geleitet werden, euch keine Löhne zahlen, bei denen ihr leben könnt, sondern daß sie überhaupt Löhne zahlen können.«

Ich ging dann wieder zurück und befand mich um drei Uhr in der Staatsstraße. Ich staunte die Bankgebäude, Geldmaklerbüros und andere Geldinstitute an, von denen in meinem Traume keine Spur vorhanden war. Geschäftsleute, Vertrauensmänner und Laufjungen drängten sich in die Banken und wieder heraus, denn es fehlten nur noch ein paar Minuten daran, daß sie geschlossen wurden. Mir gegenüber war die Bank, wo ich meine Geschäfte besorgte; ich schritt sofort über die Straße und trat mit der Menge ein, stellte mich in eine Wandnische und sah der Armee von Gehilfen zu, wie sie das Geld handhabten, und der Reihe von Depositoren an dem Fenster der Kasse. Ein alter Herr, den ich kannte, ein Direktor der Bank, ging an mir vorüber und da er meine beschauliche Stellung sah, blieb er stehen.

»Interessanter Anblick, Mr. West, nicht wahr?« sagte er. »Ein wunderbarer Mechanismus; ich finde es selbst. Ich stehe manchmal auch gern hier und sehe zu, wie Sie. Es ist ein Gedicht, wirklich ein Gedicht kann man es nennen. Haben Sie je daran gedacht, daß die Bank das Herz des Geschäftslebens ist? Im endlosen Zufluß und Abfluß geht das Lebensblut von ihm aus und zu ihm zurück. Jetzt strömt es ein, und am Morgen fließt es wieder ab«; und sich seines kleinliches Stolzes freuend, ging der alte Mann lächelnd weiter.

Gestern noch hätte ich dieses Lächeln ganz gerechtfertigt gefunden, aber seitdem hatte ich eine unvergleichlich reichere Welt besucht, in welcher das Geld unbekannt war und keinen denkbaren Nutzen gewährte.

Ach, der arme, alte Bankdirektor mit seinem Gedicht! Er hatte das Klopfen in einem Geschwür für den Herzschlag gehalten. Was er einen wunderbaren Mechanismus nannte, war eine unvollkommene Einrichtung einem unnötigen Mangel abzuhelfen, die plumpe Krücke für einen, der sich selbst zum Krüppel gemacht hat.

Nachdem die Banken geschlossen waren, wanderte ich ziellos ein paar Stunden im Geschäftsviertel umher und setzte mich später kurze Zeit auf eine Bank auf einem öffentlichen Platz. Es interessierte mich, die Masse der Vorübergehenden zu beobachten, als wenn ich die Bevölkerung einer fremden Stadt kennenlernen wollte, so fremd waren mir seit gestern meine Mitbürger und ihre Gewohnheiten geworden. Dreißig Jahre lang hatte ich unter ihnen gewohnt und niemals zuvor bemerkt, wie gezogen und sorgenvoll ihre Gesichter waren, die der Reichen so gut wie die der Armen, der Gebildeten, wie der Ungebildeten. Und das hatte seinen guten Grund, denn ich sah jetzt, was ich nie zuvor gesehen, daß jeder sich im Gehen umdrehte, um zu hören, was das Gespenst der Ungewißheit ihm ins Ohr flüsterte: »Tue deine Arbeit noch so gut, stehe bald auf und plage dich bis spät in die Nacht, stehle geschickt und diene treu, du wirst doch niemals Sicherheit kennen. Du kannst jetzt reich sein und doch zuletzt arm werden. Hinterlasse deinen Kindern nicht so großen Reichtum, du kannst keine Sicherheit kaufen, daß dein Sohn nicht der Knecht deines Knechtes werden, oder deine Tochter sich wird verkaufen müssen, um Brot zu haben.«

Ein Vorübergehender schob mir eine Anzeigekarte in die Hand, welche die Vorzüge eines neuen Plans der Lebensversicherung entwickelte. Dies rief mir ins Gedächtnis, daß der jetzige Plan, obwohl er die allgemeine Not anerkannte, ihr doch nur dürftig steuerte, indem er diesen abgematteten und abgehetzten Männern und Frauen nur einen teilweisen Schutz gegen die Unsicherheit gewährte. Auf diese Weise konnten die Wohlhabenden eine zweifelhafte Sicherheit kaufen, daß nach ihrem Tode ihre Lieben, wenigstens eine Zeitlang, nicht mit Füßen getreten würden. Aber das war alles und nur für diejenigen, welche es gut bezahlen konnten. Wie konnten diese erbärmlichen Bewohner eines Landes, in dem jeder gegen jeden stritt, einen Begriff von echter Lebensversicherung haben, wie ich sie bei den Bewohnern jenes Traumlandes gesehen hatte, wo jeder einzelne, lediglich als Mitglied einer Völkerfamilie, gegen jede Art von Not geschützt war und zwar mit einer von hundert Millionen Landsleuten unterschriebenen Police.

Bald darauf fand ich mich wieder auf der Treppe eines Gebäudes der Tremont-Straße, einer militärischen Parade zusehend. Ein Regiment zog vorbei. Das war der erste Anblick an diesem traurigen Tage, der mich mit anderen Gefühlen erfüllte als mit Jammer und Entsetzen. Hier endlich war Ordnung und Vernunft, eine Darstellung von dem, was ein vernünftiges Zusammenwirken ausrichten kann. War es möglich, daß dieser Anblick für die Leute, welche mit strahlenden Gesichtern zusahen, nichts anderes als ein Schauspiel war? Konnten sie übersehen, daß die vollkommene Übereinstimmung in der Bewegung, die Organisation unter einer Kontrolle, diese Männer zu der furchtbaren Maschine machten, die sie waren, fähig, einen zehnmal so großen Pöbelhaufen zu überwinden? Wenn sie das so deutlich sahen, mußten sie nicht die kluge Weise, mit welcher die Nation in den Krieg zog, vergleichen mit der unklugen, mit welcher sie zur Arbeit gingen? Mußten sie nicht fragen, seit wann das Töten von Menschen eine wichtigere Aufgabe gewesen sei, als sie zu nähren und zu kleiden, und ob eine gedrillte Armee allein für den Krieg tauglich erachtet würde, während die Arbeit dem Pöbel überlassen bliebe?

Es fing an zu dunkeln und die Straßen waren voll Arbeiter aus den Läden, Werkstätten und Fabriken. Die Strömung führte mich mitten in eine Gegend des Schmutzes und menschlicher Erniedrigung, wie man sie nur im South-Cove-Distrikt finden kann. Ich hatte die törichte Verschwendung menschlicher Arbeit gesehen, hier sah ich den Mangel, den Verschwendung erzeugt hatte. Aus den schwarzen Türen und Fenstern der Lusthäuser kamen Ströme fauler Luft. Die Straßen und Gassen troffen von den Ausflüssen eines Sklavenschiffes. Im Vorbeigehen sah ich blasse Säuglinge in schwülen Dünsten ihr Leben ausatmen. Frauen mit verzweifelten Gesichtern durch Drangsal entstellt, hatten keine Spur von Weiblichkeit behalten als Schwäche, während in den Fenstern Mädchen mit frechen Stirnen lauerten. Wie die hungernden Herden von Hunden, welche die Straßen einer orientalischen Stadt verpesteten, füllten Schwärme von halbbekleideten, verwilderten Kindern die Luft mit Geschrei und Flüchen, als sie sich um den Abfall der Hinterhäuser balgten.

Dies war alles nicht neu für mich. Oft hatte ich diesen

Teil der Stadt durchwandert und dieses Schauspiel mit Ekel angesehen und mit einer gewissen philosophischen Verwunderung über die äußerste Not, welche die Menschen vertragen können und doch am Leben hängen. Aber die Schuppen waren mir von den Augen gefallen, nicht nur über die wirtschaftlichen Torheiten dieses Jahrhunderts, sondern auch über seine moralischen Greuel seit ich jene Vision von einem anderen Jahrhundert gehabt hatte. Ich blickte nicht mehr auf die traurigen Bewohner dieses Infernos mit hartherziger Neugierde als kaum mehr menschliche Kreaturen, ich sah in ihnen meine Brüder und Schwestern, meine Eltern, meine Kinder, Fleisch von meinem Fleisch, Blut von meinem Blut. Die Pest des menschlichen Elends um mich beleidigte jetzt nicht lediglich meine Sinne, sondern drang mir ins Herz wie ein Messer, so daß ich Seufzer und Stöhnen nicht unterdrücken konnte. Ich sah nicht nur, sondern ich fühlte auch körperlich alles was ich sah.

Als ich die elenden Wesen um mich näher betrachtete, sah ich, daß sie alle tot waren. So viele Körper, soviel lebende Grabsteine. Auf jeder tierischen Stirne stand deutlich geschrieben das *hic jacet* einer toten Seele.

Als ich schaudernd von einem Totenkopf auf den andern sah, befiel mich eine sonderbare Sinnestäuschung. Wie ein schwebendes, durchsichtiges Geistergesicht auf jede dieser tierischen Masken gestellt, sah ich das ideale Gesicht, das das wirkliche hätte sein können, wenn Geist und Seele gelebt hätten. Als ich mir dieser Geistergesichter bewußt wurde, und den Vorwurf in ihren Augen las, wurde mir das ganze Elend der angerichteten Zerstörung klar. Reue und Schmerz erfaßten mich, denn ich war einer von denen, welche diese Dinge hatten geschehen lassen. Deshalb sah ich jetzt auf meinen Kleidern das Blut dieser Menge erwürgter Seelen meiner Brüder. Ihr Blut auf der Erde schrie laut gegen mich. Jeder Stein des rauchenden

Pflasters, jeder Backstein der Pesthäuser bekam eine Zunge und rief mir nach, als ich floh: was hast du mit deinem Bruder Abel getan?

Ich erinnere mich an nichts weiter, als daß ich auf einmal auf den Steinstufen des prächtigen Hauses meiner Braut in der *Common wealth avenue* stand. In der Aufregung dieses Tages hatte ich kaum an sie gedacht, aber jetzt hatten meine Füße, einem unbewußten Drange folgend, den bekannten Weg zu ihrer Tür gefunden. Es wurde mir gesagt, die Familie säße bei Tische, aber man ließ mich bitten, einzutreten. Außer der Familie fand ich verschiedene Gäste anwesend, alle mir wohlbekannt. Der Tisch glänzte von Silber und Porzellan. Die Damen waren prachtvoll gekleidet und trugen Edelsteine wie Königinnen. Alles war kostbare Eleganz und übertriebener Luxus. Die Gesellschaft war in ausgezeichneter Stimmung und es gab viel zu scherzen und zu lachen.

Mir war es, als ob ich auf meiner Wanderung durch Elend, das mein Blut in Tränen verwandelt und meinen Geist traurig, mitleidig und verzweiflungsvoll gestimmt hatte, auf eine Lichtung mit einer lustigen Gesellschaft von Lärmern gekommen wäre. Ich saß still bis Edith anfing mich über mein finsteres Aussehen aufzuziehen. Was mir fehle? Die andern fielen sogleich in den scherzhaften Angriff ein und ich wurde die Zielscheibe von Stichelreden und Späßen. Wo ich gewesen wäre, und was ich gesehen hätte, das einen so finsteren Gesellen aus mir gemacht?

»Ich bin auf Golgatha gewesen«, antwortete ich endlich. »Ich habe die Menschheit am Kreuze hängen sehen. Weiß niemand von Ihnen, auf welche Seufzer in dieser Stadt die Sonne und die Sterne herniederblicken, daß Sie etwas anderes denken und sprechen können? Wissen Sie nicht, daß vor Ihren Türen eine große Menge Männer und Frauen, Fleisch von Ihrem Fleisch, ein Leben führen, das von der Wiege bis zum Sarge ein Todeskampf ist? Horch!

ihre Wohnungen sind so nahe, daß, wenn Sie Ihr Lachen einstellen, Sie ihre klagenden Stimmen hören können, das jammervolle Schreien der Kinder, die Armut mit der Muttermilch einsaugen, die heiseren Verwünschungen der im Elend hartgesottenen Männer, die schon halb zum Vieh geworden, das Schachern eines Heeres von Frauen, die sich um Brot verkaufen. Womit haben Sie sich die Ohren verstopft, daß Sie diese schmerzvollen Laute nicht hören? Ich kann nichts anderes hören.«

Schweigen folgte. Die Leidenschaft des Mitleids hatte mich bei meinen Worten ergriffen, aber als ich auf die Gesellschaft blickte, sah ich, daß ihre Gesichter, weit davon entfernt, ergriffen zu sein wie ich es war, einen kalten, harten Ausdruck des Erstaunens trugen, welcher bei Edith mit Kränkung, bei ihrem Vater mit Ärger gemischt war. Die Damen wechselten unwillige Blicke, und einer der Herren musterte mich durch sein Augenglas mit einer Art wissenschaftlicher Neugierde. Als ich sah, daß Dinge, die mir so unerträglich waren, sie gar nicht berührten, daß Worte, die mir das Herz eingegeben hatte, sie nur gegen den Sprecher aufbrachten, war ich erst verdutzt und dann überfiel mich Ekel und Herzensmattigkeit. Was für Hoffnung war da für die Elenden, für die Welt zu finden, wenn denkende Männer und zarte Frauen durch solche Dinge nicht gerührt wurden! Dann fiel mir ein, daß ich vielleicht nicht angemessen gesprochen hätte. Gewiß, ich hatte schlecht plädiert. Sie waren ärgerlich, weil sie dachten, ich wollte sie schelten, da ich doch, Gott weiß es, nur an die grausige Tatsache, aber nicht daran gedacht hatte, sie dafür verantwortlich zu machen.

Ich beherrschte meine Leidenschaft und versuchte ruhig und logisch zu sprechen, um diesen Eindruck zu verwischen. Ich sagte ihnen, daß ich sie nicht hätte beschuldigen wollen, als wenn sie, oder überhaupt die Reichen für das Elend in der Welt verantwortlich seien. Wahr sei es ja allerdings, daß der Überfluß, den sie verwüsteten, anders angewandt, viel bitteres Leiden stillen könne. Diese kostspieligen Fleischspeisen, diese schweren Weine, diese großartigen Geschirre und glänzenden Edelsteine könnten das Leben vieler erleichtern. Sie trügen teilweise die Schuld derer mit, die in einem Lande, wo Hungersnot herrsche, verschwendeten. Und doch würden die Verschwendungen aller Reichen, würden sie erspart, nur zum geringsten Teil die Armut der Welt lindern können. Es wäre so wenig zu verteilen, daß, wenn auch die Reichen gleichheitlich mit den Armen teilen wollten, sie nur ein gemeinsames Mahl von Brotkrusten haben würden, das freilich durch brüderliche Liebe versüßt würde.

Die Torheit, nicht die Hartherzigkeit der Menschen trage die große Schuld an der Armut der Welt. Nicht ein Verbrechen der Menschen, oder einer Klasse, machte das Geschlecht so elend, sondern ein abscheulicher, gräßlicher Irrtum, ein großartiger, weltverdunkelnder Fehler. Und dann wies ich sie darauf hin, daß vier Fünftel der menschlichen Arbeitskraft durch Kriege verlorengeht, auf den Mangel von Organisation und Einmütigkeit der Arbeiter. Um es recht klar zu machen, führte ich das Beispiel vom mageren Land an, wo der Boden nur durch sorgsame Benutzung der Wasserläufe zur Wässerung die Mittel zum Leben trage. Ich zeigte, wie es in solchen Ländern die wichtigste Aufgabe der Regierung sei, dafür zu sorgen, daß das Wasser durch Selbstsucht und Beschränktheit der Menschen nicht verwüstet und dadurch Hungersnot verursacht werde. Zu dem Ende würde die Benutzung streng geregelt, und es sei nicht erlaubt, es nach Belieben abzudämmen oder weglaufen zu lassen, oder irgendwie sich damit zu befassen.

Die Arbeitskraft der Menschen, erklärte ich, sei der befruchtende Strom, der allein die Erde bewohnbar mache. Im besten Falle sei es nur ein dürftiger Strom und seine

Nutzbarmachung bedürfe eines regulierenden Systems, welches über jeden Tropfen nützlich verfügen müsse, wenn die Welt mit Überfluß gesegnet sein sollte. Aber wie weit von jedem System sei die wirkliche Praxis! Jedermann gebrauche das wertvolle Naß, wie er wünsche, lediglich von dem Beweggrund getrieben, seine eigene Ernte zu pflegen und die seines Nachbars zu verderben, damit er besser verkaufen könne. Teils aus Habsucht, teils aus Tücke würden Felder überflutet, andere ausgetrocknet und das halbe Wasser fließe unbenutzt davon. In einem solchen Lande könnten wohl einzelne durch Kraft und List die Mittel zum Luxus gewinnen, das Los der großen Masse aber sei Armut, und das der Schwachen und Ungebildeten bittere Not und immerwährender Hunger.

Aber, anstatt, wie ich jetzt sicher erwartet hatte, daß die Gesichter um mich herum von Gefühlen wie die meinen aufleuchteten, wurden sie immer dunkler, ärgerlicher und verächtlicher. Statt Begeisterung zeigten die Damen Abscheu und Furcht, während die Männer mich mit Rufen von Tadel und Verachtung unterbrachen: »Wahnsinniger!« »Pestilenzialischer Bursche!« »Fanatiker!« »Feind der Gesellschaft!« waren einige ihrer Ausrufe, und der, welcher vorhin sein Augenglas auf mich gerichtet hatte, rief: »Er sagt, wir würden keine Armen mehr haben, ha, ha!« »Werft den Menschen hinaus!« rief der Vater meiner Braut und auf dieses Zeichen sprangen die Männer von ihren Stühlen und drangen auf mich ein.

Mir war es, als müsse mein Herz brechen vor Schmerz, daß, was für mich so klar und wichtig war, ihnen bedeutungslos schien, und daß ich machtlos war, es zu ändern. Mein Herz war so heiß gewesen, daß ich dachte, ich könnte mit seiner Glut einen Eisberg schmelzen, und nun fand ich, daß die allmächtige Kälte meine eigenen Eingeweide ergriff. Ich fühlte keine Feindschaft gegen meine Bedränger, sondern nur Mitleid für sie und die Welt.

Obgleich ich verzweifelte, konnte ich mich nicht ergeben. Tränen flossen von meinen Augen. Ich keuchte, ich seufzte, ich stöhnte, und unmittelbar darauf fand ich mich aufrecht im Bette sitzend in meinem Zimmer in Dr. Leetes Haus, und die Morgensonne schien mir durch das offene Fenster in die Augen. Ich schnaufte. Die Tränen strömten mir vom Gesicht herab und jeder Nerv an mir zitterte.

Wie ein entwichener Sträfling, der träumt, daß er wieder gefangen und in seine dunkle, dunstige Zelle zurückgebracht worden sei, seine Augen öffnet und das Himmelszelt über sich ausgespannt sieht, so war es mir, als ich erkannte, daß meine Rückkehr in das 19. Jahrhundert der Traum und meine Gegenwart im 20. die Wirklichkeit war.

Die grausamen Bilder, welche ich in meinem Traum gesehen und aus der Erfahrung meines früheren Lebens so gut bestätigen konnte, obwohl sie einmal leider Wirklichkeit gewesen waren und im Rückblick bis zum Ende der Tage den Mitleidigen zu Tränen rühren müssen, waren Gott sei Dank für immer vorbei. Schon lange waren Unterdrücker und Unterdrückte, Prophet und Spötter Staub. Schon durch Generationen waren Reich und Arm vergessene Worte.

Aber in diesem Augenblicke, während ich mit unaussprechlicher Dankbarkeit über die große Erlösung der Welt nachdachte, und über mein Vorrecht, sie schauen zu können, da drang mir wie ein Messer der Schmerz von Scham, Reue und Selbstvorwurf in die Seele, der meinen Kopf auf meine Brust sich neigen und mich wünschen ließ, das Grab hätte mich mit meinen Genossen von der Erde verschlungen, denn ich war ein Mensch der früheren Zeit gewesen. Was hatte ich getan, die Befreiung zu befördern, deren ich mich jetzt freute? Ich, der ich in diesen grausamen, sinnlosen Tagen gelebt hatte, was hatte ich getan sie zu beendigen? Ich war ebenso gleichgültig gegen das Elend meiner Brüder, ebenso spöttisch und ungläubig für eine

Besserung, ein ebenso hartgesottener Anbeter des Chaos und der Nacht gewesen als irgendeiner meiner Zeitgenossen. Soweit mein persönlicher Einfluß ging, hatte ich ihn eher benutzt, die Befreiung der Menschheit, die sich damals vorbereitete, zu hindern als zu befördern. Was für ein Recht hatte ich, meiner Erlösung zuzujauchzen, welche mir Vorwürfe machte, eines Tages mich zu erfreuen, dessen Anbruch ich verspottet hatte?

»Es wäre besser für dich, viel besser«, sprach eine Stimme in mir, »wenn dieser schlimme Traum die Wirklichkeit, und diese stolze Wirklichkeit der Traum gewesen wäre; besser, du hättest vor einer höhnischen Generation für die gekreuzigte Menschheit gesprochen, als daß du hier aus Quellen trinkst, die du nicht gegraben, und von Bäumen ißt, deren Gärtner du gesteinigt hast«; und mein Geist antwortete: »Besser wahrlich.«

Als ich endlich meinen gebeugten Kopf erhob, war Edith frisch wie der Morgen in den Garten gekommen und pflückte Blumen. Ich eilte zu ihr hinab. Auf den Knien vor ihr, das Gesicht im Staub, gestand ich ihr mit Tränen, wie wenig ich verdicnte, die Luft dieses goldenen Jahrhunderts zu atmen, und wie noch viel weniger seine schönste Blume an die Brust zu ziehen. Glücklich der, der in einem so verzweifelten Fall einen so milden Richter findet als ich!

# *Inhaltsverzeichnis*